MARC SINAN

GLEISSENDES LICHT ROMAN

ROWOHLT

Originalausgabe
Veröffentlicht im Rowohlt Verlag, Hamburg, Februar 2023
Copyright © 2023 by Rowohlt Verlag GmbH, Hamburg
Satz aus der Calluna
Gesamtherstellung CPI books GmbH, Leck
ISBN 978-3-498-00314-2

Das Zitat auf S. 8 stammt aus: Robert Musil,
Der Fall Moosbrugger.

Für Dich,
Mimi,
Du Liebe meines Lebens.

Başka yerde nur içinde yatılacağına,
burada nur içinde yaşanır.

Statt im Jenseits im gleißenden Licht zu ruhen,
lässt es sich hier darin leben.

(Cevat Şakir, *Halikarnas Balıkçısı*,
Der Fischer von Halikarnassos)

Die Wahrheit ist eben kein Kristall, den man in die Tasche stecken kann, sondern eine unendliche Flüssigkeit, in die man hineinfällt.

(Robert Musil)

Oh, the rare old Whale, mid storm and gale
In his ocean home will be
A giant in might, where might is right,
And King of the boundless sea

Oh, der alte Wal, im Sturmgefecht,
Ist in seinem Ozeanreich
Ein Riese an Macht, wo Macht ist Recht,
Und König im endlosen Teich

(Herman Melville)

wie wir doch hadern
mit dem tod,
bloss,

unausweichlich wir
ihn denken,
bloss,

die welt wär uns
paradies,
könnten wir
ihn nicht sehn,

doch auch
zum sterben
blass.

ALS ER AUF DAS offene Schwarze Meer hinausrudert, am windstillsten Tag dieses späten Frühlings 1915, ist Hüseyin fünfzehn Jahre alt. Zur gleichen Zeit schreibt ein namenloser deutscher Grenadier in einem polnischen Schützengraben diese letzten Zeilen vom Hadern mit dem Tod, und keine Menschenseele wird je erfahren, ob er seine Angst bezwingen konnte, bevor dieselbe Kugel erst sein rechtes Auge und danach sein Großhirn zerfetzte. Nichts wird später an ihn erinnern, nur diese Zeilen.

Er hätte ein großer Dichter des zwanzigsten Jahrhunderts werden sollen, doch der Krieg kommt über die Menschen und nimmt sie sich, als stünden sie ihm genauso hilflos gegenüber wie dem Lauf der Gestirne. Dabei sind sie selbst der Krieg, und die Gestirne sind die Gestirne.

Mit Hüseyin sitzt nur der zahnlose Steuermann im Heck des Bootes, und der starrt an ihm vorbei nach vorne, mit gelb aufgerissenen Augen. Hüseyin ist ganz aufs Rudern konzentriert. Keiner ist so gut wie er, deshalb haben sie ihn geheuert. Das Wasser liegt still an diesem Morgen, es ist dunkel und doch hell genug, dass er enorme Schwärme Istavrit, jene makrelenartigen Meeresfische, unter der Oberfläche vorbeirasen sieht. Nur sie bringen Unruhe unter das straff gespannte Schwarz, die Erinnerung der vergehenden Nacht. Die Hügel verhängt von dämmernden Nebelschwaden. Es wird ein diesiger Tag werden, einer, an dem das Meer keinen Horizont hat, weil die Farbe des Wassers mit dem Himmel verschwimmt. Ohne Horizont verliert der Mensch den Verstand, hat Hüseyin gelernt. Vielleicht sind wir Schwarzmeertürken deshalb so verrückt.

Er zieht kraftvoll die Ruder. Nur ein weiterer Mann aus Hüseyins Gegend sitzt im Boot, der aber ganz vorne im Bug: Topal Hikmet, der Stolperer.

Jetzt weist der Steuermann Hüseyin mit schmerzverzerrter Miene, die Ruder einzuholen. Hüseyin will sich umdrehen, doch mit einem schnellen Kopfschütteln zeigt der Zahnlose ihm an, stillzuhalten. Nur kurz kann Hüseyin aus den Augenwinkeln sehen, dass die zwei Soldaten mit traditionellen roten Feshüten aufgestanden sind und ihre M87-Gewehre durchgeladen haben.

Die beiden Männer hatten sich Hüseyin nicht vorgestellt, als sie am Nachmittag zuvor in Begleitung des Stolperers auf dem Markt seinen Weg kreuzten, um Tabak von ihm zu kaufen. Zu kriegerischen Preisen, versteht sich, denn es war ja Krieg.

Oğlum, Junge, kannst du auch Gewehre reinigen?, fragte der eine Hüseyin.

Dann legen wir was drauf, sagte der andere.

Kein Wort mehr.

Es schien, als machten sie sich nur mit Kopfbewegungen und den schaukelnden Quasten ihrer Fese verständlich. Und wenig später polierte Hüseyin die Halbmonde auf den Kammerstängeln ihrer Mauser-Gewehre.

In Wahrheit waren die Soldaten ausgeschickt worden, um Einheimische zu finden, die dem Bataillon bei einer geheimen, aber für die Zukunft der Nation lebensnotwendigen Mission helfen sollten. Dazu mussten die Angeworbenen ein Boot für zehn bis fünfzehn Passagiere besorgen und rudern können. Die Idee ließ Hüseyins Herz höherschlagen. Hüseyin war gerade noch zu jung für die Front, aber besser als jeder andere der im Dorf verbliebenen Männer. Und er ruderte für sein Leben gern. Transportbataillon, Hilfssoldat Hüseyin Umut zu Befehl!

Als man sich heute im Morgengrauen im Schein von Laternen traf, waren die zwei Soldaten nicht allein. Hüseyin zählte vierzehn in Lumpen gekleidete Kinder, zwischen vier und zehn Jahren – so genau konnte er das nicht schätzen, er war ja selbst noch ein Kind –, die zitternd, aber mucksmäuschenstill vor der Baracke am Ufer standen.

Guten Morgen, Herr Kommandant, zu Diensten, wohin soll die Reise gehen?, rief Hüseyin.

Sus, sei still, zischte der Steuermann, der mit dem Stolperer bei den Kindern stand. Man hatte nur noch auf Hüseyin gewartet. Die Soldaten sprachen auch jetzt nicht. Mit den Kolben ihrer Gewehre zeigten sie an, was zu tun sei, und stießen Hüseyin und die Kinder empfindlich in die Seiten, bugsierten sie erst zum Ufer und dann in das noch fest vertäute Boot. Eigentlich brauchte man auf jeder Seite drei Ruderer, um es in angemessener Geschwindigkeit zu bewegen, aber Hüseyin wusste, dass er die Soldaten nicht enttäuschen würde. Wenn das Ding erst einmal in Bewegung war, würden sie auch Fahrt aufnehmen.

Gefangenentransport, raunte der Stolperer. Nicht länger als einen halben Tag würden sie seine Dienste in Anspruch nehmen.

Geizkragen, dachte Hüseyin, aber Geschäft ist Geschäft. Der Weg nach Ordu war weit, und dorthin ging es wohl, vermutete er.

Hüseyin rudert für zwei. Seine Gedanken kreisen eng. Ihm ist, als hätte der Muezzin heute nicht vom Minarett der Moschee zum täglichen Morgengebet gerufen. Kann das sein? Welch unseliger Tag, sollte er wirklich nicht gerufen haben, sagt Hüseyin sich.

Er zieht kraftvoll die Ruder.

Zug,
Zug.

Ob er wohl krank ist?

Zug.

Oder bin ich so müde, denkt er, dass ich es überhört habe, und der Muezzin hat doch gerufen: *Bismillahirrahmanirrahim?*

Zug,
Zug,
Zug.

Oder haben sie den Muezzin verschleppt, weil er den Mund nicht halten kann?

Zug.

Oder weigert er sich, zum Gebet zu rufen, weil die Zeiten unheilig sind, *Bismillahirrahmanirrahim?*

Zug,
Zug,
Zug,
Zug.

Morgen sollte ich zur gleichen Zeit wiederkehren und mit meiner *Misine* Istavrit angeln, denkt Hüseyin, auf das Wasser und die Schwärme blickend. Ich könnte sicher Hunderte fangen und sie dann auf dem Markt verkaufen und einige selbst verzehren. Ich liebe Istavrit mehr als jeden anderen Fisch.

Plötzlich ist Hüseyin wütend auf den Muezzin und dessen Nachlässigkeit. Wenigstens auf ihn muss man sich verlassen können, denkt er, wenigstens auf sein tägliches Gebet.

Etwas später liegen sie im offenen Wasser, und anstatt nach rechts, Richtung Südwesten, also Ordu zu steuern, hat der Steuermann das Ruder gerade gestellt, und sie sind direkt aufs Meer gefahren, nur fort vom Ufer.

Die Riemen klappern gegen die Bordwand, Hüseyin liest mit dem Auge die Küste. Links hinter der kleinen Moschee des heillosen Muezzins geht es hoch nach Kuzmahalle.

Wenn er bald genug Geld vom Tabakhandel angehäuft hat, will er diesen Hügel kaufen und ins Geschäft mit Haselnüssen einsteigen, das steht fest, denkt Hüseyin noch und reißt im nächsten Augenblick die Schultern zu den Ohren, weil er erschrickt vom dumpfen Schlag ins Wasser. Als würde ein schwerer Stein fallen gelassen.

Das Boot schwankt heftig, und doch wagt er es nicht, sich zu regen. Was ist das für ein unerhörtes Geräusch, denkt er, und sofort noch mal: der nächste Schlag, wie eine tiefe Hochzeitstrommel, und dann der Klang von Wasser, das sich über dem in den Fluten versinkenden Körper schließt.

Vierzehn Mal wiederholt sich der Schlag, und Hüseyin fragt sich, wie sie so still sind, die Kinder, wenn sie die anderen in den Fluten verschwinden sehen, um schließlich selbst hinterherzugehen. Und warum sie sinken, sinken, sinken wie Steine.

Bumm,

bumm,

bumm,

bumm,

bumm,

bumm,

bumm,

bumm,

bumm,

bumm,

bumm,

bumm,

bumm,

bumm.

Armenier eben.

800 Kilometer westlich, zur gleichen Zeit, geschieht ein kleines Wunder. Zum ersten Mal seit etwa zweitausend Jahren verirrt sich ein Wal, oder genauer: eine Pottwalin, von den Dardanellen her kommend nach Nordwesten hinein ins Schwarze Meer. In dem Augenblick, als Hüseyin vom Kind zum Erwachsenen wird, ohne sich darüber im Klaren zu sein, schwimmt sie die letzten Kilometer durch die Meerenge, die Europa von Asien trennt, den Bosporus. Sie hört die merkwürdigsten Klänge, die sie je vernommen hat, nicht brüllend, wie die Schrauben

und Schaufeln der Ungeheuer, die sie seit Jahren den letzten Nerv kosten, nein: singende, surrende, fremde Schläge, als könnten Makrelen mit ihren Körpern Klänge erzeugen.

Hungrig reißt die Walin das Maul auf und klickt. Mit ihren Augen, dem linken, nach Westen schauenden, und dem rechten, gen Osten, würde sie die Beute ohnehin zu spät erkennen. Deshalb klickt sie ein wenig vor sich hin wie ein Sonar, schickt ihrer Route akustische Schockwellen voraus, denn wer weiß, vielleicht erwischt sie den einen oder anderen schnell vorbeiziehenden Fisch, wenn sie ihn im Echo hört, ihren Kiefer öffnet und gewaltige Mengen Wasser nebst überrumpelter Meeresbewohner in ihrem Schlund verschwinden lässt.

Sie ist hochschwanger, sie ist einsam, sie ist hungrig. Und ihr ist heiß, als würde sie im Kern glühen. Das laue, flache Wasser des Bosporus schenkt wenig Linderung. Sie sucht die kalte Tiefe, nur die Klänge lenken sie ab. Die wenigen brüllenden Motoren blendet sie aus und hört nur noch ihr eigenes Klicken, die Makrelencluster und vierzehn tiefe, sehr ferne Schläge. Eine Trauermusik, die sie bestürzt. Und – es ist ihr unerklärlich – die ihr zugleich Gewissheit schenkt.

Leise summend verschwindet sie in den dunklen Tiefen, in den dunklen Tiefen.

ERSTER TEIL: *Kayıp Masumiyet,*
Die verlorene Unschuld

MÜNCHEN, 1986 BIS 1992

KAAN WAR EIN MISERABLER Fußballer, und die Kinder, mit denen er spielte, fühlten sich nicht wie Freunde an. Roland ein wenig, aber der war zwei Jahre älter als er und sein Vater Dorfpolizist, der die Republikaner wählte. Wenn Kaan zu Roland nach Hause ging, spielten sie Nachmittage auf dem Commodore C64, der für ihn unerreichbar blieb. Jedes Jahr wünschte Kaan sich einen zu Weihnachten und dann, als er wieder nur Bücher und Kleidung bekam, zum Geburtstag. Zu seinem zehnten Geburtstag bekam er einen schnöden Schachcomputer, der ihn zu Tode langweilte, weil er ihn entweder mit wenigen Zügen mattsetzte oder weil er nach ewig dauernden, einsamen Spielen verlor. Da gab er auf und wünschte sich nichts mehr. Auf Rolands C64 spielten sie *Vampire's Empire* und tranken Spezi, bis ihre Augen brannten. Das war es, was er wollte: spielen, bis die Augen brennen. Und eine Mutter, die Spezi und lasche, warme Wiener Würste auf einem Tablett ins Kinderzimmer bringt. Aber nichts davon wäre im Bereich des Denkbaren gewesen.

Alles war gewöhnlich an Kaan. Seine blonden Locken, das Haus der Familie im Vorort von München, zehn Minuten mit dem Fahrrad zur S-Bahn, ein Reihenmittelhaus. Der Vater, Ingenieur mittleren Alters, mittlerer Angestellter bei Siemens. Die Mutter, technische Zeichnerin, hatte in seiner Abteilung gearbeitet und wusste gleich, er war der Richtige für sie. Kein

Macho, ein weicher, schüchterner, gut gekleideter und recht attraktiver Mann, unerfahren in der Liebe und ihr völlig verfallen. Sie verliebte sich ein wenig in ihn, und ihr Verstand sagte ihr, dass er ihr gegenüber loyal sein würde. Ihr Gefühl sagte ihr, dass das mehr war, als sie je von einem der Männer hätte erwarten können, die sie sehr geliebt hatte.

Ungewöhnlich für eine Münchner Durchschnittsfamilie war, dass Kaans Mutter Nur hieß. Nach einem Jahr in München sprach sie fließend Deutsch. Nach einem weiteren Jahr perfekt, sodass man sie am Telefon für eine junge Frau aus Hannover oder Braunschweig hielt und nicht für eine Türkin vom Schwarzen Meer. Zwei Wendungen sollten sie jedoch für immer verraten. Sie sagte «Miltsch» statt «Milch» und «Der Apfel fällt nicht weit vom Birnbaum weg». Doch die wusste sie zu vermeiden. Sie war schön, schämte sich aber für ihre schiefen Zähne. Sie war sehr klein, doch das war ihr nicht bewusst.

Kaan. Ein beschissener Name für Deutschland, ein beschissener Name fürs Dorf. Kahn, Kanu, Kanne, Kannix, Kack, Kaan Bock, Schlag-mich-tot-mit-doofen-Spitznamen. Doch kam ihm jemand blöd, regelte es seine Mutter. Direkt auf der Straße, wenn er sein weinrotes Fahrrad heulend auf den Asphalt knallte, nach Hause rannte, petzte und sie die Übeltäter gleich zu fassen bekam. Oder sie ging zu den Müttern an deren Reihenhaustür und machte sie zur Schnecke. Bald sagten alle «Kaan». Punkt.

Wenn einer deinen Namen anrührt, will er dich anrühren, sagte Nur ihm, wenn sie ihm am Abend Geschichten vorlas. Er will dich ändern. Denn das Wort wird dich formen. Kaan ist türkisch und heißt, du bist der Boss, und: das Leben ist ein Kampf. Sie las ihm Grimms Märchen vor, *Krieg und Frieden*, Andersens Märchen, *Doktor Schiwago*, Jack London, Karl

May, Elias Canetti. Sie hatte keine Ahnung von Kindern, das lag wohl an ihrer eigenen Mutter.

Auch sonst tat Nur alles dafür, dass die Menschen im Dorf dachten, er sei ein deutsches Kind. Sie sprach, bis er in die Schule kam, ausschließlich Deutsch mit ihm. Sie kleidete ihn wie ein reiches Kind, mit Kickers-Sandalen, Petit-Bateau-Unterhemden, dunkelblauen Socken, die Fussel zwischen den Zehen hinterließen. Kaan liebte heimlich den käsigen Geruch seiner Füße, den nur die Kombination aus jenen Sandalen und jenen Socken an bayerischen Sommertagen zustande brachte. Ein deutsches Kind, bis auf den Namen.

Den ganzen Nachmittag hatten sie Fußball gespielt, und seine Nichtfreunde hatten ihn ins Tor gestellt, an der Seite des Platzes, die stark abfiel und an einen steilen, verwilderten Hang grenzte, der in einen Wald überging. Das Tor hatte kein Netz. Also musste Kaan unzählige Male den Hang hinab und im Gestrüpp den Ball finden. Ob er den Ball nicht hielt, wie meistens, wenn den anderen ein Schuss aufs Tor gelang, oder ob sie danebenschossen, spielte keine Rolle. Der Torwart holt den Ball.

Irgendwann gab Kaan es auf, ihn halten zu wollen, und übte stattdessen, cool zu springen, wenn jemand aufs Tor schoss. Hechtrolle war sein Ziel. Roland, der in der gegnerischen Mannschaft war, hatte Kaans Mitspieler lieblos ausgedribbelt und sich seinem Tor auf wenige Meter genähert. Oder war es ein Meter? Jedenfalls zog er durch, mit der Kraft eines Erwachsenen. Kaan warf sich an diesem schwülen Donnerstagnachmittag des 31. Juli 1986 in die Hechtrolle, und wie es der Teufel wollte, kreuzten sich Rolands brachialer Nahschuss und Kaans Sprung in der Art, dass das Leder ungebremst in Kaans Eier knallte.

Der Schmerz war unbeschreiblich, Kaan wurde ohnmächtig. Sein rechter Hoden schwoll am Abend zur Größe eines Tennisballs. Er pulsierte und fühlte sich an wie heiße gebratene Hühnerherzen.

Im schlampig gekachelten Bad der Eltern eines Freundes steht Kaan knappe sechs Jahre später, wenige Wochen vor Beginn der Sommerferien, mit heruntergelassener Hose und ist verzweifelt. Sein rechter Hoden ist wieder geschwollen, und er schmerzt wie damals, als er nach Rolands Schuss überzeugt war, nie mehr zeugungsfähig zu sein, weil seine Mutter es gesagt hatte.

Die Party ist verlaufen wie alle Feste, die er mit seinen Freunden feiert. Nun hat er Freunde. Jeden Tag fährt er mit der S-Bahn die 35 Kilometer in die Stadt, um dort ein musisches Gymnasium zu besuchen. Eine Schule mit lauter Gleichgesinnten. Fast alle haben Eltern, die ihre Kinder für hochbegabt halten. Das Gefühl verbindet. Sie spielen Instrumente, singen im Chor, spielen Theater oder malen mit Öl auf Leinwand.

Nach Rolands Schuss begann in Kaans Jugend eine neue Zeitrechnung. Er spielte fortan weder Fußball noch Computer mit seinen Nichtfreunden. Er übte nur noch Gitarre. Täglich drei, vier Stunden, manchmal mehr. Er hatte die Schule gewechselt, Jugendwettbewerbe gewonnen und die Aufnahmeprüfung als Jungstudent am Mozarteum in Salzburg bestanden. Jede Woche freitags fuhr er mit dem Zug dorthin und nahm Unterricht bei einem berühmten Amerikaner und einem jungen kubanischen Meister, dessen freizügige Lebensweise Kaan schockierte, überforderte und zutiefst beeindruckte.

Natürlich stieg ihm dieses Leben zu Kopf. Das Gefühl, besonders zu sein und einzigartig, hatte Nur in ihm gesät. Alles sei für einen wie ihn möglich, jede Tür stehe ihm offen, ihrem Sohn, dem Enkel von Hüseyin Umut, dem legendären Haselnussmagnaten des Schwarzen Meeres.

Kaan versucht, seinen Schmerz zu stillen. Auf Zehenspitzen steht er vor dem Waschbecken und schöpft eiskaltes Wasser aus der Leitung über sein Geschlecht. Doch erst das kühle Porzellan des Beckens bringt Linderung.

Es ist ein sechzehnter Geburtstag, den sie feiern. Die Muster der Abende, die die Jugendlichen gemeinsam verbringen, ähneln sich. Sie treffen sich am späten Nachmittag, entzünden ein Feuer im Garten, essen Selbstgekochtes, Mitgebrachtes, Salat, Chips, Bolognese, Grillwürstchen, Gummibärchen, und beginnen früh, Bier zu trinken. Einer spielt Gitarre und singt halbe Lieder von Nirvana, den Fugees, Eric Clapton und den Beatles.

> Michelle, ma belle
> These are words sed go together well
> Michelle, ma belle
> Se la ba la sed
> Tres bien la la da
> I love you, I love you, I love you
> scheissescheisse

Das Haus des Freundes ist ein ehemaliger Bauernhof, weit draußen zwischen Seen, S-Bahn-Gleisen und Waldrand. Die Feuchte des Waldes kühlt das Haus, er hat eine mythische Dimension, ist schier unendlich. Viel später wird Kaan an Adalbert Stifter denken oder an Lars von Trier, wenn er sich an diesen Wald erinnert. Als bald Sechzehnjähriger ist er nur beunruhigt. Er kann es nicht in Worte fassen, es ist ein Tagtraum, der ihn heimsucht, der sich draußen in der Tiefe des

Unterholzes verliert und der sein Gedärm in Unruhe bringt wie eine dunkle Vorahnung. Oder wie das Erschrecken über den verrenkten Körper eines gewaltvoll zu Tode gekommenen Tieres. Oder wie Frischverliebtsein.

Die Eltern des Freundes kommen nie vor, kein Mensch weiß, wo sie sind. Gegen zehn ist die eine Hälfte der Leute betrunken, die andere fährt mit der S-Bahn nach Hause. Die, die bleiben, die Coolen, spielen Trinkspiele, liegen sich bald in den Armen und knutschen harmlos miteinander.

Doch etwas ist diesmal anders. Kaan hat mit Susanne geknutscht. Susanne, zu der ihre Freunde kurz «Zizi» sagen, gesprochen mit weichem S, geschrieben mit hartem Z, nicht zu verwechseln mit der kaiserlichen Sissi. Eigentlich hatte er sich ein anderes Mädchen ausgeguckt. Eine aus der Zwölften, mit glatten, aschblonden langen Haaren und großen Zähnen, aber die hatte noch die S-Bahn genommen.

Dann also Zizi. Ein Mädchen, das die Klasse quer über den Schulflur besucht, die 11a oder e oder so, und die schöne, sehr uncoole Kleider trägt, geschnürte bis zu den Knien reichende Lederschuhe, schwarze blickdichte Strumpfhosen, weite Wollpullover.

Zizis Mund ist eine entspannte schmale Linie, kaum breiter als Kaans Gitarristendaumen. Mit seiner Zunge ergründet er ihre Lippen und die dahinter verborgene Tiefe. Ihre Zurückhaltung bemerkt Kaan kaum, viel zu vereinnahmt ist er von der überraschenden Intensität seiner Gier. Ihre Frisur ist eine Reminiszenz an die gerade vergangenen Achtziger, ein exakt auf Höhe des Kinns geschnittener Bubikopf. Ihre Augen grün, die Haare in erstaunlichem Rot, eine Mischung, die, wie Kaan einmal erfahren soll, die seltenste ist unter den Menschen. Viel später wird ihr Gesicht von Sommersprossen überdeckt sein.

Zu dem Zeitpunkt, als die Weißheit ihrer Haut Kaan wie ein Blitz trifft und ihn mehr erregt als alles, was er je zuvor gesehen, als jedes Mädchen, das er zuvor berührt hat, der Duft ihres Nackens, ihre Feinheit, das Zögerliche ihrer Bewegung: Zu dem Zeitpunkt kann Kaan ihre Sommersprossen noch zählen.

Er steht im Bad. Seine Verzweiflung gründet darauf, dass er wieder rauswill zu Zizi und weiß, er muss sich in den Griff kriegen. Es ist mitten in der Nacht. Stundenlang lagen Zizi und er unter dem Tisch im Garten, und die Schwellung ist die Folge seiner ununterbrochenen Erektion. Selbst jetzt, allein und unter Schmerzen, lässt sie kaum nach. Tränen stehen ihm in den Augen, denn er will zurück zu ihr, ist in der kurzen Zeit süchtig nach ihr geworden. Doch kein Weg führt dahin, seine Hose wieder anzuziehen.

Als er schließlich, nach einem kalten Sitzbad und dem langen, erfolglosen Versuch, sich selbst zu befriedigen, das Bad verlässt, ist Zizi fort.

IN DEN FOLGENDEN WOCHEN stehen Zizi und Kaan oft im Schulflur, doch sie schenkt ihm kaum Beachtung. Er unterhält sich intensiv mit ihren Freundinnen und lacht zu laut, was bei ihr nicht verfängt. Zizi hingegen fesselt seine ganze Aufmerksamkeit. Er kann ihr nicht ohne Beunruhigung gegenübertreten. Auch nicht, wenn sie ihn auffällig ignoriert.

Drei Tage vor den Sommerferien hält Kaan es nicht länger aus. Er weiß, er muss weitere Register ziehen, denn die Aussicht auf sechs Wochen ohne Zizi bereitet ihm Panik.

Das Telefon seiner Eltern hat ein langes Kabel, das in der Dose im Erdgeschoss steckt. Es ist gerade lang genug, um es über die Holztreppe bis hoch in sein Kinderzimmer zu spannen. Kaan überdehnt es ein wenig, sodass er den Apparat an der Tür vorbeischieben kann, bevor er sie schließt.

Er nimmt den Hörer ab. Der Ton ist etwas tiefer als 440 Hz, aber immer noch ein solides eingestrichenes a. Er spannt die spiralförmige Schnur so weit, dass er sich aufs Sofa setzen kann.

Auf dem ungemachten Bett liegt seine Gitarre, ein 1988er Millennium-Modell von Thomas Humphrey. Fichtendecke, dynamisch wie ein junges Fohlen und «as loud as a gun», wie sein kubanischer Lehrer zu sagen pflegt. Kaan hat sich angewöhnt, die Gitarre nach Stunden ununterbrochenen Spielens in weitem Bogen in die Daunendecke zu werfen. Nie ist dem Instrument dabei etwas passiert, wenn auch die Distanz beim Wurf mit der Zeit immer größer geworden ist.

Kaans Mutter hatte ihren Golf verkauft, um die Gitarre zu bezahlen, aber er hatte dafür keine besondere Wertschätzung gezeigt. Er wusste, sie konnte gut mit Geld umgehen, und es war kein Problem für sie, auf das Auto zu verzichten. So oder so brauchte er die Gitarre. Kein Mensch spielt E-Dur-Partita auf einer Kinderklampfe.

Neben der Gitarre liegen ein paar Pornohefte, die er im Keller gefunden hat. Über den Boden verteilt schmutzige Socken und Unterhosen. Gegenüber vom Schreibtisch ein dreiflügeliger Kleiderschrank aus kirschfurniertem Sperrholz, dessen mittlere Tür einen mannshohen Spiegel fasst. Er steht gerne davor und betrachtet sich. Er zieht die Backen ein, die Augenbrauen streng zusammen und dreht sich ins Dreiviertelprofil. Oder er zieht sein Hemd aus und trainiert mit den Hanteln seines Vaters. Manchmal holte er dann Nurs Schminkspiegel aus dem Bad und betrachtet, mit dem Rücken zum Schrank, versonnen seine Latissimus-Muskeln.

Er lehnt sich ein wenig nach vorne. So ist das Kabel entspannter, so könnte er sprechen. Noch immer hört er den Ton und denkt nach.

Er kennt Zizis Nummer nicht, und er wollte sich bisher nicht die Blöße geben, sie danach zu fragen. Was, wenn sie nichts von ihm wissen will? Dann steht er da wie ein Dummkopf. Der schlaue, schöne, talentierte Mr. Kaan.

Zizi, Zizi.

Zizi.

Kaan legt den Hörer auf die Gabel und geht zur Tür. Er drückt das Ohr aufmerksam an die blickdichte Glasfüllung. Seine Mutter ist im Dachgeschoss und arbeitet. Absolute Stille.

Leise öffnet er die Tür und geht auf Strümpfen die Treppe hinab. Er wendet sich nach links über den rotbraunen Fliesenboden in die Küche. Hebt die Schublade leicht an, bevor er sie langsam und geräuschlos rauszieht. Neben gehäkelten Topflappen eine Packung Zigaretten, lange Eve 120. Ekelhaftes Zeug. Kaan klappt den Deckel der Schachtel nach hinten und prüft, wie voll sie ist. Wenn nur zwei, drei, fünf Zigaretten in der Packung sind, fällt es auf, dass eine fehlt. Aber es sind dreizehn, und Kaan weiß, dass seine Mutter es nicht merken wird, wenn er heimlich eine nimmt. Er klemmt sich eine Kippe zwischen die Lippen und schließt die Schublade ebenso vorsichtig, wie er sie geöffnet hat. Mit der flachen Hand prüft er die Hosentasche seiner Jeans. Darin verbirgt sich sein Benzinfeuerzeug. Mit den Eckzähnen zieht er den Filter aus der Zigarette, damit sie mehr knallt, und wirft ihn in den Mülleimer. Er achtet darauf, dass der Filter unter anderem Unrat verschwindet.

Er schleicht die Treppe zurück nach oben, vor seiner Zimmertür hält er inne. Dann hebt er das Telefon vom Boden auf, trägt es mit sich ins Bad. Von außen schaltet er die Lüftung ein, nicht aber das Licht. Warum hab ich nicht zwei Zigaretten genommen, denkt er und spürt die Unruhe im Bauch. Welch merkwürdiger Zufall, auch hier reicht das Kabel gerade bis über die Schwelle. Er schließt die Tür hinter sich und sperrt ab.

Es ist stockdunkel, lediglich ein wenig Licht dringt durch den schmalen Türspalt. Kaan lehnt sich mit dem Rücken ans Holz, rutscht auf den Boden und zündet die Zigarette an. Ein intensiver Würgereiz überkommt ihn, aber der kleine Blitz im Hirn ist es wert. Jetzt ist er wirklich aufgeregt. Im Dunkeln ertastet er die Wählscheibe und wählt die Nummer der Auskunft. Familie Engel, irgendwo im Westen von München.

Nach zwölf Versuchen kommt er an eine Nummer, die die richtige sein könnte. Während er die Ziffern dreht, spürt er sein Herz schneller schlagen. Es klingelt einmal, zweimal, siebenmal, er ist kurz davor aufzugeben.

Engel, meldet sich eine Männerstimme.

Kaan legt hektisch auf. Ich will rauchen, ich will rauchen, brüllt sein Hirn. Doch die Zigarette ist längst aufgeraucht und die Reste im Klo runtergespült.

Er wartet ein paar Minuten und nimmt all seinen Mut zusammen. Er wählt die Nummer erneut.

Ja, hier ist die Zizi?

Im Erdgeschoss hört Kaan es rumpeln. Tülin, die Putzfrau, sie hat er vergessen. Offenbar trägt sie den Staubsauger die Treppe hoch. Herrgott noch mal.

Hi, hier ist Kaan.

Hi.

Kaan schweigt. Tülin flucht auf Türkisch und geht die Treppe wieder runter. Kaan horcht auf das Knistern in der Leitung. Die Hitze steigt ihm zu Kopf, sein Mund wird trocken. Warum sagt sie nichts? Die ist aufgeregt. Wahrscheinlich total überrascht, dass ich anrufe. Oder sie findet es blöd. Wie kann er ihr bloß erklären, woher er ihre Nummer hat?

Zizi schweigt.

Was ist mit der los? Da überkommt es Kaan, er ist jetzt total erregt. Er erinnert sich an den Kuss. Er hat schon einige Mädchen geküsst, aber mit ihr war es anders. Einfach total anders und irre intensiv. Jetzt halt mal den Ball flach, Kaan. Sag was Cooles.

Kaan merkt, dass er zwar ewig gebraucht hat, um bei Zizi anzurufen, aber überhaupt nicht darüber nachgedacht hat, was er ihr sagen möchte. Er will sich mit ihr treffen. Aber nur, wenn sie es auch will. Also eigentlich möchte er, dass sie sagt, sie will ihn treffen, und dann möchte er sagen, klar, aber vielleicht nächste Woche, hab am Wochenende Konzert, muss E-Dur-Partita spielen.

Zizi, ich glaub, ich hab mich total in dich verknallt, platzt es aus ihm heraus.

Zizi?

Zizi?

Sie sagt immer noch nichts. Was ist los mit ihr?

Zizi?

Kaan springt auf und stößt sich an der Türklinke den Kopf. Verdammt. Er drückt die Gabel am Telefon und lauscht. Nichts. Er drückt noch zweimal, blitzschnell. Wieder nichts. Tot. Das Telefon ist tot.

Kompliziert zieht er sein Hemd aus der Hose und versucht, den Stoff zurechtzuzupfen, um seine Erregung zu verbergen. Er öffnet die Tür. Das Licht blendet ihn. Vor ihm steht Tülin.

Kaset getirdim, hab dir Musikkassetten mitgebracht, auf deinem Tisch. Bist du hungrig, gibt auch Bohnen und Joghurt.

In der Hand hält sie das aufgewickelte Telefonkabel.

Lag auf der Treppe. Musst du aufpassen. Kann man drüberfallen.

Kaan nimmt ihr das Kabel aus der Hand, gibt ihr einen Kuss auf die Backe, *merhaba Teyze*, hallo, Tülin, und verschwindet mit rotem Kopf in seinem Zimmer.

Die Gitarre steht kippelig an der Wand, die Wäsche ist weg, Papiere und Bücher auf dem Schreibtisch sind nach Größe gestapelt und die Pornohefte ordentlich verstaut unter dem gemachten Bett.

Erst Jahre später fragt sich Kaan, warum seine Eltern nie bemerkten, dass er heimlich im Bad rauchte.

ES IST EIN JAHRHUNDERTSOMMER, zähflüssig dehnt er sich wie eine Asphaltfuge auf einer glühend heißen bayerischen Landstraße. Kaan ist ein Gefangener seiner Gefühle, und er steckt fest. Er hat damit gerechnet, während der Ferien auf einem Festival in Italien aufzutreten, doch in letzter Minute hat sich die vielversprechende, väterlich formulierte Einladung eines berühmten älteren Komponisten, der junge Gitarristen liebt, in Luft aufgelöst. Ein Freund, mit dem Kaan eine Reise ins Donaudelta geplant hat, hat Ärger mit seinen Eltern und Hausarrest bekommen.

Die Quecksilbersäule unter der dunkelorange leuchtenden Markise hinterm Haus klettert über 40 Grad, und je höher sie steigt, desto schwerer wiegt Kaans Gemüt. Er hat Zizi nicht mehr angerufen seit dem missglückten Gespräch. Er stellt sich vor, dass sie sein lächerliches Liebesgeständnis gehört hat und sich mit Freundinnen über ihn lustig macht. Zu gerne hätte er ihr eine gemeine Karte aus Italien geschrieben, seine Worte als Witz abgetan und irgendetwas Herablassendes hinzugefügt.

Aber nein, er sitzt allein auf der orangefarbenen Terrasse und isst Himbeerrolle vom Wochenende. Der Biskuit ist aufgeweicht, die Sahne klumpig. Himbeerreste kleben an der Tupperdose und schmecken nach bitterer, vertrockneter Marmelade. Die Blätter der Birke im Nachbargarten hängen regungslos. Kaan und die Wespen sind die einzige Quelle von Unruhe weit und breit.

Noch mal anrufen, formen seine Lippen lautlos.

Hi, wie geht's.

Du fehlst mir.

Quatsch.

Na, auch nicht in Urlaub gefahren?

Bock auf Kino?

Gott, wie blöd.

Nach einigen Minuten steht Kaan auf, geht ins kühle Haus. Er klemmt sich den Hörer zwischen Ohr und Schulter und wählt im Gehen. Die Nummer wird er sein Leben lang nicht vergessen. Die Wählscheibe vibriert am Zeigefinger. Er kann die Ziffern drehen, ohne auf die Scheibe zu blicken.

Tscht-grrrrr, tscht-grr, tscht-grrrrrrrrrrr, tscht-grrrrrrrrrr, tscht-gr…

Bis er fertig ist, sitzt er wieder auf der Terrasse. Nach ein paar Sekunden hört Kaan den Freiton. Er steht auf, der Terrassentisch reicht ihm bis unters Knie. Er lehnt sich mit Gewicht gegen seine Schienbeine, will die Kante spüren. Fünf, sechs, zehn Freitöne. Nichts. Verdammt.

Drei Wespen haben sich über die Krümel auf seinem Teller hergemacht. Kaan sieht, wie ihre Kiefer große Stücke aus dem verklebten Teig schneiden. Ihre Flügel zittern vor Anstrengung, sie sind mit ihrer ganzen Aufmerksamkeit auf die Beute fokussiert. Behutsam greift Kaan nach dem leeren Glas neben dem Teller. Er betrachtet die Unterseite und schätzt die Größe der Fläche mit zusammengekniffenen Augen.

Nicht zu langsam, nicht zu schnell, zerdrückt er die Insekten zu Brei. Dabei dreht er das Glas ein wenig, doch er verwendet seine Kraft maßvoll. Als er es wieder hebt, winden sich die zerquetschten Glieder noch. Gut, denkt Kaan, wohlgelitten, und bläst die Überreste von Wespen und Kuchen ins Blumenbeet.

Später diesen Sommer träumt er von den Wespen und einem Schauder, der ihn überkommt, einer unscharfen Vorstellung unauslöschlicher Schuld, die er auf sich geladen hat.

Manchmal, wenn er nicht übt, raucht er heimlich am Weiher im feuchten Gras am Ende der Schlucht, die hinter dem Abhang der Fußballwiese ins Tälchen führt. Der Bach, in den sich der Weiher ergießt, treibt ein altes Mühlrad an. Das Mühlhäuschen liegt unheilvoll in der Senke. Unbewusst liebt Kaan die Beunruhigung, die von diesem Ort ausgeht. Sicher, am Hang hinter der Mühle rodelte er damals im Winter mit seinen Nichtfreunden. Doch nie hatten sie sich dem Haus mehr als nötig genähert. Nie hatte jemand einen Menschen das Häuschen betreten oder verlassen sehen oder selbst einen Blick hinter die blinden Fenster mit den zugezogenen Vorhängen geworfen.

In seinen Tagträumen hinter der Mühle wähnt Kaan sich krank. Er hadert mit sich, er verflucht seine Jungfräulichkeit, von der niemand erfahren darf. Mit geschlossenen Augen windet er sich auf der Wiese und zerdrückt mit der Zunge honigsüße Schlüsselblumenblüten. Ich werde sterben, ohne je gefickt zu haben. Was für ein erbärmliches kleines Leben. Mit geschlossenen Augen liegt er bäuchlings im Gras und reibt sich an Unebenheiten unter dem weichen Grün.

Wenn ich sterben muss, wenn ich weiß, ich habe nur noch Wochen oder Tage, werde ich sie fragen! Ich werde sie unter Tränen bitten, sich mir ein einziges Mal zu schenken. Ein einziges Mal und dann in Frieden gehen.

AM ENDE DES SOMMERS steht Zizi wieder im Schulflur, umgeben von einem Duft, der Kaan schwindeln lässt. Ihre Haare sind in der Sonne noch leuchtender geworden.

Hinteres Treppenhaus, 8.45 Uhr, hat er auf einen kleinen Zettel gekritzelt und ihn ihr, die mit den Schulterblättern und der rechten Schuhsohle an der Wand lehnt, in den Pulloverärmel gesteckt. 8.45 Uhr ist ein idealer Zeitpunkt, um allein zu sein. Zu spät für die Nachzügler, die ihre S-Bahn verpasst haben, zu früh für die, die erst zur zweiten Stunde kommen.

Als Zizi das Treppenhaus durch die Glastür betritt, steht am Boden eine brennende Kerze, daneben liegt ein einzelnes pinkes Rosenblatt. Und ein weiteres, etwa einen Meter entfernt, dann noch eines und noch eines. Die Spur führt die Treppe hinauf bis ins oberste Stockwerk. Dort liegt unter einem losen Häufchen Rosenblätter ein Kuvert. Ungefähr zu dem Zeitpunkt, als sie es öffnet, erklingt im Treppenhaus eine Gitarre, Kaans Gitarre: Schumann. Kaan sitzt vier Stockwerke tiefer, im Verborgenen. Kaum hat sie den komplizierten Brief entziffert, ist die *Träumerei* vorbei.

Khän, ruft sie ins Treppenhaus, und es klingt ihm so herrlich übertrieben amerikanisch und angenehm vertraut.

Eine Stunde später nähert sie sich dem Monopteros, wie er es sich blumig und verklausuliert von ihr gewünscht hat, dem klassizistischen Pavillon mitten im Englischen Garten. Der Tag verspricht warm zu werden, doch die bayerischen Spätsommernächte verbreiten schon eine Kühle, wie man sie andernorts nicht kennt. Sie lassen die Menschen frieren, wie man im Fieber friert.

Kaans Mandeln schmerzen. Er lehnt mit dem Rücken am runden Stein, der als gekrönte, goldbeschriftete Stele inmitten des marmorbesäulten Pavillons steht, und sieht Zizi aus der Ferne auf sich zukommen. Am kalten Stein entlang gleitet er in Deckung. Er weiß nicht, warum. Will er sie kindisch erschrecken, oder liebäugelt er mit der Möglichkeit, ungesehen zu verschwinden?

Der Boden – ist es roter Marmor? – liegt von den Jahrzehnten rundgelutscht wie ein Bonbon und großporig vor ihm. Seine Farbe erinnert Kaan an Blut. Als sei auf dem Stein ein Tier geschlachtet worden und als hätte der Tau das Blut dann verdünnt. Doch es handelt sich um profanen Stein, benetzt von Wasser aus einem Rasensprenger, der frühmorgens die umliegenden Rosenrabatten für die heißen Sommertage getränkt hat und versehentlich nicht ausgestellt wurde. Oder ist es die verbliebene Feuchte des mächtigen Morgentaus?

Als Kaan an sich herabblickt, steht neben ihm eine Ente, ein Erpel. So zutraulich, wie nur dumme Parktiere sein können, denkt er.

Pass auf, dass ich dich nicht packe und dir den Kopf abbeiße, kleines fettes Entlein.

Da glotzt ihn die Ente an und klappt den Kopf so unnatürlich zur Seite, als sei ihr Hals gebrochen.

Einfach abgebrochen, denkt Kaan.

Einen Augenblick später zuckt er zusammen. Zizi steht

neben ihm. Allein und aus unmittelbarer Nähe wirkt sie viel kindlicher als auf dem Schulhof. Sie hat keine Tasche bei sich, nichts, woran sie sich festhalten könnte. Ihre Wangen sind gerötet, und sie lächelt, die Ärmel ihres Pullovers weit über die geballten Fäuste gezogen.

Bu dünyada herkes bir şey olmaya çalışırken sen hiç ol. Wenn in dieser Welt jeder versucht, etwas zu sein, so sei du nichts. Unsere Aufgabe soll das Nichts sein, das Nichts, Zizi, will Kaan ihr sagen.

Kaan, du Idiot, denkt er im nächsten Moment, tu was, sag was. Sei ein Mann, zeig ihr, dass du dich nicht für sie interessierst …

Da küsst Zizi Kaan sehr zärtlich und gierig, und es ist besiegelt. Wie ein Toxin durchflutet es seinen gesamten Körper, jedes Haar, jede Zelle. Er schmeckt die Süße, von der er schon einmal gekostet hat, und erliegt ihr in diesem Augenblick in einer Weise, die ihn nicht mehr loslassen wird, sosehr er sich auch sträubt.

In der Ferne springt ein Reh durch den Park. Nur die Ente ist fort.

EINE SACHE BLEIBT, als Zizi und Kaan längst ein Paar sind: Sie führen ewige Telefonate des Schweigens. Stunden- und nächtelang lauschen sie dem Knistern der Leitung, schlafen ein, erwachen und lauschen wieder. Kaan kann sich nur in Gedanken klar artikulieren, aber wenn es ums Sprechen geht, wird er stumm. Da ist ein Dickicht aus erlernten Verboten und die Unfähigkeit, bei der Sache zu bleiben, das Lärmen unzähliger Nebenschauplätze.

An einem der ersten Nachmittage, die er bei ihr verbringt, haben sie eine VHS-Kassette in der Videothek ausgeliehen. *Abyss* heißt der Film, den sie laufen lassen, um zwei Stunden lang ungestört zu knutschen. Sie bekommen mit, dass die Story Schrott ist, in den Tiefen des Meeres spielt und von fremden Wesen und einem Paar handelt, das mit nur einem Sauerstoffgerät aus einem sinkenden Tauchboot entkommen muss. Sie ertränkt sich im eiskalten Wasser, damit er sie durch Herzmassage und Anbrüllen – «Fight, bitch, fiiiiight!» – wieder zum Leben erweckt.

«Kabyss – fight, bitch, fiiiiight», wiederholt Zizi tonlos, und wieder fallen sie übereinander her wie tapsige Welpen. Seitdem nennt sie ihn «Kabyss».

Nicht Kabyss, sagt Kaan zu Zizi vielleicht ein Jahr später: *Khan* soll mein Spitzname sein, mit h vor dem a.

Als sie irritiert schaut, erklärt er: Khan, wie ein mongolischer Reiter, klingend «Khän», so wie du mich im Treppenhaus gerufen hast, «Khän» wie ein Texaner. Khan Khula will ich ab heute heißen, und mein Stern soll leuchten, denn du bist cool, aber ich bin Khula!

Darüber können sie lachen.

Erst zur Verzweiflung, dann unter demonstrativem Augenbrauenheben seiner Mutter beginnt er, für Musikauftritte «Khan Khula», mit dem verrückten h vor dem Vokal, auf seine Plakate und Programme zu schreiben.

Du hast so einen schönen Namen, wie kannst du den nur so verunstalten?, zetert Nur. Kaan wiederum ist unentschieden: Einerseits verzweifelt er daran, nicht dazuzugehören, andererseits will er das auf gar keinen Fall: dazugehören. *Khan Khula* klingt einzigartig, eitel, extravagant und verärgert seine Mutter.

Doch sie erkennt bald, dass das ein cleverer Schachzug ist, ein Exotismus, mit seiner türkischen Herkunft zu kokettieren. «Der Führer» ist ja die türkische Bedeutung seines Namens, des Namens, den sie ihm gegeben hat. Und so lässt sie ihm den Triumph des pubertären Widerstands, gibt sich entsetzt und ist insgeheim stolz auf ihren Sohn, der nicht nur genial Gitarre spielt, sondern auch versteht, dass jeder Künstler eine Geschichte braucht.

Ich liebe dich, entfuhr es Zizi, einen Monat oder sechs Wochen nach dem Englischen Garten, in einem Telefonat, in dem nur sie sprach, nicht viel, aber immer nur sie und dann wieder Stille. Er antwortete ihr nicht.

Liebe fühlt sich an wie Rauchen, sie überstrahlt jeden anderen Gedanken, denkt Kaan später, viel später, und sagt «Sex» statt Liebe.

Und doch ist ihre Liebe leicht und glühend und ungezügelt. Es dauert lange, bis sie miteinander schlafen, zuvor übernachtet sie unzählige Male bei ihm und er unzählige Male bei ihr. Sie lassen nicht voneinander, in diesen Nächten, mit ihren Händen, ihren Füßen, ihren Mündern, ihren Zungen. Fast nie begegnen sie ihren Vätern, weil die zu früh das Haus verlassen und zu spät zurückkommen. Zizis Mutter ist viel unterwegs, trifft Freundinnen, macht Besorgungen oder arbeitet. Sie ist eine glückliche, zugewandte Frau, die das Leben versteht und weiß, dass nichts wichtiger ist, als Mensch zu sein *mit* Menschen, nicht gegen sie. Sie ist so gefestigt in dieser Gewissheit, dass die anderen in der Familie an ihr hängen wie Blüten und Früchte an einem gesunden Baum, der zu verbergen gelernt hat, dass sie Gewicht haben. In ihren Augen, deren Farbe durchsichtig scheint, verbirgt sich eine Melancholie, die sie weglacht, wenn sie sich entdeckt fühlt.

Kaans Mutter aber ist gefährlich wie eine entsicherte Pistole. Er liebt sie, wie man seine Mutter nur lieben kann, doch noch mehr fürchtet er ihren Zorn, ihre unerbittliche, verheerende Wut.

Wenn Zizi zu Besuch ist, verstrickt Nur sie in Unterhaltungen, stellt Fragen zu ihrer Familie, ihren Hoffnungen, ihren Plänen. Du solltest studieren, was du willst, die Welt liegt dir zu Füßen, sagt sie und umschließt Zizis Hand mit der ihren.

Nur raucht viel in Zizis Anwesenheit, sie zeigt sich betont einverstanden mit der Beziehung ihres Sohnes und beteuert, wie schön Zizi ist, wie passend ihre Familie. Reiche Leute, sagt sie, mit guten Manieren und vielleicht etwas altmodischen Ansichten. Ein wenig verwöhnt sei das Kind, aber es sei gut, schöne Mädchen zu verwöhnen, sie selbst sei nie verwöhnt worden. Die Armut ihres Vaters sei unvermittelt über die Familie hereingebrochen, aber dennoch habe er ihr eine Ausbildung wie die von Kindern reicher Istanbuler Familien ermöglicht.

Nur hatte ein Internat besucht, drei Tagesreisen mit dem Schiff von zu Hause entfernt, im Herbst hin, im Sommer zurück, pünktlich zur Haselnussernte.

Zunächst besuchte sie das *Kadıköy Kız Koleji*, das beste Lyzeum der Stadt, später, als ihre Noten schlechter wurden, weil arme Kinder keine guten Noten schreiben, die *Erenköy Kız Lisesi*, eine billigere und dennoch noble Schule, ebenfalls auf der asiatischen Seite der Stadt. Das Internat lag auf einer Anhöhe in einem ehemals prächtigen, dreistöckigen weißen Gebäude mit filigran verzierten hölzernen Fassaden und Schatten spendenden Loggien vor den Klassenzimmern. Die Kinder schliefen in hohen Sälen und wuschen sich in einem separaten kleinen Badehaus, das bessere Jahre gesehen hatte. Doch es war sauber.

Zu Beginn des Jahrhunderts hatte das Anwesen mehrfach den Besitzer gewechselt. Zuletzt gehörte es Faik Bey, einem Referenten des letzten osmanischen Sultans Abdülhamid II. Unter welchen Umständen er das Objekt erworben hatte, dessen Vorbesitzer von einem Konkurrenten blutrünstig ermordet worden war, wurde nie aktenkundig. Die Osmanen waren unvergleichlich cleverer als ihre deutschen Bündnispartner und regelten stets alle Dinge, die ihrem Ansehen schaden konnten, mündlich, über loyale Mittelsmänner, ohne je Spuren zu hinterlassen. Es flossen einige Tausend Lira, und gleich seinen Vorgängern hatte Faik Bey ein Faible für junge, ja für sehr junge Frauen. Er verbrachte einige Tage die Woche mit seinem ansehnlichen Harem, für den er beneidet und bewundert wurde in der frisch erworbenen Sommerresidenz in Erenköy. Seine guten Verbindungen zum Hof und Abdülhamids tiefes Vertrauen eröffneten ihm ungeahnte Möglichkeiten. Und so waren unter den Mädchen seines Harems einige der schönsten jungen Griechinnen und Armenierinnen, die Istanbul je gesehen hatte.

Die Nähe zum Sultan bereitete seiner exzentrischen Lebensführung jedoch ein jähes Ende, und nur einen Tag vor der Absetzung Abdülhamids durch die Jungtürken am 27. April 1909 setzte Faik Bey am späten Vormittag, nach einem letzten, sehr befriedigenden Besuch seiner Mätressen und einem Frühstück, das gekrönt war von seiner Leibspeise, Köfte mit Pinienkernen in Tahinsauce, bei äußerst unruhiger See über zum Bahnhof Sirkeci, mit zwölf schwer beladenen Barken und seinen drei jüngsten Frauen, eben einer Griechin, einer Armenierin und sogar einer rothaarigen Romnia aus Kirklareli. Seine Spur verlor sich mit Abfahrt des Zuges nach Wien, doch die ganze Stadt wusste, dass mit seinem Gepäck weit mehr Gold das Land verlassen hatte, als der gerissene Faik Bey sein Eigen nennen durfte.

Die Jungtürken beschlagnahmten daraufhin die Gebäude der Sommerresidenz und gründeten ein Mädcheninternat, um den jugendlich femininen Geist der Anlage zu erhalten. In den folgenden Jahrzehnten entwickelte sich aus der Schule eine der fortschrittlichsten Bildungsinstitutionen des Landes.

Als am 10. November 1938 Mustafa Kemal Atatürk verstarb, einen Tag nach der Reichspogromnacht, so als gäbe es einen oder eben keinen Zusammenhang zwischen den historischen Ereignissen, schwenkten westlich gekleidete junge Frauen mit gerecktem Kinn und Tränen in den Augen türkische Fahnen von den Balkonen der Schule. Die *Erenköy Kız Lisesi* war ein Epitom der modernen Türkei geworden, für die sich die Errungenschaften osmanischer Dekadenz als kulturell fruchtbar erwiesen hatten. Denn so wie überall auf der Welt hatte die entfesselte Verfeinerung von Kultur einen morali-schen Preis. Der verschwenderische rote Marmor des Ha-mams, in dem sich Dutzende Jahrgänge von laizistisch-west-lich gebildeten Schülerinnen wuschen; die unermesslichen Mengen silbernen Vorlegebestecks und weißer Servietten in den Schränken für den Festsaal des Nuriye-Hanım-Pavillons; die Dimension der filigranen und doch großzügigen Archi-tektur des Ensembles: All das formte den Geschmack und das Weltbild der Schülerinnen.

Die verkappte, mehr oder weniger mit der Institution ver-bundene Pädophilie endete im Jahr 1927 mit der Eheschlie-ßung des berühmten Autors und Lehrers an der *Erenköy Kız Lisesi*, Reşat Nuri Güntekin, mit einer seiner ehemaligen Schutzbefohlenen. So prägte der Ort, obwohl der Zahn der Zeit sichtbar an ihm nagte, eine Wirklichkeit für Heranwach-sende, die in ihrer Weltläufigkeit nicht grandioser hätte an-gelegt sein können.

Wenn Nur mit zwölf, dreizehn Jahren die Fähre nahm, von Galata nach Kadıköy, in Begleitung eines Lehrers und ande-rer Schülerinnen, in ihrem einzigen, ärmellosen Kleid über der einzigen Bluse und in ihrem einzigen Paar Schuhe, dann sehnte sie sich nach den frischen *Simit*, den Sesamkringeln, die umherlaufende Verkäufer von Holzstangen an die Pas-sagiere verkauften. Sie zu essen, war für Nur unerreichbar, denn sie hatte schlicht kein Geld. Mit tiefen Atemzügen sog sie den Geruch der noch heißen Kringel ein und genoss ihn, als ginge es eben nur darum: an ihnen zu riechen. Als seien die Kringel bloß dazu da, die Welt in ein duftendes Paradies zu verwandeln. Doch unmerklich formte die vergangene, aber noch immer präsente Grandezza der *Erenköy Kız Lisesi* das entgrenzte Weltbild des jungen Mädchens. Abends, im großen Saal des Internats, aß sie dünne Suppe, gleich einer wirklichen Prinzessin, mit silbernem Löffel, von einem Suppenteller aus feinstem sächsischem Porzellan.

Am frühen Morgen wachen Kaan und Zizi häufig davon auf, dass der frische Rauch erster Zigaretten unter der Tür in sein Zimmer dringt. Er verfehlt seine Wirkung nicht, ein Alarmsignal, die Gepflogenheiten des Hauses zu wahren, aufzustehen und Kontakt aufzunehmen.

Nie fragt sich Kaan, wie seine Mutter, die in einem Land groß geworden ist, in dem die freie Liebe unter Jugendlichen undenkbar wäre, es aushält, ja billigt, dass zwei-, drei-, viermal die Woche ein Mädchen das Bett mit ihrem Sohn teilt. Unter ihrem Dach. Warum Nur überhaupt in einem Land lebt, in dem das möglich ist.

Nur war nach Deutschland gekommen, um den Chauvinismus der türkischen Gesellschaft für immer hinter sich zu lassen; ihre Brüder, die sie misstrauisch kontrollierten, obwohl der Vater ein glühender Verfechter der westlichen Lebensweise war; Männer, die glaubten, sie bewerten zu dürfen, und die sie stets wissen ließen, zu welchem Urteil sie kamen. Mach dies nicht, mach jenes nicht, sprich nicht, widersprich nicht, ein Mädchen tut dies, ein Mädchen tut das, achte Gott ein bisschen, achte deinen Vater, achte deine Mutter, achte deine Jungfräulichkeit, achte die Türkei, achte deine Jungfräulichkeit, achte die Türkei.

Sie war geflohen vor den Müttern, für deren Söhne sie nicht gut und schön genug war. Vor allem: aus einer Familie, die nicht reich genug war. Der Ruf von Hüseyin Umut, ihrem Vater, hallte zwar noch lange nach in jener Region am Schwarzen Meer, in der Nur geboren war; ebenso der von Vahide Umut, ihrer Mutter, der schönsten, weißhäutigsten Frau weit und breit. Doch was galt das alles in Istanbul, wohin Nur nach dem Schulabschluss ging und wo sich Ende der Fünfzigerjahre eine eigene Art zu sprechen entwickelte – kein Dialekt, nein, eine artifizielle, hochnäsige Art, die die Istanbuler von allen anderen Türken unterschied? Gab es einen verborgenen Grund für die Ablehnung, die Nur dort erfuhr, einen Grund, der sich ihrer Wahrnehmung verschloss? Sind es meine schiefen Zähne, dachte sie. Warum sonst dürfen die Söhne dieser Mütter mich nicht lieben? Sie ahnte, es gab da etwas, aber sie war sich selbst zu fern, um dieses Etwas zu denken.

Aus ihrem Willen zur Flucht hatte Nur Kraft geschöpft. Und Härte. Ihre Erscheinung blieb mädchenhaft und zierlich, sie kleidete sich gewählt. Doch im Verborgenen zeichnete sich ihre Resilienz von Jahr zu Jahr schärfer, wie das Funkeln einer stählernen Klinge, die sorgfältig und ohne Unterlass geschliffen wird. Fiss-fiss-fiss.

Wie kann man so weiße Haut haben, sagt Nur jetzt zu Zizi. Meine Mutter hatte die weißeste Haut weit und breit … Hat die Sonne gemieden, um schön zu bleiben, aber selbst sie war nicht so weiß wie du … Im Sommer Sonnenschirm, dütt, dütt, dütt.

Nur wackelt lustig mit dem Kopf und tut so, als halte sie den Schirm.

Und die roten Haare … Möchtest du Tee? … Miltsch? Sie gießt Zizi Tee nach. Wer in deiner Familie hat rote Haare? … Hm? Sag?

Zizi ist überfordert.

In der Türkei gibt es oft rote Haare, in Anatolien, am Schwarzen Meer … Glaubt man gar nicht, ist aber so … Woher kommen eure Vorfahren? … Irland? Irisch …? Belgisch?

Nur trinkt schwarzen Kaffee mit Zucker. Sie trennt ihre

Sätze mit langen Pausen, die Zizi die Gelegenheit geben, in das Gespräch einzusteigen.

Kaan hat bemerkt, dass seine Mutter blau-weißes Zwiebelmuster deckt, wenn Zizi zu Besuch ist, Geschirr, das sie sonst nur samstags und sonntags benutzen. Außerdem hat sie weiche Eier gekocht und Krabben mit Mayonnaise angerichtet, wie an Geburtstagen. Zizi hat die Schultern unmerklich hochgezogen, ihre Wangen und Stirn sind tiefrot.

Wenig später sitzen Zizi und Kaan in der fast leeren S-Bahn zur Schule. Der Unterricht beginnt erst zur dritten Stunde. Zum Abschied hat Nur Zizi an beiden Händen gehalten und ihr in die Augen geschaut. Ich bin sehr glücklich, hat sie gesagt und dabei das Kinn so hochgereckt, dass ihre Worte machtvoll und mütterlich wirken, ein wenig von oben herab, obwohl Zizi einen Kopf größer ist als sie. Zizi hat sie umarmt, ihre Schultern und Wangen berührten sich, aber es blieb ein Abstand zwischen ihren Körpern.

In der S-Bahn liest Kaan Zizi vor. Das ist ihr Ding, ein Kapitel er, ein Kapitel sie. Ein Buch wählt sie aus, dann eines er. *Garp, Krieg und Frieden, Der Liebhaber, Die Blechtrommel, Die unerträgliche Leichtigkeit des Seins, Moby Dick.* Manche Bücher lesen sie zu Ende, manche versickern, aber sie lieben diese Art, gemeinsam Zeit zu verbringen.

Nun also *Moby Dick*. Eng ineinander verschlungen, sitzen sie in der Bahn.

Zizi, hab ich dir mal die Geschichte von meinem Opa erzählt, meinem *Dede*? Kaan löst den Blick von den Seiten. Er hieß Hüseyin. Vor zwei Jahren ist er gestorben. In den Vierzigern war er der reichste Mann am Schwarzen Meer. Zumindest meint das meine Mutter. Aber wird schon stimmen. Mit Limousine und Fahrer und allem Pipapo. Die Geschichte war so: Er war Haselnussfabrikant, hatte Plantagen ohne Ende und verarbeitete die Nüsse der Bauern aus der Gegend als Großhändler und Exporteur. Irgendwann wurde ihm das Geschäft zu klein, und da entschied er, in die Fischerei einzusteigen, fing Schweinswale und Delfine, um Tran herzustellen. Meine Oma, meine *Anneanne*, sagte ihm, er solle das nicht tun, Wale töten sei eine Sünde. Es würde ihn ruinieren. Zwei Jahre später war er pleite.

Verrückte Geschichte, sagt Zizi. Und nach einer Weile: Nein, du hast mir noch nie von deinen Großeltern erzählt. Erzähl weiter.

Beide blicken mit hektisch zuckenden Augäpfeln aus dem Fenster, auf die vorbeifliegenden Häuschen der Vorstädte.

Weiß nicht. Hab eigentlich nichts am Hut mit denen, sagt Kaan. Nette, arme alte Leute, die komisches Zeug reden, in einer Sprache, die ich kaum verstehe und die zu lernen mir nichts bringt.

Das ist doch Quatsch, Kaan. Es ist deine Familie, das hat was mit dir zu tun!

Quatschquatschquatsch, Kaan versucht, Zizi in die Nase zu beißen. Er weiß, sie hasst das wie die Pest. Deshalb hört er gleich wieder auf und küsst sie stattdessen.

Moby Dick, der weiße Wal, sagt Kaan und wedelt mit dem Buch, dem man die Schuld geben kann für alles, was man verbrochen, für jeden Schmerz, den man zugefügt hat. Den man töten kann, weil man ihn als Feind erkennt. Und weil man es kann, nimmt man sich das Recht. Hat man ihn erst vernichtet, dann besitzt man ihn und macht ihn zu Geld, zu viel Geld. Und mit dem Geld wäscht man seine blutigen Hände in Unschuld.

Der Abend endet in einem grandiosen Desaster. Kaan und zwei Freunde ruinieren das Wohnzimmer zweier Schwestern aus der dreizehnten Klasse, Zwillinge, die ihren Geburtstag feiern wollen. Zizi ist nicht dabei. Sie hasst, wie Kaan ist, wenn er feiert. Die Zwillinge wohnen in einem Reihenhaus mit höhenverstellbaren Ledersofas, gläsernem Couchtischchen und einem eichenfurnierten Einbauregal voller Schallplatten. Den Kindern zuliebe übernachten ihre Eltern bei Verwandten.

Hey, hört mal, nur ich kenne die Geschichte von den Färöern!, monologisiert Kaan im Suff. Steht so in *Moby Dick*, ihr Banausen. Hört zu: Die Urwalin Sølvør war einsam, da gebar sie die Zwillinge Álvur und Aura. Um ihnen einen Sinn zu geben, schenkte sie Álvur ein Schwert und Aura eine Scheide, auf dass sie sich unterschieden und miteinander spielen konnten.

Nach drei Bier und zwei Schnäpsen verfällt Kaan in den Duktus eines irren Pfarrers auf der Kanzel.

Álvur und Aura aber waren einander in tiefer Feindschaft verbunden. Sie bekämpften sich ohne Unterlass. Aus ihren Tränen entstanden die Ozeane, Sølvør weinte aus Schmerz um ihre Kinder, Aura aus Wut über ihren Bruder und Álvur, in heimlicher Trauer, über die Ablehnung seiner Schwester. Da packte er sein Schwert und besamte Aura mit nach ihm geformten Ebenbildern – Schwärmen von Gottwalen, Pottwalen, *Sperm Whales*, versteht ihr?

Kaan zwinkert übertrieben mit dem rechten Auge.

So gebiert Aura die Welt in die Ozeane, in denen sich bis heute die Pottwale Álvurs tummeln. Alle Fruchtbarkeit auf Erden geht auf ihn zurück. Das Urwissen um die Welt schwimmt in ihnen durch die Meere. *Ballaena salvator mundi*, der Wal ist der Retter der Welt, brüllt Kaan, Wal will ich sein!

Er hämmert unvermittelt mit den Fäusten gegen die Wand und reibt sich mit der Hüfte daran, als wolle er sie begatten.

Gegen drei Uhr morgens verlassen die drei Freunde in Socken das Haus. Sie wollen Zigaretten kaufen, schaffen es aber nur bis zu einem umgegrabenen Stoppelfeld. Als hätten sie einen Plan, stolpern sie aufs Feld hinaus, überqueren die S-Bahn-Gleise, immer geradeaus. Ihre Füße werden klatschnass, aber sie spüren keine Kälte, so betrunken sind sie.

Nach einiger Zeit bemerkt Kaan, dass sie nur noch zu zweit sind. Sie kehren um, durch Zufall finden sie in der Dunkelheit den Dritten, der sich quer auf die Gleise gelegt hat, den Nacken über der einen Schiene, die gestreckten Beinen über der anderen. Kaan überlegt laut, ob sie ihn liegen lassen sollen. Die erste S-Bahn kommt erst in ein, zwei Stunden — oder fährt die samstagnachts durch?

Pschhhhhh, lass den Trottel schlafen.

QUEENS, 1996

WÄHREND DES SCHNEEREICHEN Winters 1996 in Queens, als Kaan zum Studieren in einer dunklen Wohnung im dritten Stock, nach hinten raus zur Trash Alley, auf der Ecke zur Skillman Avenue wohnt, besucht Zizi ihn wochenlang. Wenn er tagsüber an die Musikhochschule geht, bleibt sie allein, spaziert durch die Straßen oder liegt auf dem Sofa und liest ein Buch nach dem anderen. Sie scheint glücklich zu sein.

An einem Tag ist der Blizzard so heftig, dass unter den Schneehaufen rechts und links der mühsam freigeräumten Fahrrinnen nicht mehr zu erkennen ist, wo Autos stehen und wo nicht. Man könnte ganz New York auf Skiern durchqueren. Doch Kaan ist mental im Tunnel. Er hat es rüber nach Manhattan geschafft, um zu üben, wie jeden Tag. Es sind mehr als siebzig Zentimeter Schnee gefallen.

Zizi schlendert in der Zwischenzeit durch die ungewöhnlich friedliche Stadt. In einer Nebenstraße hinter dem Citicorp Center entdeckt sie im Schaufenster eines Fotogeschäftes ein kleines Schwarz-Weiß-Bild, das sie sofort elektrisiert. Die Besitzerin des Ladens, eine ergraute Mexikanerin mit bemerkenswert langem Haar, hatte 1981 das letzte Solokonzert des großen spanischen Gitarristen Andrés Segovia in Carnegie Hall miterlebt, und ihr war ein Schnappschuss gelungen: Segovia von hinten, in verknautschtem Anzug, mit schönem, dickem Daumen am Gitarrenhals und schlohweißem Haar, eine Zugabe spielend, hinein in den legendären, riesigen, bis auf den letzten Platz ausverkauften Saal. Zizi feilscht ein wenig und kauft das Bild, obwohl sie es sich eigentlich nicht leisten kann.

Zizi mag Kaans New Yorker Wohnung, das sagt sie ihm oft genug. Selbst der Badezimmerboden ist mit einem frotteeartigen Teppich ausgelegt, der einmal weiß gewesen sein muss und widerlich nach Raumduft riecht. Kaan hat nur eine Kaffeemaschine aufgestellt und ernährt sich hauptsächlich von kalten, gefüllten Blintzes aus dem Deli gegenüber. In Queens wohnt er, weil die Wohnung billig war und er sich in den Kopf gesetzt hat, jeden Tag über die Queensboro Bridge bis zur Juilliard School, wo er studiert, zu joggen. Ein nahezu schwachsinniger Gedanke, müssen doch dank seines Stipendiums weder er noch seine Eltern einen einzigen Cent bezahlen. Und täglich hin und zurück je zwölf Kilometer zu laufen, ist eine Überforderung, an der Kaan scheitern muss.

Nichts beschäftigt ihn außer seiner Karriere. Er übt wie besessen, aber es bereitet ihm keine Freude. An den Wochenenden feiert er zügellos. Immer treffen Zizi und er die gleichen Studenten, die er für minderbemittelt hält, die ihm aber gutes, billiges Marihuana besorgen. Sie essen irgendwo ein paar Pizza-Slices, landen in einer Wohnung, hören laute, komplizierte Musik von Forqueray, sprechen über das neueste Buch von David Foster Wallace oder den Penis von Bill Clinton. Sie trinken Sixpack um Sixpack und rauchen Gras aus Bongs, die einen mit dem ersten Hit ausknipsen.

Zizi hasst diese Abende, das weiß er, sie trinkt Arizona Iced Tea und Orangensaft und versucht, ohne allzu viel Konversation durchzukommen. Irgendwann sind sie zurück in der Wohnung, auch wenn Kaan sich kaum je erinnern kann, wie sie es dorthin geschafft haben. Manchmal schaltet er dann den Computer seines Roommates an, der fast nie in der Stadt ist, und starrt auf den mit weißen Pixeln eine Art Weltraumflug simulierenden Bildschirmschoner. Einmal ist ihm so schlecht, dass er nicht mehr bis ins Bad kommt. Im letzten Augenblick schiebt er das Fenster hoch, beugt sich raus und kotzt über die Brüstung. Jedes Mal, wenn sein Erbrochenes auf die Klimaanlage der chinesischen Studentin ein Stockwerk tiefer klatscht, bricht er in lautes Gelächter aus, das sofort vom nächsten Schwall erstickt wird.

Ununterbrochen lästert er über seine Kommilitonen, genauso wie über sich selbst. Er sucht nach Zuspruch, Erfolg, Ruhm. Er verachtet das Repertoire der Gitarre. Er hasst spanische Musik. Wegen des Machismo, sagt er, es sei chauvinistische Genremusik. In seiner Haltung ist er absolut und unbeweglich. Alles, was er liebt, Alte Musik, Bach, frühes zwanzigstes Jahrhundert, Villa-Lobos, Brittens *Nocturnal*, Ginasteras *Sonata*, Berios *Sequenza*, hat er längst gespielt.

Hey, Khäään, wie hast du es überhaupt nach Hause geschafft? Die Subway ist doch den ganzen Nachmittag ausgefallen.

Zizi liegt auf Kaans Futon und schaut im dunklen Zimmer fern. Das schwarz-weiß grünliche Bild auf dem Fernseher flackert. Es ist die einzige Zerstreuung, die sich ihnen am späten Abend zu Hause bietet.

Bin gelaufen – hab ich gebraucht! Irre schön draußen, oder?

Kaan ist zu Fuß gegangen, das ist die Wahrheit. Er war von Manhattan über die Queensboro Bridge gejoggt, in Winterstiefeln, lammfellgefütterter Lederjacke und mitsamt seinem Gitarrenkoffer, und konnte deshalb kurz vor der Roosevelt Island nicht mehr. Die Brücke ließ eine sensationelle Aussicht zu, wie man sie vielleicht nirgends sonst auf der Welt zu sehen bekommt. Der nördliche Fußgängerweg führt parallel zur Fahrbahn, und doch fühlte es sich an wie ein Tunnel. Die Brücke wächst aus dem Straßengeflecht der Stadt wie eine Faszie aus Beton und Stahl.

Auf Höhe der Insel war Kaan atemlos stehen geblieben und hatte sich nach links gewandt, zurück auf das Ufer der Upper East Side blickend, die im Schnee grandios und zugleich dystopisch vor ihm lag. Tausende leuchtende Rechtecke, Fenster, die für unzählige Leben standen. Normalerweise empfand Kaan die Stadt als inspirierend. Sie fütterte seinen Durst nach Größe, sie schien nur einem Zweck zu dienen, nur eine Sehnsucht zu befriedigen: die ungezügelte Fähigkeit des Menschen, sich an sich selbst zu laben. Wenn es eine Kathedrale des entfesselten kollektiven Narzissmus gab, dann war es New York City, dachte Kaan. Eine Stein, Stahl und Glas gewordene Prahlerei.

Langes Üben führte bei ihm oft zu Rausch. Vielleicht war das der Grund, warum er so viele Stunden damit zubrachte, die immer gleichen Stellen zu polieren. Unweigerlich stellte sich irgendwann das Phänomen ein, dass die Bewegungen leicht wurden, dass die Finger mit höchster Genauigkeit kalibriert waren. Und Kaan hatte kapiert, dass man die Dinge erst dann spielen sollte, wenn sie wirklich leichtfielen, so selbstverständlich wie zum Bäcker gehen oder das Öffnen einer Zigarettenschachtel. Immer jedoch blieb dabei die Psyche in ihrem Versteck, wie eine New Yorker Straßenräuberin. Sie war bis unter die Zähne bewaffnet und konnte selbst auf dem kurzen Weg zum Bäcker Zweifel streuen. Deshalb roch Kaan nach dem Üben immer nach Angstschweiß. Dabei wusste er, sein eigentlicher Feind war die Ungeduld.

Mit seinen Handschuhen hatte er sich in den Zaun gekrallt, der drei Meter hoch gespannt das Geländer säumte, und nachgedacht. In einem nächtlichen Tagtraum zog es ihn über die Brüstung. Er taxierte die Höhe und stellte sich einen Tod vor, den man hier sterben könnte. Er wusste, beim Aufschlag auf die Wasseroberfläche würde er wahrscheinlich umkommen, doch malte er sich aus, wie er tief eintauchte in das eiskalte Schwarz und wie die Kälte ihm Klarheit schenkte. In seiner Vorstellung war der East River unter Wasser genauso hell erleuchtet wie darüber. Ein Schultergürtel aus bleiernen Gewichten würde ihn in die Tiefe ziehen. Dort lagen die Antworten.

Schreivolles Meer,
tolle Fluten
brausen,
sausen,

flüsterte er immer wieder in die Schneeflocken, die der Wind ihm ins Gesicht wirbelte. Längst stand er auf dem Geländer, breitbeinig, und lehnte sich nach vorn in den Zaun, der nachließ, ihn aber sicher hielt. Vielleicht vierzig, fünfzig Meter unter ihm das Wasser. Der Zaun schnitt ihm ins Gesicht, in die Hände, drückte sich auf seiner Lederjacke ab, aber das spürte er nicht, so stark war das Gefühl, schwerelos über dem Abgrund zu schweben, über den ungewöhnlich aufgewühlten Wassern, die eher Meer waren als Fluss.

krolles Heer
aus Nichts,
gezeugt,
gebeugt.

In dämmrigen Nestern,
aus Gestern,
heute,
haust ihr,
Meute des Nullens.

Zu Unzähligen.

Doch eines,
meines,
wird leuchten,
leuchten,
leuchten,
leuchten ...

Die Brücke war stark befahren, aber der Fußgängerweg von der Straße her kaum einzusehen. In der Stunde, die Kaan unbeweglich im Zaun hing, passierten ihn zwei, vielleicht drei Fußgänger, die als gewissenhafte New Yorker keine Notiz von ihm nahmen. Nur einer kauderwelschte vor sich hin, *Don't be an insult to your species, act like a man, jump already!*

Angstschweiß und Euphorie sind gute Freunde. Es muss ein biochemischer Reaktor sein, der diese Elemente im Körper miteinander verschmilzt. Beide bedingen einander. Kaan ist so voll von sich, so restlos begeistert, er könnte platzen. Er riecht nach Rauch und Schnee. Nur die Stiefel hat er ausgezogen, seine Lederjacke ist feucht und eisig. Den schwarzen Gitarrenkasten trägt er auf dem Rücken wie einen Rucksack. Eigentlich hat er aufgehört zu rauchen, aber Zizi lässt ihn in Ruhe damit. Er kniet sich vor den Futon und küsst sie zärtlich.

Sein erstes Jahr in New York steht unter dem Stern seines

Carnegie-Hall-Debüts. Nicht die große Bühne, die kleine Weill Recital Hall ist es, wo er spielen soll. Ein geschickter Schachzug der Organisation, die den Wettbewerb ausgeschrieben hat, an dem Kaan erfolgreich teilnahm. Der Preis war ebenjenes berühmte Debüt, das jeder klassische Musiker in seinem Lebenslauf stehen haben möchte.

Zizi reicht Kaan das in Papier eingeschlagene, mit einer roten Schleife verzierte Foto.

Schon wieder Weihnachten?, fragt er. Er sitzt im Schneidersitz am Boden und reißt gierig das Papier auf.

Zizi hat glänzende Augen. Kaans Gesichtsausdruck wird undurchsichtig.

Was ist? Du schaust so ... Bist du enttäuscht?, fragt sie.

Es ist nichts, Zizi, nichts. Du bist einfach – unglaublich. Wo du das wieder herhast. Nicht zu fassen. Bloß ...

Was ist los, Kaan? Zizi kniet jetzt vor ihm. Ich dachte, du würdest dich freuen, es ist von 1981 ...

Kaan starrt auf das Bild und zeigt ihr mit erhobener Hand an, sie solle still sein.

Ich weiß, Zizi, ich weiß. Deshalb spiele ich auch diese fucking Sonate von fucking Ponce, die die Welt nicht braucht, weil fucking Segovia sie in fucking Carnegie Hall gespielt hat. 1981. Nur: Warum verdammt noch mal spiele ich im kleinen Saal, und der Greis hat den großen vollbekommen? Kannst du mir das bitte erklären?

In einer unwirschen Bewegung steht Kaan auf.

Kaan!

Danke und sei einfach still, Zizi. Ziehst mich runter in deine kleine, enge Welt. Das nimmt mir die Luft zum Atmen, verstehst du?

Er dreht sich um, schlüpft in seine Schuhe und verlässt die Wohnung.

In dieser Nacht schläft Zizi nicht. Erst am nächsten Mittag, als sie doch für einige Zeit weggedöst ist, betritt er leise das Zimmer. Die Sonne strahlt. Kaan setzt vorsichtig die Gitarre ab, streift die Jacke über den Kopf wie einen Pullover, hängt sie über die Stuhllehne, legt sich mit dem Rücken zu Zizi auf den Futon, sodass sich ihre Körper nicht berühren, und zieht sich seine Hälfte der Bettdecke über den Kopf.

Er schläft viele Stunden, wie ein Stein, und spricht erst am nächsten Tag wieder mit ihr, über alles und nichts, nur nicht darüber, warum er in der Nacht gegangen und wo er gewesen ist. Kein Wort der Entschuldigung, nichts. Er drückt mit dem Daumen einen Nagel in die weiche Gipswand über seinem Tisch und hängt Segovias Bild daran auf. Vor dem Fenster schmilzt der Schnee im Licht der Sonne.

SCHWARZES MEER, TRABZON, FEBRUAR 1999

ES IST AUCH TIEFER WINTER, als Kaan nach Jahren zum ersten Mal wieder nach Trabzon reist. Er schläft ein, bevor das Flugzeug in Istanbul abhebt. Im Traum stürzt es in die Tiefe, er sieht alles aus der Vogelperspektive. Es ist, als würde er die Maschine selbst fliegen und sie gleichzeitig von außen beobachten. Das Flugzeug sackt durch und taucht in ein gewaltiges Wolkengebirge, das von Höhlen aus Luft durchzogen ist. Kaan steuert die Maschine von Loch zu Loch, denn er weiß, das ist die Rettung. Es dauert ewig. Dann reißt die Wolkendecke auf, und das Meer ist zu sehen, mit irrsinniger Geschwindigkeit zieht es dicht unter der Maschine hinweg. Kaan sieht nur Wasser und Horizont. Die Schaumkronen verschlingen sich tänzelnd gegenseitig.

Ein Stoß reißt ihn aus dem Schlaf. Aus dem Fenster erkennt er das Meer, er sieht es genau so wie im Traum. Passagiere kreischen in Panik. Ein Moment grenzenloser Angst schießt durch seinen Körper, bis er spürt, dass die Maschine sicheren Grund unter dem Fahrwerk hat. Kein fester Boden zu sehen.

Die Landebahn in Trabzon ist direkt ins Meer gebaut. Ein Meisterwerk der Ingenieurskunst und so knapp bemessen wie möglich, denn nichts ist wertvoller am Schwarzen Meer als ein Streifen flaches Land. Es schneit schwere, weiße Flocken, groß wie Kinderhandteller.

Es ist Kaans erste Reise mit Zizi ans Schwarze Meer. Er

musste sie überreden, denn sie hat erst vor ein paar Wochen ihr Studium abgebrochen und einen Job in der Marketingabteilung eines Modelabels angenommen. Kaans Großmutter, seine Anneanne, ist gestorben, mit einundneunzig Jahren, allein in ihrem Haus, mit Blick auf das unendliche Meer. Sie, deren Name Vahide «die Einzigartige» oder «die Einzelne» bedeutet, weil sie ein Waisenkind war und ihre Adoptiveltern ihr dieses Schicksal liebevoll zum neuen Namen machten, musste auch als Einzelne sterben. Hüseyin, ihr Mann, war ihr wenige Jahre zuvorgekommen. Sie hatte es hingenommen, denn getrauert hatte sie genug für ein ganzes Leben.

Kaan denkt, ob wohl die Schaumkronen das Letzte waren, was sie gesehen hat, und ob es dieselben Kronen waren, die er erblickte, als er aus seinem Traum hochfuhr. Dieselben Wassermoleküle. Kaans Gehirn stellt ihm diese Fragen.

Weil der Tod manchmal so plötzlich kommt, musste Zizi innerhalb einer Stunde entscheiden, ob sie ihn begleitet, in diese fremde Welt, die nichts mit ihr zu tun hat. Die das Gegenteil ist von ihrer Welt und der Grund, warum sie zusammen sind. Warum er sie so bedingungslos liebt.

Zwischen Tod und Bestattung vergehen nach islamischer Tradition selten mehr als achtundvierzig Stunden. Und Kaan wünscht sich, dass Zizi Vahide einmal sieht, auch wenn sie nicht mehr lebt.

Der Flughafen ähnelt einer Wartehalle an einem Busbahnhof. Die Neonröhren flimmern. Das Gepäck, das aus der Maschine geladen wird, besteht hauptsächlich aus wild zugeklebten Paketen, bunten Plastiktüten, riesenhaften Kunstlederkoffern und in schwarze Folie gewickelten Gegenständen. Zizi überragt die Menschen hier um gut einen Kopf. Dazu ihr leuchtend rotes Haar. Wie eine fleischgewordene Marienstatue zieht sie die Aufmerksamkeit der Halle auf sich.

Kaan liebt den Geruch, wenn er hier aus dem Flugzeug steigt. Den Geruch der Türkei. Er erinnert ihn an Samsun-Zigaretten: frischer Rauch im Sommer, kalter im Winter. Erst als er nach Berlin zieht, wird er herausfinden, dass es sich mehr um den Duft von Kohle als von Zigaretten handelt. Er saugt die Luft tief in sich ein.

In Kaan regt sich keine Trauer. Als kenne sein Körper das Gefühl nicht. Stattdessen ist da ein seltsames Funktionieren, das eintritt, wenn Dinge nicht nach Plan laufen. Aufregend, denkt er, die Reise ist für mich ein verrückter Trip.

Kaan und Zizi ziehen silberne Aluminiumkoffer durch den Schnee. Er weiß nur, dass sie abgeholt werden, nicht, von wem. Sie schleppen ihr Gepäck an Taxis vorbei bis zu einem kleinen Parkplatz für Privatfahrzeuge. Das ist der Treffpunkt, den Kaan mit seiner Mutter vereinbart hat.

Es war ihr erstes Telefonat seit Monaten, seit dem Vorfall im Restaurant. Zur Beerdigung seiner Großmutter würden sie sich nach vielen Wochen wiedersehen. Das Telefonat hatte die größten Wogen geglättet.

Eine merkwürdige, aufrichtige Freude durchfährt ihn, als er Hasan entdeckt. Sein Cousin, der Spielgefährte seiner Kindheit, ist ein drahtiger, schöner Mann geworden, dem man bei jeder Bewegung eine enorme Spannkraft ansieht. Er ist ein wenig kleiner als Kaan, wirkt aber größer. Länger, um genau zu sein.

Hoş geldınız! Kilo mu aldın sen, bist dick geworden? Stell mich mal deiner Frau vor.

Hasan drückt Kaan, bevor der seinen Koffer abstellen kann.

Hi, Zizi, my name is Hasan. I am *süper* cousin.

Kaan sieht, dass Zizi innerlich die Augen verdreht, aber mit strahlendem Lächeln Hasan die Hand reicht.

Great to meet you, despite the circumstances.

Während der Fahrt die Küste entlang redet Hasan ohne Unterlass auf Türkisch, es ist ihm egal, dass Zizi kein Wort versteht.

Vor ein paar Jahren, erzählt er, es war Wetter wie heute, fuhr Yunus, ein alter Freund meines Vaters, hier die Strecke von Trabzon nach Ordu. So ein reicher Typ, aber geizig wie ein Jude. Der hatte einen alten Kartal, so einen Kombi, verstehst du? Die Scheiben beschlugen von innen und froren gleichzeitig von außen zu. Der Typ fuhr schnell, mit runtergekurbeltem Fenster, durch das er rausschaute, und wenn ihm die Augen tränten, dann kippte er Rakı auf die Windschutzscheibe und rubbelte sie von außen frei. Bei Vollgas! Ein Irrer. Jeder kannte ihn. Er fuhr also, was das Zeug hielt, bei null Sicht. Der Schnee kam nur so runter. Es war stockdunkel, aber nicht weil es spät am Abend war, sondern weil die Wolken den Himmel verdunkelten wie zehntausend Engel. Nach einer Linkskurve, rumms. Der Typ macht 'ne Vollbremsung, dreht sich achtmal und bleibt stehen. So hat er's erzählt. Er steigt aus und schaut, was da so gekracht hat. Der Kartal hat was abbekommen, verstehst du? Aber es ist nur 'ne Beule, nichts Ernstes. Was hat er da überfahren? Vielleicht einen Reifen, vielleicht einen Sack Zement? Und da sieht er's – es ist ein Viech! Ein Riesentier, das aussieht wie ein Hund. Er geht hin, schaut es sich genauer an, da fällt der Groschen: ein Wolf! Er hat einen Wolf überfahren. Und woran denkt er da, das alte Schlitzohr? Ans Geschäftemachen. Packt kurzerhand das tote Vieh und hievt es in den Kofferraum. Ein tiefer Schluck aus der Flasche, um die Nerven zu beruhigen – er ist nicht mehr der Jüngste –, und weiter nach Ordu. Will dem Vieh das Fell abziehen und es teuer auf dem Markt verkaufen, verstehst du? Aber vorher zum Prahlen ins Restaurant, seine Kumpels beeindrucken.

Er parkt also den Kartal auf dem Marktplatz, schräg gegenüber von dem Laden. Dann setzt er sich ins Etablissement und säuft weiter. Schon Jahrzehnte geht er dorthin, und praktisch jeder kennt ihn. Alle wissen, dass er ein Großmaul ist. Wollte sogar mal Geschäfte mit Hüseyin, unserem Großvater, machen. Irgendwas mit Haselnüssen, Import oder was weiß ich schon. Unser Opa, der Dede, hatte ihm aber einen Korb gegeben, weil Yunus hinter unserer Großmutter her war, der Hurensohn. Da schoss der Dede ihm zur Warnung ins Knie. Das war damals normal, verstehst du?

Jedenfalls sitzt er so da und posaunt raus, dass er einen Wolf im Kofferraum hat, und keiner glaubt ihm, weil alle wissen, was für ein Schwätzer er ist. Da kommt einer von der Straße reingerannt und schreit: *Yunus bey, Yunus bey*, hinter deinem Steuer sitzt ein Wolf!

Yunus schaut raus und sieht, was alle sehen. Der Wolf sitzt quietschfidel auf dem Fahrersitz und glotzt vor sich hin. In dem Augenblick schießt der Schrecken durch den alten Mann, sodass sein Herz für immer stehen bleibt. Tot, aus, vorbei.

Allahallah, was ist das für eine Geschichte?, fragt Kaan.

Ein wahre. Eine wahre Geschichte, sagt Hasan. Kannst mir glauben. Pass auf, Kaan. Mit einem langen Stock gehen dann so zwanzig Mann raus und machen am Kofferraum rum, bis er aufgeht. Der, der die Kiste aufkriegt, soll sie behalten dürfen, denn Yunus ist ein einsamer alter Mann ohne Verwandte. Auf jeden Fall macht einer mit dem Stock den Kartal auf, und die neunzehn anderen rennen in alle Himmelsrichtungen fort. Und das Gleiche tut der Wolf. Den hat keiner je wieder gesehen.

Als sie beim Haus der Großeltern ankommen, ist die Einfahrt versperrt. Zwar steht das eiserne Tor offen, es ist weiß und rostig wie ein altes Schiff und läuft mit lautem Kreischen auf zwei Rollen, wenn man es zur Seite schiebt und so die breite Durchfahrt öffnet. Aber eine Traube von Menschen, die um einen dunkelgrünen Kastenwagen steht, versperrt ihnen den Weg. Die meisten von ihnen sind Frauen mit weißen, sparsam farbig eingefassten Kopftüchern. Hasan erklärt Zizi und Kaan, dass in dem Wagen am nächsten Morgen der Körper der Anneanne gewaschen werden soll. Nach muslimischer Tradition.

Vor Zizi teilt sich die Menge wie vor Moses das Meer. Alle verstummen augenblicklich, als sich die Autotüren öffnen. Nun geht Hasan voran, Kaan grüßt wahllos und versucht vergeblich, bekannte Gesichter zu erkennen. Zizi, denkt Kaan, ist wie eine Reinkarnation. Ein Zeichen Gottes zu Ehren seiner Großmutter, die einst als Christin geboren wurde und nun als Muslima gestorben ist.

Als sie die Außentreppe nach oben steigen, an dem Stockwerk vorbei, in dem seine Großeltern ihre Wohnung hatten, erinnert sich Kaan an den Messinggeruch des Türriegels, den man innen, an einer weiß lackierten Kette, zur Seite zieht und den er als Kind wie von Zauberhand von außen öffnen konnte. Im Vorraum stapelten sich zahllose Schuhe der Großeltern, aber vor allem der Gäste, die in Scharen kamen, wenn Kaan mit seiner Mutter zu Besuch war. Linker Hand stand ein staubiges Schränkchen, dessen Lackierung vergilbt und an vielen Stellen abgeplatzt war. Darauf der Hut des Großvaters.

Kaan möchte hinein, aber die Tür ist verriegelt, und Hasan ist bereits ein Stockwerk höher angelangt, vor der Wohnung seines Vaters, Kaans Onkels Ferhat.

Während er hinter Zizi die Treppe hochläuft, starrt Kaan ihr auf den Po. Er fühlt noch immer keine Trauer. Ist das Ausdruck einer Störung? Gleichzeitig muss er gegen seine Erregung ankämpfen. Er stellt sich vor, im Gästezimmer seiner Großmutter Sex mit Zizi zu haben. Ein unbändiger Drang, Fantasien auszuleben, die sie nicht teilt. Sie speisen sich aus Erinnerungen, die er in sich trägt, die aber nicht seine eigenen sein können. Je klarer er das Tabu erkennt, umso mehr erregt es ihn. Dafür schämt er sich so sehr, dass er rot wird. Er hofft, es sieht so aus, als strenge ihn das Koffertragen an.

Du musst mehr trainieren, sagt Hasan, der von innen die Tür aufhält und lächerliche Pantoffeln als Hausschuhe anbietet.

Was sagt er?, fragt Zizi.

Kaan weiß, dass Hasan bei ihr unten durch ist. Weil er ein Schwätzer ist. Ein Macho, angeberisch, rücksichtslos, ein Bilderbuchhochstapler. Wer zum Teufel erzählt eine ausufernde Räuberpistole, wenn Leute dabei sind, die die Sprache nicht verstehen? Kaan weiß auch, dass sie es nie zugeben und sein Cousin es dennoch spüren wird, obwohl sie sich aufrichtig bemüht, freundlich zu sein. Ihr Lächeln verrät sie, denn wenn sie es nicht meint, ist es asymmetrisch. Nur den linken Mundwinkel zieht sie dann nach oben.

Was ist los, Kaan?, fragt Zizi. Hast du Stress? Alles wird okay sein. Deine Mutter freut sich, dass du kommst.

Vor ein paar Monaten waren Zizi und Kaan mit seinen Eltern im Restaurant gewesen. Kaan hatte sich beim Essen verschluckt – vielleicht war es die Rache der toten Wachtel, ihm einen zarten Knochensplitter in die Luftröhre zu treiben – und fiel ohnmächtig vom Stuhl. Nur war in Panik um ihren Sohn aufgesprungen und hatte eine Szene gemacht. Sie hatte den Kellner angeschrien, der hilflos vor Kaan stand und mit aufgerissenen Augen von einem Gast zum anderen blickte. Schließlich hatte sie ihm den Inhalt ihres Rotweinglases aufs

Hemd geschüttet und ihn dazu gebracht, aus seiner Starre zu erwachen, zum Telefon zu laufen und einen Krankenwagen zu rufen. Zizi war mit eingestiegen, und Kaan, der bereits wieder bei Bewusstsein war, verstand schon in diesem Augenblick, dass das weitreichende Folgen haben würde. Dass Zizi und nicht Nur mit ihm ins Krankenhaus fuhr, war aus Sicht seiner Mutter unverzeihlich. Er war ihr Sohn.

Wenigstens richtete sich Nurs Zorn nicht gegen Zizi, sondern gegen ihn. Erst demütigte sie Kaan in einer ungerechten Tirade, dann folgte Funkstille.

Nur hatte nach dem Vorfall nicht mehr mit ihm gesprochen und ging nicht ans Telefon, wenn er sie anrief. Schwerer als die verzweifelte Suche nach der Ursache seines Zusammenbruchs – schließlich wurde eine vasovagale Synkope diagnostiziert, eine harmlose Ohnmacht durch heftiges Verschlucken – wog für Kaan dieser Liebesentzug. Doch auch den glaubte er nicht zu spüren. Tagelang lag er im Schlafzimmer der Wohnung, die er mit Zizi teilte, und konnte sich nicht bewegen. Er schlief und schlief, wachte auf und fühlte sich unendlich schwach, drehte sich zur Seite und schlief weiter. Er dachte wenig an seine Mutter. Er dachte an seinen baldigen Tod.

Ein morgendlicher Traum, den er bereits als Jugendlicher geträumt hatte, war wiedergekehrt: Kaan hielt sich eine Pistole an die Schläfe, spürte das kalte Metall, den Druck auf der Haut und schoss sich in den Kopf. Der Traum erfüllte ihn mit Traurigkeit.

Alles gut, Süße. Bisschen aus der Form, das ist alles.

SIE STEHEN AUF DER AUSSENTREPPE vor Ferhats Etage. Das Stockwerk von Kaans Onkel unterscheidet sich stark von der Wohnung seiner Großeltern. Der Boden ist mit schmalen Holzdielen belegt und leuchtet rötlich unter dem klaren Lack wie die einfachen Decks der Fischerboote unweit im Hafen. Schon im Eingang liegen farbige Kilims, nur das Licht ist kalt. Es gibt hier einen dunklen Vorraum, der fensterlos im Zentrum der Wohnung liegt und von dem, wie in einem traditionellen anatolischen Haus, viele kleine Zimmer abgehen.

Hasans Mutter Latife empfängt Kaan und Zizi auf der Schwelle.

Merhaba oğlum, başın sağ olsun, herzliches Beileid, sagt sie. Und dann folgt, mit heiserer, atemloser Stimme, eine Litanei, die nicht abreißt, bis Kaan und Zizi ihre Schuhe ausgezogen und die Jacken abgelegt haben.

Latife ist Ferhats dritte Frau. Mit sinkendem Selbstbewusstsein suchte Ferhat sich Partnerinnen, die jeweils einfältiger und unattraktiver waren als ihre Vorgängerinnen. Er war ein Mensch von großer Zartheit, der unter anderen Umständen vielleicht Maler geworden wäre, einen Mann geliebt und ein zurückgezogenes Leben in seinem Istanbuler Atelier verbracht hätte. Sein Vater Hüseyin, Kaans Großvater, hatte, als er noch lebte, wenig mehr als Verachtung für seinen Sohn übrig gehabt. Das hat Ferhat ruiniert, ihn die Liebe zu sich selbst gekostet. Nur in seinen Augen hat sich immer ein Feuer gehalten, das vermuten lässt, wer sich hinter der nachlässigen Fassade eines in die Jahre gekommenen Mannes vom Dorf verbirgt.

Wenig anders verhielt es sich mit Kaans zweitem Onkel, Arif. Warum zeigst du mir nie, dass du mich liebst?, hatte er einmal zu seinem Vater Hüseyin gesagt. Der erhob sich vom Tisch und wechselte von da an kein Wort mehr mit seinem jüngsten Sohn.

Niemand rechnete heute mit Arif, und so erschien er auch nicht zur Beerdigung seiner eigenen Mutter.

Şeref, der Erstgeborene unter den vier Geschwistern, war vor Jahrzehnten bereits als Kind verstorben. Seine Abwesenheit war allgegenwärtig, solange Vahide lebte, und vervollständigte sich mit ihrem Tod.

Die Türen zu den anderen Räumen sind angelehnt. Aus ihnen dringt Murmeln, Sprechen, Klagen. Latife reicht Zizi ein schwarzes Tuch und bedeutet ihr, sich den Kopf zu bedecken. Kaan ist noch damit beschäftigt, seine Verärgerung zu verbergen, da öffnet sich die Tür zum Wohnzimmer, und seine Mutter tritt ihnen entgegen. Sie drückt die beiden warm und wortlos, hält Zizis Hände und blickt ihr tief in die Augen.

Nur geleitet sie ins Wohnzimmer, in dem sich ein gutes Dutzend verschleierter Frauen befindet, die sitzen oder hocken und murmelnd ihre Oberkörper wiegen.

In der Mitte des Raumes liegt auf dem Fußboden und in weiße Tücher geschlagen der Körper der Anneanne.

Nur kniet sich neben sie und enthüllt ihr Gesicht, von den Augenbrauen bis zum Mund, sowie ihre Hände, die auf dem

Bauch übereinanderliegen, darunter ein schweres, dolchförmiges Messer mit jadegrünem Griff.

Vahides Gesicht ist noch kleiner, als Kaan es in Erinnerung hat. Die schöne Nase knollenförmig, der Mund etwas eingefallen. Die schwarzen Augenbrauen sind mit widerspenstigen weißen Haaren durchzogen, wie sie auch aus den kleinen Nasenlöchern ragen. Doch sieht sie zufrieden aus. Als hätte sie im Moment des Todes einen Funken Glück gesehen.

Kaan ist der einzige Mann im Raum, der Blick der Frauen ist doppelt missbilligend. Nach muslimischer Tradition hat weder er etwas hier bei den Frauen verloren, noch ist das Verhalten seiner Mutter angemessen. Es gehört sich nicht, die Toten zu enthüllen. Nur verharrt neben dem leblosen Körper, und stille Tränen laufen ihr über die Wangen.

Seufzend steht sie auf und sieht abschätzig, aber versöhnlich in die Runde, hält Augenkontakt mit denjenigen, die es mit ihr aufnehmen.

Latife weist Zizi einen Stuhl zu, doch Nur bricht die nächste Regel und führt Kaan und Zizi in die Küche, zu den Männern.

Die Stimmung dort ist gelassen, fast jovial. Hasan sitzt neben dem Soba, dem knisternden Stehofen im Zentrum des Raumes, und monologisiert. Die Männer, ebenfalls ein Dutzend, hören ihm zu, lachen und kommentieren.

Nur steht in der Tür und sagt: *Oğlum geldi*, mein Sohn ist da.

Die Blicke wenden sich Nur, Kaan und Zizi zu. Zwischen den Männern erhebt sich Ferhat. Seit Jahren hat er seinen Neffen nicht gesehen. Er stößt ein freudiges «Allahallah» aus und geht mit offenen Armen auf Kaan zu.

Kim bu, bu kim? Wen haben wir denn hier? Er blickt zu Zizi. *Maşallah, maşallah.* Schau dir diese Schönheit an! In stark gefärbtem Deutsch fährt er fort: Wie heißt du? Mein Name ist Ferhat. Herzlich willkommen!, und küsst erst Kaan und dann Zizi auf beide Wangen.

Das ist mein Sohn, wiederholt Nur in die Runde.

Oturun, oturun, setzt euch, sagt Ferhat. Hasan, biete unseren Gästen Tee an.

Mutter, biete unseren Gästen Tee an, ruft Hasan, ohne aufzustehen, durch die offene Tür in den Flur, wo Latife immer noch steht. Unsicher betritt sie die Küche, bewegt sich trotz ihres gedrungenen Körpers und ihrer speckigen Arme flink zwischen den dicht gedrängt auf Stühlen, dem Kanapee oder dem Boden hockenden Männern hindurch. Sie nimmt die kleine Kanne mit dem Teesud und die darunter befindliche große Kanne mit dem heißen Wasser vom Stehofen und gießt zuerst Nur, Kaan und Zizi, dann den Männern ein.

Hasan sitzt nun auf dem Schemel vor dem Ofen und setzt seinen Monolog fort:

Unser Dede Hüseyin, *nur içinde yatsın*, er ruhe im heiligen Licht, hat dieses Land 1938 gekauft. Diesen Grund hier, auf dem unser Haus steht. Mein Vater und seine Brüder waren schon geboren. Es waren gute Zeiten. Die Welt war voll von Faschisten, aber hier in der Türkei loderte die Flamme der Moderne. Und als am 10. November jenes Jahres – es war der wärmste Tag des wärmsten Novembers des Jahrhunderts; als ob selbst die Sterne wussten, dass etwas Bedeutsames geschah – als an jenem Tag der große Mustafa Kemal Atatürk von uns ging, war das nicht das Ende der Türkei, sondern der Anfang seines Erbes. Der Anfang, versteht ihr?

Hasan blickt in die Runde, dann spricht er weiter.

Aber die Geschäfte liefen bald schlechter, und auch wenn Hüseyin Umut ein makelloser Geschäftsmann war, so machte er doch den einen oder anderen Fehler und legte sich mit den falschen Leuten an. Dem Großgrundbesitzer Yunus hat er aus Neid mit der Pistole ins Knie geschossen.

Die Umuts waren berühmt in der Region, um sie rankten sich schillernde Geschichten, die mit den Jahren immer sagenhafter wurden, weil die Mitglieder des Clans widersprüchliche Versionen in die Welt setzten und sie vehement als allein gültig verteidigten. Dabei formten ihre Erzählungen radikale Wirklichkeiten, dekoriert mit Wahrheit, die sich über sie legte wie Puderzucker über einen Geburtstagskuchen. Auch Kaan hatte dieses Talent von seiner Mutter geerbt.

Oğlum, neler söylüyorsun, was erzählst du da für Unfug?, unterbricht Nur Hasan jetzt. Wofür hätte Hüseyin Yunus beneiden sollen? Yunus wurde doch erst Großgrundbesitzer, *nachdem* er Hüseyin bestohlen hatte.

Aber es war ein Fehler von Hüseyin, ihn ins Knie zu schießen, widerspricht Hasan. Denn von da an ging es mit seinen Geschäften bergab.

Hasan redet sich jetzt in Rage. Es ist eine Mischung aus Heldenverehrung für Mustafa Kemal und Demontage seines Großvaters, an dem er wenig Gutes lässt. Kaan vermutet, dass Hasan den Augenblick nutzen möchte, um sich als der neue starke Mann der Familie in Position zu bringen und das Erbe zu seinen Gunsten zu ordnen. Kaans Blick wandert zu Zizi, die die Szene aufmerksam verfolgt. Und er sieht, wie seine Mutter kurz davor ist, die Contenance zu verlieren.

Da wendet sich Ferhat Kaan zu und sagt mit leuchtenden Augen: Schau, schau, wie die jungen Leute sich erregen und bellen wie die Hunde. Wauuuuu! Wie war die Reise, Kaan, wann werdet ihr heiraten?

Kaan ist überrumpelt und stammelt Unzusammenhängendes.

Nächstes Jahr wird die Hochzeit sein, sagt Nur.

Kaan hofft, dass Zizi nichts versteht. Doch die schaut so amüsiert, dass er im gleichen Augenblick begreift, wie sehr er sie mal wieder unterschätzt. Gemeinsam werden sie Zeugen eines sprunghaften Showdowns, der so bizarr wie erstaunlich ist und in dem Worte keinerlei Bedeutung haben.

Das vierte Stockwerk, sagt Nur zu Hasan, hat dein Dede Hüseyin damals für meinen ältesten Bruder Şeref gebaut. Der Dede konnte gut zählen, und er war sentimental. Der Tag, an dem Yunus ihn bestohlen hat, war auch der Tag, an dem Şeref von der Schule nach Hause kam, sich an den Esstisch setzte, sein Mittagessen aß, die Augen schloss und für immer von uns ging. Hüseyin hat seinen verstorbenen Sohn nie vergessen, und weil er vier Kinder hatte, hat er hier auch vier Stockwerke gebaut. Beleidige meinen Vater nicht! Du kannst ihm nicht das Wasser reichen.

Die Männer im Raum schauen Nur entrüstet an. Sie hat nichts in der Küche zu suchen, wo doch Männer und Frauen die Toten getrennt voneinander betrauern sollen. Aber sie respektieren oder fürchten Nur, denn sie wissen, dass sie der Liebling des allseits geachteten Hüseyin war und in Deutschland zu verdächtigem Wohlstand gekommen.

Oh, dann habt ihr schon Verlobung gefeiert und mir das verschwiegen, sagt Ferhat auf Deutsch zu Zizi.

Das Gespräch nimmt einen irrwitzigen Verlauf. Je mehr Ferhat seinen Sohn ignoriert, umso verzweifelter versprüht Hasan Provokationen, die Nur aufgreift und giftig zurückwirft.

ZIZI UND KAAN übernachten im Gästezimmer einer Cousine ein paar Häuser weiter, direkt unterm Dach. Nur so kann die Familie die Augen davor verschließen, dass zwei Unverheiratete ein Bett teilen. Das winterliche Meer tost ohrenbetäubend.

Schläfst du?, flüstert Zizi.

Wie könnte ich ..., antwortet Kaan.

Schweigend liegen sie nebeneinander.

Zizi, wann machst du mir einen Jungen?

Sie hasst dieses Gespräch. Es ist ein Gradmesser dafür, dass etwas bei Kaan aus dem Lot ist. Er weiß genau, dass sie Kinder liebt, aber der Zeitpunkt ist falsch, sie sind beide dreiundzwanzig. Er ist ständig unterwegs und sie gerade dabei, sich beruflich neu zu orientieren. Er setzt sie unter Druck, und er weiß, wie sehr sie das kränkt, denn ohnehin stellt sie ihre Ziele und Wünsche hinter seine zurück: die des hochbegabten Musikers auf dem steinigen Weg zum Ruhm.

Deine Mutter hat mir von Şeref erzählt, sagt Zizi. Sie meint, er wäre Vahides Ein und Alles gewesen. Ein merkwürdiger Junge, der nur auf einem Auge sah und von Geburt an schwächer war als die anderen. Vahide hat drei Jahre geweint, nachdem er starb, und aufgehört, ihre anderen Söhne zu lieben, aus Angst, auch sie zu verlieren. Aber auch davor hat sie keins ihrer Kinder so sehr geliebt wie Şeref. Kennst du die Geschichte seiner Geburt, Kaan? Um ein Haar wäre er erstickt, denn er kam in seiner Fruchtblase zur Welt. Die war vollkommen intakt. Wie eine Glückshaut.

Da bricht Kaan in Tränen aus und weint in Zizis Arm, bis er in einen tiefen, lindernden Schlaf fällt.

ES IST DER NÄCHSTE MORGEN. Durch die Vorhänge des Leichenwagens kann Kaan Umrisse von zwei Frauen sehen, die im Inneren zugange sind. Da liegt der tote Körper seiner Großmutter. Ein geschlossenes Kapitel Mensch, ein Staubkorn im Universum. Der Wagen sieht aus wie eine Mischung aus Militärtransporter und Krankenwagen, versehen mit arabischen Schriftzeichen, deren Bedeutung Kaan verschlossen bleibt. Eine der Frauen, die den Körper der Anneanne waschen, ist seine Mutter. Die andere ist seine Cousine.

Um den Wagen drängen sich unzählige Menschen, um Abschied zu nehmen. Obwohl es mitten im Winter ist, wärmt die Sonne. Die Stille trotzt der großen Zahl der Dorfbewohner. Nur von der Straße her hört man unregelmäßig die Lastwagen, die auf der Fernroute von Europa in Richtung Kaukasus vorbeirollen. Sie lärmen wie der Sage nach einst die Argonauten, die in die gleiche Richtung reisten, auf der Suche nach dem Goldenen Vlies.

Ohne Unterlass denkt Kaan an Zizis Worte. Er versucht, sich zu erinnern, warum ihm die Geschichte von Şerefs Geburt so vertraut vorkommt. Warum sie ihn, den zur Trauer Unfähigen, so sehr zu Tränen rührt. Das Kind in der Glückshaut ...

Als sich die Türen des Wagens öffnen, heben Ferhat, Hasan

und einige entfernte Verwandte den in Tücher geschlagenen Körper der Anneanne ungeschickt in eine aus rohen Latten gezimmerte Holzkiste. Sie bedecken die Kiste mit einem grünen Tuch, schultern sie und schreiten zur Moschee, die am Marktplatz des Ortes gelegen ist. Die Menge folgt den Trägern entlang des Atatürk Boulevards, der sich im Ort verbreitert und sechsspurig am Wasser entlangführt. Die Fahrbahn wird in der Mitte durch einen Grünstreifen geteilt, auf dem merkwürdige Nadelbäume wachsen.

Meine Güte, es ist so absurd hässlich hier, flüstert Zizi, die, wieder in ein schwarzes Kopftuch gehüllt, neben Kaan läuft. Und diese sechsspurige Straße inmitten eines Dorfes. Wer kommt auf so eine Idee?

Die Häuser, die die Straße säumen, passen nicht zusammen. Die meisten sind unverputzt oder nicht zu Ende gebaut. Fünf oder sechs Stockwerke hoch, sind sie das Eigentum von Familien. Nicht selten wohnen drei Generationen unter einem Dach. Rosa, braun, ziegelfarben, hellblau. Die Verwaltung scheint wenig Einfluss auf den Städtebau zu haben. Die Eigentümer bebauen die Grundstücke so dicht und hoch wie möglich. Und bis ihnen das Geld ausgeht. Im Erdgeschoss befinden sich Ladengeschäfte mit geschlossenen und verwitterten Außenjalousien. Die meisten stehen leer.

Kaan liebt den Ort. Warum, kann er Zizi nicht erklären. Der Geruch der Maulbeersträucher, das Meer, die Unordnung, die Feuchtigkeit, das diesige Licht.

Die Trauerfeier erleben Kaan und Zizi getrennt, er ebenerdig unter Männern, sie ein Stockwerk höher bei den Frauen. Es ist das erste Mal, dass sie einem islamischen Gottesdienst beiwohnen. Zizi kann von oben Kaans bereits lichter werdenden Hinterkopf betrachten. Niemals würde sie ihn wissen lassen:

In wenigen Jahren wird er kahl sein. Unbeholfen imitiert Kaan die Bewegungen der Betenden um sich herum wie ein Anfänger beim Yoga.

Am Grab stehen sie gemeinsam, auf dem Berg über dem Dorf. Vahide wird direkt neben ihrem Mann Hüseyin begraben. Nur die vornehmsten Bürger des Dorfes finden hier ihre letzte Ruhe. Hüseyin hat sich das Privileg etwas kosten lassen. Der Aushub des Grabes ist Richtung Mekka geneigt. Eine steile Rampe, die von Westen her abfällt, ist in die Tiefe gegraben.

Ferhat springt hinab auf den Grund des Grabes wie sein jüngeres Selbst und nimmt den Körper seiner Mutter entgegen. Doch allein kann er sie nicht halten. Fragend blickt er in die Runde, da kommt Kaan ihm zu Hilfe. Auch er steigt hinab und bettet den Körper seiner Anneanne in den kalten, feuchten Erdboden. Liebevoll küsst er ein letztes Mal durch das kalte weiße Tuch ihre Stirn.

Am Grab singen drei Hafız zum letzten Geleit. Unisono und alternierend stimmen sie Melodien an, die alle Schönheit der Welt in sich bergen. Für Zizi ist es der erste Moment von Erhabenheit und Trost an diesem sonderbaren Ort.

Maşallah, maşallah, kommentiert Ferhat, als sich am Abend die engste Familie zum Gebet in der Wohnung versammelt. Du bist wie ein Mann im Grab gestanden, Kaan. Nicht viele haben die Kraft dazu.

Es ist die letzte Absage an seinen eigenen Sohn Hasan. Ferhat kann ihm nur so wenig Zuneigung schenken, wie er selbst von seinem Vater erfahren hat. Kaan ist der spirituelle Erbe Hüseyins, des Übervaters. Daran gibt es seit heute keinen Zweifel mehr.

Kaan reckt den Hals, neigt sich nach vorn, um sein Bäuchlein zu verstecken, und weiß nicht, wohin mit seinen Händen. Zizi bleibt es nicht verborgen. Sie kann erkennen, wie unwohl sich Kaan in Gesellschaft seiner Familie fühlt, wie unmännlich, kraftlos und weich. Und wie sehr dies im Gegensatz steht zu dem, was seine Verwandten in ihm sehen. Nicht dass sie ihn nicht für zu dick, zu schwach, zu westlich halten. Aber sie betrachten ihn als den einzig legitimen Nachfolger von Hüseyin Umut. Auf seinen Schultern ruht ihre Hoffnung.

Und er wird sie enttäuschen.

Mitten in der Nacht wacht Kaan auf. Sein Herz schlägt so laut, dass er es hören kann. Bumm, bumm, bumm, wie eine Kickdrum. Zizi schläft abgewandt neben ihm. Vor ihm steht seine Anneanne, dicht am Bett.

Nimm dieses Messer, sagt sie und reicht ihm den Dolch mit dem Jadegriff.

Räche mich.

Räche mich, Kaan. Du weißt, was du zu tun hast.

NEW YORK CITY, CARNEGIE HALL, JANUAR 1997

AUF DER BÜHNE, mitten in der Ciaccona, beginnen Kaans Gedanken zu kreisen. Die Gitarre zittert in seiner Hand.

Verfickte Scheiße, du weißt, das verheißt nichts Gutes, sagt er sich. Fingersatz linke Hand 4 –3 –1 –4 –2 –1 –3 –3 –1. Warum zum Teufel erinnerst du dich an Fingersätze und nicht an Harmonien? I II7 V7 I VII IV III V7 I und so weiter – aber verdammt, welche Umkehrung? Bist du ein blutiger Anfänger?

Zur Sache, zur Sache. Atmen. Ausatmen, nicht einatmen. Stimmt das Tempo?

Du bist der Größte, du bist der Größte.

In diesem Moment fällt Kaan die verdammte Geschichte ein. Er hat eine merkwürdige Form der Synästhesie entwickelt. Die Ciaccona, dieser Tanz, den er hier spielt, ist eine Episode aus seiner Kindheit, anhand derer er sich von Akkord zu Akkord, Takt zu Takt, Variation zu Variation hangelt:

Anneanne
Küche
Tee
Messer

Schlawiner
Huhn
Suppe

Anneanne
nass
Creme
Angst

Die Anneanne, seine Großmutter, hatte in der Küche geses-
sen und kalten Lindenblütentee geschlürft, rot, wie verdünn-
tes Blut. Auf dem Tisch lag ein Messer, ein einfaches Küchen-
messer mit hölzernem Griff. Wie alt mag Kaan gewesen sein?
Elf, vielleicht zwölf? Oder doch jünger?

Oğlum, Sohn, *gel, kerata*, komm her, du Schlawiner, geh
und hol ein Huhn aus dem Garten, sagte seine Großmutter.

Kaan erstarrte.

Geh, hol das Huhn, *yaramaz gudik*. Wir wollen heute Suppe essen.

Sie winkte Kaan zu sich heran und reichte ihm das Messer.
Ihre Hände waren kalt und klatschnass. Immer waren ihre
Hände nass. Und immer roch sie ein wenig säuerlich und
nach feuchter Wolle. Kaan mochte das. Besonders an ihren
Haaren, blau-weiß, haftete der Duft. In der Küche trug sie sie
gänzlich unbedeckt.

Es dauerte Jahre, bis Kaan verstand, dass es sich nicht um
Wasser handelte, das ihre Hände feucht hielt. Nein, es waren
raue Mengen französischer Feuchtigkeitscreme, die Nur,
wenn sie zusammen mit Kaan ihre Eltern in der Türkei besuchte, in großen, teuren Dosen aus Deutschland mitbrachte.

Es war ihr voller Ernst. Kaan hatte ihren Auftrag verstanden, und niemand war da, der ihm die Last hätte abnehmen

können. Der zu seiner Großmutter gesagt hätte: Lass den Jungen in Ruhe, er kann kein Huhn töten, er ist ein verweichlichtes Kind aus der Stadt. Schlimmer noch: aus Deutschland.

Kaan nahm das Messer und prüfte es. Ging die Treppe des Hauses hinunter wie zum Schafott, dabei war er das Schafott.

Und er, der Henker, hatte das Huhn unterschätzt. Das miese Vieh ließ sich nicht fangen, und die ganze Sache war besonders schwer, weil Kaan sich so sehr ekelte, es überhaupt anzufassen. Das lebende Huhn anzufassen, das gleich tot sein sollte, war schlimmer, viel schlimmer, als glitschige, zappelnde Fische vom Haken zu nehmen. Schließlich hatte das Huhn Federn und konnte grausam glotzen und picken.

So versuchte Kaan zähe Minuten lang, das gackernde Tier in eine Ecke zu treiben, und je aufgeregter es wurde, desto schneller bewegte es sich, und je lauter es gackerte, desto ekelhafter erschien es Kaan. Er wollte das Huhn partout nicht berühren.

Nach einigem Hin und Her hatte er sich überwunden. Er packte das Tier und drückte es mit beiden Armen fest an seinen Körper. Das Messer war ihm hinuntergefallen, das Huhn pulsierte in seiner Umklammerung, aber wenigstens hielt es jetzt den Schnabel.

Nach dem Messer suchend, streifte Kaan durch den staubigen Vorgarten. Irgendwo musste es doch sein! Da begann Kaan zu dämmern, dass er nicht die geringste Ahnung hatte, was zu tun war. Mit Ausnahme einiger Insekten und vielleicht einer Handvoll Schnecken hatte er nie zuvor ein Tier getötet.

Als er schließlich das Messer wiederfand und es umständlich aufhob, ohne die Umklammerung des Huhns zu lösen, rasten seine Gedanken. Sollte er versuchen, ihm ins Herz zu stechen? Aber wo schlug das verdammte Hühnerherz? Was, wenn er nicht träfe? Er fürchtete das Huhn, und ein wenig hatte er Mitleid. Doch noch mehr litt er mit sich selbst.

Da kam ihm eine glänzende Idee: Wenn er den Kopf abschnitt, müsste es schnell tot sein. Er musterte das Tier, das er jetzt ruhig in seinen Armen hielt. Es gackerte dumme, vereinzelte Gacks. Der Hals unter den Federn musste dünn sein. Er sah sich im Garten nach einer geeigneten Unterlage um. Sein Blick fiel auf den hellblauen, verrosteten Skoda 1202, den Pick-up seines Onkels. Die Heckklappe war heruntergeklappt und schien sich als Arbeitsfläche anzubieten. Doch als er davorstand, verließ Kaan der Mut. Mit dem linken Arm und dem Kinn presste er das Huhn auf das Blech, mit der rechten hielt er ihm das stumpfe Messer an den Hals – und kam nicht weiter.

Er konnte nicht.

Halt endlich den Schnabel, du scheiß Huhn! Gleich mach ich dich tot.

Doch das Huhn gackerte weiter, und Kaan schloss die Augen und dachte in rasendem Tempo nach.

Ver bıçağı, gib mir das Messer, hörte er Hasan sagen. Grinsend stand sein Cousin neben ihm. Er zuckte mit dem rechten Auge.

Kaan ließ das Huhn nicht aus der Umklammerung, aber er befolgte Hasans Vorschlag und reichte ihm das Messer. Der begann sogleich, am Hals des Tieres herumzusägen. Das Huhn zappelte wie verrückt. Hasan sägte und sägte mit verkniffenem Gesicht, hektisch und kraftvoll, aber er kam nicht durch.

Kaan spritzte warmes Blut ins Gesicht. Er schrie auf, und das Huhn entkam. Mit abgeknicktem Kopf rannte es im Kreis über den Hof, Kaan hinterher, Hasan im Dreck, das Huhn schlug einen Haken, Hasan die Treppe hoch, Kaan im Dreck, auf, weiter, Hasan weg, Kaan hinter dem Huhn her, durch das Tor auf die Hauptstraße.

Dur, bleib stehen!, hörte Kaan eine panische Stimme. Ein Lastwagen erfasste das Huhn, um es zu zerfetzen. Der Wagen fuhr unbeirrt weiter, der Fahrer hatte nichts bemerkt. Endlich hielt es still, das verdammte, verdammte Vieh.

Was machst du da, Junge?, rief eine Nachbarin. Du hättest dich umbringen können!

Als Kaan mit dem lädierten Huhn und ohne Messer zu seiner Großmutter in die Küche zurückkam, runzelte sie die Stirn: *Manyak mısın*, bist du verrückt, was hast du dir gedacht, den *Hahn* zu töten? Ein Huhn solltest du mir bringen, ein Huhn! Allahallah – der Hahn macht die Hühner, nicht umgekehrt. Schau dir an, was du für ein Dummkopf bist!

Kaan schossen Tränen in die Augen, draußen auf der Treppe vor dem Haus hörte er Hasans Lachen. *Der* hat doch den Hahn getötet!, wollte er sagen, ich hab's ja nicht hingekriegt. Aber seine Stimme versagte.

Er erfuhr erst später, dass die Anneanne stolz auf ihn war. Weil er es geschafft hatte. Nun war er ein Mann, ein kleiner, aber richtiger Mann.

Anneanne
Küche
Tee
...

Das Lachen seines Cousins ist es, das Kaan jetzt aus der Bahn wirft. Es fällt ihm wie Schuppen von den Augen: Klar, Hasan wusste, dass man keinen Hahn tötet. Er wollte ihm gar nicht helfen, im Gegenteil, er hatte ihn reingelegt, der feige Verräter!

Bis zur letzten Reprise des Themas hat Kaan die Zügel eng geführt, die Kontrolle nicht verloren. Gut, eine Ungenauigkeit hier, ein Vorzeichen da – geschenkt. Jetzt, wo die Spannung abfällt und das Thema genau so wiederkehrt, wie es zu Beginn der Ciaccona erklingt, gewinnt Hasans Lachen Oberwasser.

Der erste Akkord gelingt noch, d-Moll in Grundstellung, doch dann ein gis im halbverminderten Sekundakkord der zweiten Stufe, und allen im Saal stockt der Atem.

> Anneanne
> Küche
> Tee
> Lachen
> ...

Kaan setzt noch einmal an, sucht Zizis Blick im Publikum, ihr Mund steht so weit offen wie ihre Augen, und Kaan bricht ab, sieben Takte vor Schluss.

Spiel weiter, formen ihre Lippen, spiel weiter!

Doch es ist vorbei.

Kaan steht auf, verbeugt sich und geht ab.

Spärlicher Applaus, die Leute verstehen nicht, was los ist. Dann tosender Beifall, Kaan kehrt nicht zurück auf die Bühne der Carnegie Hall.

SCHWARZES MEER, TRABZON, FEBRUAR 1999

IN DER NACHT nach Vahides Beerdigung ist Kaans Weinen hemmungslos. Stundenlang streicht ihm Zizi übers Haar, redet ihm zu. Er spricht unzusammenhängend, unverständlich. Irgendwann verlassen auch sie die Kräfte.

Es endet wie in jener Nacht in Queens. Kaan wendet sich ab und löst seinen Körper von ihr.

Komm, ich halt dich fest, sagt sie.

Lass mich.

Nach wenigen Sekunden dreht er seinen verschwitzten Kopf zu ihr. Sie kann ihn nicht sehen, nur seinen feuchten, schweren Atem riechen.

Es ist sinnlos, du wirst mich nie verstehen, sagt er. Wie könntest du auch. Du tust alles, um mir dein Leben aufzuzwingen. Schau mich an: Ein Kastrierter bin ich. Ein stinkender Degenerierter. So wie du mich haben willst. Zahm und fett und häuslich. Ich widere mich an.

Ihr Blick mäandert zwischen Mitleid, Irritation, Entsetzen.

Was ist es, das aus ihm spricht? Welcher Wahnsinn ergreift ihn?

Kurz vor Morgengrauen beruhigt er sich. Unvermittelt dreht er Zizi auf den Bauch und schiebt seinen Körper über sie. Küsst sie gierig, beißt sie zu fest in Nacken und Schultern. Sie ist müde, kraftlos, versucht, sich zaghaft unter ihm herauszuwinden. Doch er drückt ihre Handgelenke tief in die Kissen. Ich liebe dich, ich liebe dich.

Sofort nachdem er sich ergießt, lässt er von ihr ab und schläft ein.

Du Arschloch, murmelt sie, du selbstmitleidiger Blender. Diesmal ist es sicher. Sie wird ihn verlassen.

Als er aufwacht, erscheint ihm die Nacht wie ein Traum. Ihn überkommt ein Gefühl traurigen Zorns, während er aus dem Fenster blickt. Auf Myriaden von kleinen Wellen spiegelt sich das Licht der frühen Morgensonne. Sonderbar, denkt er, da ist kein Horizont.

SPÄT AM VORMITTAG, es ist leicht bewölkt und sonnig, zieht Zizi ihren Koffer um die Hausecke, als Kaan in einem weißen Tofaş vorfährt und aussteigt.

Hat Nur es dir also verraten?, fragt er.

Was verraten?

Na das!

Er zeigt feierlich auf das Auto.

Kaan, du sprichst in Rätseln.

Er entwindet ihr den Koffer, trägt ihn wortlos die paar Schritte durch die enge Gasse, öffnet den Kofferraum und wuchtet das Ding hinein. Erwartungsvoll blickt er Zizi an, die mit dem Rücken zum Meer steht, am Ende der kleinen Stichstraße, neben dem Haus der Cousine.

Wir können gleich los, ich hol nur schnell meine Sachen, sagt er.

Warte, so wird das nicht laufen, Kaan. Ich möchte heute zurück nach Deutschland fliegen. Jetzt.

Er sieht sie fragend an. Eigentlich geht ihr Flug nach Berlin erst in drei Tagen.

Ich möchte, dass du mich in den nächsten Ort fährst und rauskriegst, wo der Busbahnhof ist. Ich will mit dem Bus nach Ankara oder Istanbul und von da aus den nächsten Direktflug nach Berlin nehmen.

Erzählst du mir gleich im Auto.

Er fasst sie freundlich, aber bestimmt an den Oberarmen und verschwindet an ihr vorbei im Haus. Niemand sonst ist dort, heute, am Tag nach der Beerdigung der Anneanne.

Als Kaan wenige Minuten später mit einer kleinen prall gefüllten Sporttasche zurückkehrt, sagt er: Unser Flug wurde gestrichen. Keine Ahnung, warum. Meine Mutter hat schon für uns alle umgebucht, auf nächste Woche. Komm, wir machen jetzt eine kleine Tour, ein, zwei Tage Richtung Osten.

Zizi ist fassungslos.

Findest du das nicht ein bisschen übergriffig? Ich muss arbeiten, ich kann nicht einfach so …

Du musst bei deinem Job anrufen und denen erklären, dass du hier gerade nicht wegkommst. Es gab einen Schneesturm, die Straße bei Bolu ist seit heute Nacht dicht. Wenn wir mit dem Bus fahren wollen, müssen wir mindestens bis morgen warten, dann neunundzwanzig, dreißig Stunden nach Istanbul, vielleicht mehr. Man kann überhaupt nichts vorhersagen, wenn hier erst mal nichts mehr läuft. Die Straßen sind nicht geräumt, der Asphalt reißt und so weiter.

Etwas ist anders. Zizi wirkt distanziert. So kennt er sie nicht. Es ist, als erreichten seine Worte sie nicht. Zum ersten Mal, seit sie sich kennen, hat Kaan die Kontrolle über die Beziehung verloren. Er versucht, sich nichts anmerken zu lassen, aber er hat Angst. Panische Angst, sie zu verlieren.

Ich habe eine Überraschung für dich, sagt er.

Thanks, but no thanks, ich hab genug von deinen Überraschungen.

Was meinst du damit?, ruft er. Und dann noch mal: Was meinst du damit?

Alles hier, Kaan. Deine Mutter, wie sie mich behandelt, dein Cousin, deine Familie, du! Das ist zu viel für mich. *Du* bist zu viel für mich.

Was meinst du damit? Meine Mutter bemüht sich um dich. Sie liegt dir zu Füßen. Seit sieben Jahren. Sie versucht, alles richtig zu machen.

Alles richtig zu machen? Entschuldige bitte, aber sie interessiert sich null für mich.

Kannst du vielleicht ein bisschen weniger brüllen, ja? Das ist eine andere Kultur hier. Eine Frau führt sich so nicht auf, okay?

Zizi sagt nichts. Sie schaut zu Boden.

Es geht hier gerade ausnahmsweise mal nicht um dich, sagt Kaan. Kannst du dir vielleicht vorstellen, was es bedeutet, seine Großmutter zu verlieren oder seine Mutter, for Christ's sake? Nur hat gerade ihre Mama verloren. Ihre geliebte Vahide, die ein beschissenes Leben gehabt hat.

Aber Männer brüllen hier auf der Straße rum, ja?, schreit Zizi. Das ist männlich, und du bist auch sooo männlich, und das muss jetzt wirklich jeder kapieren hier?

Und du heulst hier rum, «deine Mutter behandelt mich schlecht», na-na-na ...

Hör auf, mich nachzuäffen!

Weißt du, was die Liebe zu einer Mutter bedeutet? Kannst-du-dir-das-an-satz-wei-se vorstellen?

Kaan schlägt bei jeder Silbe mit der Faust auf die Motorhaube. Der letzte Schlag hinterlässt eine Delle.

Hör auf damit, Kaan, du machst mir Angst!

Zizi bricht in Tränen aus.

Ich mach dir Angst? Klar! Das ist doch nicht zu fassen.

Kaan geht auf und ab.

Ich will hier weg, gib mir den Koffer!, sagt Zizi.

Was willst du mit dem Koffer?

Weg.

Wie *weg*? Wir sind hier am Arsch der Welt. Willst du nach Hause laufen?

Wie gesagt, ich nehme den Bus.

Es fährt kein Bus. Deshalb habe ich ein Auto gemietet.

Und damit willst du nach Berlin fahren?

Spinnst du? Da gibt es drei, fünf, zehn Grenzen dazwischen, und das Auto muss ich nächste Woche in Ordu zurückgeben. Es gibt Gesetze.

Fahr mich jetzt zum Bus!

Du kannst mich mal.

Kaan steigt auf der Fahrerseite ein und stößt die Beifahrertür von innen auf. Zizi schluckt ihre Tränen runter und steigt ebenfalls ein. Mit quietschenden Reifen fährt Kaan die Gasse hoch.

Lass mich sofort raus, schreit Zizi, ich hab Angst!

Ich lass dich gleich aussteigen. Beim Bus.

Wie ein Berserker rast Kaan in Richtung Stadtzentrum.

Der Ort ist ein verschlafenes Nest. Der Himmel hat sich zugezogen, es hat zu schneien begonnen. Die Straßen sind leer, hier und da ein paar Menschen, links das Meer, rechts die Häuser. Unrat, ein paar alte Autos. Der Geruch von nasser, verbrannter Kohle. Es gibt keine Busstation, lediglich ein paar kleine Ladengeschäfte der großen Busgesellschaften, eins neben dem anderen: Ulusoy, Hakiki Karaca, Pamukkale.

Kaan hält vor der Ladenzeile.

Es fährt kein Bus, sagt er. Wie oft soll ich dir das noch erklären?

Zizi steigt aus und geht zielstrebig in das erste Ticket Office. Kaan lässt den Motor laufen, schaltet aber den Scheibenwischer aus. Hinter dem Glas verschwimmt die Szene mit Zizi, die im Laden eine Wirkung hat, als hätte Lady Di den Raum betreten und ihr Tod sei nur eine Erfindung. Die Männer erstarren zu Salzsäulen.

Nach einigen Minuten verlässt Zizi den Laden und betritt den nächsten. Das Schauspiel wiederholt sich, sie betritt den dritten und kommt nach kurzer Zeit wieder raus, um konsterniert stehen zu bleiben. Kaan betrachtet sie durch die Windschutzscheibe. Ein paar Augenblicke später verlässt er den Wagen und geht zu ihr.

Die Typen verstehen kein Wort, stöhnt sie.

Soll ich dir ...?

Nein, lass mich in Ruhe.

Kaan betritt den Hakiki-Karaca-Laden, denn er weiß, dass es sich dabei um die beste Busgesellschaft handelt. Hinter einem gewaltigen Schreibtisch sitzt ein dicker Mann mit struppigem schwarzem Schnauzer. Links und rechts von ihm je drei vergilbte, aber imposante türkische Fahnen und zentral über seinem Kopf eine bronzene Atatürk-Büste, die aus der Wand ragt wie das Konterfei eines geköpften Vampirs. Kaan vermutet, das Ding ist aus Plastik. Der Raum ist klein, misst knapp vier Meter in der Breite und etwas mehr als drei in der Tiefe. Ein winziger Tisch, hinter dem ein Junge sitzt. Ein Ofen, ein paar Stühle, ansonsten ist es leer. Boden und Wände sind bis unter die Decke schlampig weiß gefliest.

Merhabalar, grüßt Kaan.

Buyrun, willkommen, was kann ich für Sie tun?

Nun öffnet auch Zizi die Tür, sie bleibt im Rahmen stehen.

Buyrun, buyrun, setzen Sie sich doch, die Herrschaften. Möchten Sie einen Tee, meine Dame, der Herr? Burak, lass Tee kommen! Vier Stück und eine Packung Maltepe.

Der Junge, der auf den Namen Burak hört, wählt auf einem altmodischen schwarzen Apparat aus Bakelit umständlich eine Nummer.

Was kann ich für Sie tun, mein Herr?

Kaan winkt ab und sagt auf Türkisch: Meine Frau möchte mit dem Bus nach Istanbul fahren.

Was fragst du?, sagt Zizi.

Wie du mit dem Bus nach Istanbul kommst.

Kaan nickt dem Mann auffordernd zu.

Mein Herr, der nächste Bus kommt in circa zwei Stunden, das habe ich Ihrer Gattin gesagt, aber ich möchte ihr raten, bis morgen zu warten, da fliegt ein Flugzeug von Trabzon. Das habe ich ihr versucht zu erklären. Sie sollte wirklich nicht sechzehn Stunden im Bus sitzen, schließlich ist sie eine Dame aus gutem Haus. Ich kenne mich aus, man sieht das gleich an ihrer Art.

Was erzählt der Mann von Flugzeugen?, fragt Zizi.

Er sagt, dass die Busverbindungen diese Woche sehr unsicher sind, bis übermorgen ist alles gestrichen.

Was meinen Sie mit Fliegern? *Uçak?* Was ist mit *Uçak?*, wendet sich Zizi direkt an den Mann.

Meine Dame, fahren Sie morgen nach Trabzon und buchen Sie ein Ticket, dann müssen Sie nicht ..., antwortet der Mann auf Türkisch.

Was sagt er, Kaan, verdammt noch mal, was sagt er?

Er sagt, auch die Flüge sind alle gestrichen.

Aber er hat was von morgen gesagt, was ist morgen?

Der Junge, der auf einem Tablett vier Gläser dampfenden Tee und eine Schachtel Maltepe balanciert, versucht, auf sich aufmerksam zu machen. Wenn Zizi keinen Platz macht, kann er nicht vorbei.

Affedersiniz, ich muss da mal rein!

Was will er?, fragt Zizi.

Er will rein. Diese Woche gibt es keine Flüge mehr, Zizi.

Kaan geht zur Tür, schiebt Zizi behutsam zur Seite, sodass der Junge durchkann, das Tablett abstellt, einen Schein einsteckt und schon draußen ist, als er plötzlich noch in den Laden ruft: Morrgen Fulug Trabzon.

Zizi sieht Kaan fragend an

Buyrun, setzen Sie sich, meine Dame, setzen Sie sich an den Ofen.

Der Mann hinter dem Schreibtisch öffnet die Tür des Steh-öfleins und wirft eine Schaufel Haselnussschalen hinein, die sofort zu glühen und zu knistern beginnen. Er schließt die Tür wieder und weist auf den leeren Plastikstuhl, der beim Ofen steht.

Morrrgen Fuhlug Trabzon!, ruft der Junge noch mal.

Er meint, dein Flug ist gecancelt, sagt Kaan.

Das hat er doch gar nicht gesagt! Zizi wendet sich dem Jungen zu: Was meintest du, morgen geht ein Flug aus Trabzon?

Kaan sagt sehr freundlich auf Türkisch zu dem Jungen: *Ağzına sıçayım*, ich hau dir auf die Fresse, wenn du noch einen Piep machst.

Erschrocken zieht der Junge die Schultern hoch.

Ich werd's dir beweisen, wir fahren jetzt zum Scheißflughafen! Kaan schiebt sich an Zizi vorbei und verlässt den Laden.

Aber der Herr, möchten Sie nicht noch Ihren Tee trinken?

Zizi schaut mit aufgerissenen Augen in die Runde.

Der Verkäufer schält sich aus seinem Bürostuhl und ist schon bei ihr.

Etwas *Kolonya*, die Dame, Kölnisch Wasser?

Zizi versteht nicht und reicht ihm zum Abschied die Hand. Der Mann holt das Plastikfläschchen hervor, das er mit seinen fetten, gepflegten Fingern umschlossen hält, und spritzt Zizi eine große Menge Kölnisch Wasser in die Handfläche.

Zizi starrt erst auf ihre Hand, dann wendet sie sich dem Jungen zu, ergreift dessen Rechte mit der klatschnassen ihren und schüttelt sie beherzt, bevor sie fluchtartig das Büro verlässt.

FÜNF STUNDEN SPÄTER, am Flughafen von Trabzon, ist es dunkel. Die Episode vom Vormittag spielt Kaan in die Karten. Er hat Glück, sie haben Zeit verloren, der Flughafen ist bereits geschlossen.

Trabzon ist die hässlichste Stadt, die Kaan je gesehen hat. Dennoch möchte er Zizi hier etwas zeigen, morgen früh.

Sie fahren in die Altstadt und übernachten in einem billigen, aber sauberen Hotel direkt am historischen Platz, der im Sommer sehr belebt und im Winter auf merkwürdige, aber rührende Art mit Lichtern verziert ist. Kaan weiß, was auf dem Spiel steht. Seine Beziehung zu Zizi ist ernsthaft in Gefahr. Er zeigt sich von seiner besten Seite, ist zuvorkommend, scherzt ein wenig, auch wenn sie scheinbar gleichgültig reagiert. Er sucht ein nettes Restaurant, in dem sie eine Kleinigkeit essen, und liest später, zurück im Zimmer, mit gedämpfter Stimme aus *Schloß Gripsholm* vor. Danach geht Zizi duschen.

Sie kommt erst nach sehr langer Zeit aus dem Bad, ist freundlich, aber kühl. Sie legt sich ins Bett, schließt die Augen. Stunden später löscht Kaan das Licht und legt seinen Arm um sie. Da schläft Zizi schon tief und fest.

Als er am nächsten Morgen aufwacht, liegt sie zusammengerollt unter ihrer Winterjacke im Sessel neben dem Fenster. Er weckt sie zärtlich, sie weicht seinen Blicken aus.

Ohne zu frühstücken, fahren sie wieder los in Richtung Flughafen. Die Stadt wirkt trist. Der Schneematsch ist braun geworden. Im Auto stinkt es selbst bei geschlossenen Fenstern erbärmlich nach Kohle und verbranntem Müll. Unvermittelt biegt Kaan links ab und fährt die Hügel hinauf.

Was soll das, Kaan, das ist nicht der richtige Weg, ruft Zizi.

Bitte, nur einen Augenblick. Ich möchte etwas finden. Es wird dir gefallen. Ich habe mit Ferhat gesprochen, er hat mir den Tipp gegeben.

Zizi schüttelt den Kopf und blickt aus dem Fenster.

Wenige Minuten später bremst Kaan und biegt ein weiteres Mal links ab, auf einen kleinen Hof mit grandiosem Blick über das Meer.

Das muss es sein, sagt er. Das ist das *Kaymaklı Manastırı*, das «sahnige Kloster». Wahrscheinlich betrieben die Mönche hier früher eine Milchwirtschaft. Mein Großvater hat mal, als er noch jung war, einen Komponisten kennengelernt, der hier zu Besuch war. Erst viel später hat er erfahren, dass es sich um den berühmtesten armenischen Komponisten des zwanzigsten Jahrhunderts handelte: Komitas Vardapet. Hast du mal von ihm gehört?

Zizi schüttelt den Kopf.

Debussy hielt ihn für einen Großen. Komitas bereiste ganz Europa, Berlin, Paris. Und Anfang des zwanzigsten Jahrhunderts soll er mal hier zu Besuch gewesen sein. Mein Großvater hat ihm sein Klavier in den dritten Stock getragen. Alleine! Die Geschichte kennen alle aus unserer Familie.

Kaan steigt aus, Zizi bleibt im Auto sitzen. Sie blicken auf die Ruinen, die früher mal das Kloster gewesen sind. Auf dem Hof liegt jede Menge Schrott herum, verrostete landwirtschaftliche Geräte, Baumaterialien. Einige Hühner picken auf der Suche nach einem Korn, das sie vielleicht übersehen haben. Ein Mädchen, etwa dreizehn Jahre alt, mit langem braunen Haar, in rosa Jogginghose und pinkem Anorak, steht vor einem Wohnhaus, das noch unverputzt ist und mitten in die Anlage gebaut wurde.

Wo sind deine Eltern?, fragt Kaan.

Buyrun, willkommen im *Kaymaklı Manastırı*, antwortet sie, Sie können das Kloster gerne besuchen, das macht 100000 Lira pro Person.

Etwa fünfzig Pfennig, rechnet Kaan geschwind, holt zwei Scheine aus der Tasche und gibt sie ihr. Er winkt Zizi zu sich. Komm, komm, formt er mit den Lippen, doch sie will nicht und wendet den Blick ab.

Die Fassade des größten Gebäudes besteht aus unterschiedlichen, aber genau beschlagenen Granitquadern. Das Mädchen stellt sich vor die Tür und spricht zu Kaan. Wie ein auswendig gelerntes Gedicht rattert sie einen Text herunter, dabei bewegt sie sich wie eine Stewardess, die Sicherheitseinweisungen gibt:

Vor sich sehen Sie das Kloster Kaymakli, armenisch *Surp Amenapırgiç*. Es liegt an der Schwarzmeerküste, etwa drei Kilometer oberhalb von Trabzon. Es befindet sich auf der südöstlichen Seite des Boztepe, des Hausbergs der Stadt, mit Blick auf das Tal, in dem der Değirmen-Fluss fließt. Es wurde 1424 zum Gedenken an Jesus erbaut, an den die Armenier glauben anstatt an Allah.

Zizi klopft ungeduldig von innen an die Windschutzscheibe, aber Kaan schenkt ihr keinen Blick. Konzentriert folgt er den Worten des Kindes.

Beim Bau des Klosters stürzte ein Arbeiter von einem Felsen, und obwohl er ein Ungläubiger war, hat Allah ihn gerettet. Die Anlage selbst – das Mädchen zeigt nun auf die größte Ruine – besteht aus einer Kirche mit einer Apsis, einem Glockenturm im Nordwesten, der ungefähr hier war, und einer kleinen Kapelle und Klosterzellen im Südosten, dort drüben. Die Kapelle ist natürlich noch da.

Das Mädchen weist auf ein winziges Gebäude.

Zizi hat aufgehört zu protestieren und kommt zu ihnen.

Ich habe sie weich gekriegt, triumphieren Kaans Gedanken, aber zugleich wird er in einen Strudel von Gefühlen gezogen. Der merkwürdige Ort, die Kälte, die in den Worten des Mädchens liegt, gehen ihn an.

Der älteste Teil ist die Apsis, fährt das Kind fort, die Fresken dort stammen aus dem achtzehnten Jahrhundert.

Offensichtlich liebt das Mädchen das Wort Apsis, das so gar nicht ihrem Alter entspricht. Aber der Begriff verleiht ihrem Vortrag eine museale Würde.

Die Gebäude wurden aus behauenem Stein auf etwa zweieinhalbtausend Quadratmeter Grund errichtet. 1918 geriet das Kloster in Brand, weil die Mönche immer betrunken waren, und wurde danach aufgegeben. Das Dach ging 1950 kaputt, der Glockenturm wurde abgerissen. Heute befindet sich das Kloster in Privatbesitz. Mein Großvater hat es vom Staat gekauft, und der hatte es den Armeniern abgekauft, die alle Terroristen waren und im Krieg aus Habgier und Mordlust Millionen von uns ermordet haben. Aber wir waren stärker, deshalb sind die Armenier hier weggegangen. Weil wir einfach stärker waren.

Armenisches Kloster ... fünfzehntes Jahrhundert ... gab mal einen Glockenturm ... Jesus gewidmet ... versucht Kaan, für Zizi zu übersetzen. Sie hört aufmerksam zu.

Wir betreten nun die Kirche, sagt das Mädchen. Früher war das mal ein Stall, heute ist es eine Kirche.

Zizis Protest hat sich gewandelt. Als sie den Raum hinter Kaan betritt, wirkt sie irritiert, ja sprachlos. Der Boden ist nahezu vollständig von Taubenkot bedeckt. Alles ist voll mit Gerümpel und Abfällen. Nach kurzer Zeit gewöhnen sich die Augen an die Lichtverhältnisse.

Sie betrachten die Wände, die naiv, aber kunstvoll bemalt sind. Es handelt sich um Heiligenbilder, eine Pietà, Szenen aus dem Alten Testament, armenische Heiligengeschichten und ein großes erzählerisches Wandgemälde. Die Darstellung zeigt ein krudes, fast ketzerisches Höllenbild mit Hades, einem Zerberus und einem Fegefeuer in Schattierungen von Sandfarben, Rottönen, feinem Blau und scharfem Weiß: Zeugnis einer zarten, verschrobenen bäuerlichen Kunst. Der Zerberus mit vier Köpfen bellt ein Fabelwesen an, halb Nilpferd, halb flügelloser Drache, doch mit menschlichen Füßen. Auf seinem Rücken reitet eine gekrönte Frau, die eine Schlange von links nach rechts zu einem schützenden Bogen über ihr Haupt biegt. Der Zerberus hat Gefährten: einen kleinen Hund und einen schwarzen, die Zähne fletschenden Löwenpudel mit gezacktem Fell, der in das Gebell mit einzustimmen scheint. Der Himmel ist voller menschenartiger Vögel, die gegen die wilden Hunde anfliegen. Neben der Königinnenfigur liegt ein fischreicher See oder ein Meer. Auf dem Rücken eines geschuppten Wals, der größer ist als die größten Segelschiffe, die das Gewässer befahren, sitzt eine junge Schönheit mit wehender Fahne, den Kopf zur Königin gewandt. Der Fluss, den die Hunde bewachen, der Hades oder Jordan, ist ein Fluss aus Blut. Er ist rubinrot.

Kaan spürt, wie eine glühende Wut in ihm aufsteigt.

So achtlos der Zustand des Raumes, so perfide ist auch die Gewalt, die diesen Bildern zugefügt wurde. Nicht eine der hier dargestellten Figuren, ob Heiliger, Jungfrau, Bauer oder Jesus, ist noch unversehrt. Im Gegenteil, mit ausgesuchter Sorgfalt wurden ihnen die Augen ausgestochen. Mit spitzen

Gegenständen gebohrte Krater übersäen die Malerei bis tief in den Stein unter den Fresken. Die Wände sind allesamt zerkratzt von feindseligen Inschriften. Nur das Bild vom Todesfluss ist seltsam unberührt, als wohne ihm ein schützender Zauber inne, eine Warnung, die die Vandalen davon abhält, es zu beschädigen.

Das Mädchen beobachtet die Wirkung, die der Raum auf Zizi hat. Nach einiger Zeit spricht sie weiter.

Hanim efendi, meine Dame, wenn ich Ihnen noch erläutern darf: Wie man an den Bildern sieht, handelt es sich bei dieser Kirche um einen Ort der *Gâvur*, der Ungläubigen.

Kaan fährt fort, bruchstückhaft zu übersetzen. Zizi hält den Blick auf ihn gerichtet.

Immer wenn jemandem aus der Gegend etwas Unvorhergesehenes zustößt, liegt die Ursache in den Malereien dieser Kirche. Deshalb wollte mein Vater die Bilder auch abschlagen, aber ein Beamter unserer unseligen Regierung hat ein Auge auf das Kloster geworfen und ihm gedroht, ihn zu enteignen, wenn er diesen Stall nicht als Museum zugänglich macht. *Allah razı olsun*, Gott sei Dank sollen wir Eintritt dafür verlangen und dem Beamten jeden Monat etwas davon abgeben. Es entschädigt uns ein bisschen für den Verlust meiner Mutter, die vor ein paar Jahren an Krebs gestorben ist. Dafür hat Vater diesem Jesus hier – sie zeigt auf die Figur – die Augen ausgekratzt, denn ihm war im Traum erschienen, dass Jesus für den Tod meiner Mutter verantwortlich ist. So ist es immer: Wenn hier in der Gegend ein Unheil geschieht, kommen die Angehörigen und rächen sich mit Augenauskratzen. Dafür sperre ich auch abends noch die Kirche auf, jedenfalls wenn es sich um einen Trauerfall handelt.

Das Mädchen spricht wie automatisch, es ist schwer zu erkennen, was in ihr vorgeht.

Wenn wir eines Tages eine richtige Regierung haben, mit einem starken Führer, dann werden wir, so Gott will, die Ungläubigen endgültig vertreiben und hier anstelle der Kirche eine Parkgarage bauen, für die mein Vater von den Touristen Geld verlangen kann.

Warum sollten hier Touristen herkommen, wenn die Kirche weg ist?, fragt Kaan mit bebender Stimme.

Mein Vater hat große Pläne, *Bey efendi*, er möchte hier schon bald einen Streichelzoo für exotische Tiere eröffnen, so wie man sie auf dem Bild gegenüber der Apsis sehen kann. Hunde mit vier Köpfen, gelähmte Ziegen, geblendete Wölfe, vielleicht sogar einen Delfin und so weiter. So wie die dicke Frau auf dem Bild, die Zoodirektorin. Mein Vater sagt, das ist ein Omen, er muss die Weissagung des Bildes erfüllen. Deshalb auch der rote Fluss.

Einen Delfin? Kaan ist aufgebracht.

Ja, einen *Yunus*, einen Delfin, in einem eigenen Becken!

Was erzählt sie dir, Kaan? Zizi sieht ihn an.

Nichts weiter, meine Schöne, ihre Mutter ist vor ein paar Jahren gestorben, und sie muss ihrem Vater helfen, für den Unterhalt der Familie zu sorgen. Wenn sie groß ist, möchte sie einmal Ärztin werden oder so was – ganz hab ich sie auch nicht verstanden.

Ist es aus Scham über die Grausamkeit und Dummheit der Menschen hier, denen sich Kaan nahe fühlt? Er kann Zizi um keinen Preis die Wahrheit sagen. Und das ist wohl der Kern des Problems, das sie mit stetig wachsender Geschwindigkeit von ihm forttreibt.

Bitte gib ihr noch etwas Geld, Kaan, ich geb dir nachher zwanzig Mark, das sind arme Leute.

Arme Schweine, sagt Kaan – aber «Schweine» denkt er und steckt dem Mädchen einen weiteren Schein zu.

ISTANBUL, BEBEK,
SEPTEMBER 1913

AM FUSS DER *Rumeli Hisarı*, der mächtigen osmanischen Festung, hält die Kolonne zweispänniger Kutschen im Schatten einiger Bäume am Wasser. Komitas und Panos haben ihr Gefährt für sich allein gehabt, über alte Zeiten gesprochen und dabei ihre Hände nicht losgelassen. Ihre Stimmung ist heiter, und dennoch liegt eine Last auf ihren Herzen, die sie jeweils in den Augen des anderen sehen. Es ist eine seltene Gelegenheit, sich wiederzusehen, in diesem späten Sommer 1913.

Ko und Pa, die beiden Jungen vom Dorf, die sich zu den beliebtesten Gastgebern von Künstlern und Intellektuellen im vornehmen Stadtteil Pangalti aufgeschwungen haben. Komitas, der Komponist, und Panos, der Maler – beide auf dem Weg zu großem Ruhm. Nun ist Panos Terlemeziyan seit vier Jahren Bürgermeister von Van. Für Komitas ist er immer noch sein Pa, sein Salamander.

Doch heute sind sie selbst zu Gast. Der reiche Kaufmann Düzoğlu gibt sich die Ehre, steht bereits am Ufer und kommandiert die Bootsführer von rund einem Dutzend kleiner beschirmter Barken, die die Sonntagsgesellschaft bis nach Tarabya rudern sollen. In Düzoğlus Park soll ein Picknick stattfinden, Komitas und Panos sind Ehrengäste.

Für Komitas lässt Düzoğlu sogar ein Klavier in den Park transportieren. Eigens zu diesem Anlass hat er den Flügel gekauft und ihn dem Komponisten als fürstliches Honorar überlassen. Komitas soll einige Heimatlieder und seine neusten Kompositionen zum Besten geben. Es ist ein ungewöhnliches Anliegen gegenüber einem Mann, dessen Reputation weit über die Grenzen des Landes hinaus reicht, für eine Picknickgesellschaft zu spielen. Aber Komitas kennt keine Eitelkeit in der Musik. Sie ist sein Leben, seine Heimat. Sie ist ihm vertrauter als die Menschen und selbstverständlicher als die Sprache.

Erst zwei, dann vier, dann sechs Männer hieven das schwarze Monstrum von der Ladefläche der Kutsche ganz am Ende der Kolonne. Während die anderen leger gekleideten Gäste sich unter Lärm und Gelächter auf die Boote verteilen und Düzoğlu mit scharfem Auge und schwarzem Gehstock sortiert, gruppiert und Bootsführer zuweist, begutachtet Komitas besorgt, wie das Instrument auf einen Lastenkahn verladen wird, der deutlich kleiner ist als die anderen Boote. Das Klavier ist schwer, reich verziert mit gedrechselten Beinen und Löwenköpfen, die aus dem Oberrahmen hervorragen. In Frakturschrift leuchtet *Grotrian-Steinweg* auf dem geöffneten Tastaturdeckel, den einer der Träger als Griff missbraucht.

Auf dem Boot steht ein zappeliger Junge, wild gestikulierend, mit kreisrunden Augen und Flaum auf der Oberlippe. Er ruft den sechs Männern, die in hoher Stimmlage salvenartig miteinander sprechen, kurze, aber unverständliche Befehle zu. Er spricht einen stark gefärbten Dialekt. Sein linkes Auge zuckt in kurzen Abständen – immer so stark, dass es sich vollständig schließt, während sein Mundwinkel sich zu einem einseitigen Grinsen nach oben zieht.

Als der erste Träger das Boot betritt, gibt es sichtbar nach und beginnt, gefährlich zu schwanken. Komitas gibt Düzoğlu aus der Ferne zu verstehen, dass Panos und er mit der letzten Barke zu fahren gedenken, um die Verladung des Flügels abwarten zu können. Einer nach dem anderen klettern die Träger vom Kai ins Boot, dessen Bordwand nur noch wenige Zentimeter aus dem Wasser ragt. Doch wo sollen sie das Ding abstellen?

Geschickt springt der Junge an Land und läuft einige Meter den Weg entlang, greift sich zwei Holzlatten, die zwischen Unrat, Kies und Fischernetzen herumliegen, und eilt zum Boot zurück. Die Latten sind gerade lang genug, um von einer Bordwand zur anderen zu reichen und jeweils einige Zentimeter überzustehen, sie biegen sich durch, als die Männer das Instrument quer zum Bootskörper darauf abstellen. Vorsichtig lassen die Träger es los und begutachten zufrieden ihre Arbeit. Komitas hat Schweißperlen auf der Stirn und steckt den Männern ein paar Münzen zu. Es stellt sich heraus, dass der Junge das Boot rudern wird.

Die restliche Reisegesellschaft ist bereits einige Hundert Meter entfernt. In einer heiteren, lärmenden Traube bewegen sich die Boote nach Norden immer unweit des Westufers des Bosporus. Die Stadt ist in einiger Ferne, vereinzelte Villen, *Yalıs* aus weiß oder lindgrün oder rosa gestrichenem Holz, zieren die Küste. Es sind die Sommerhäuser reicher Geschäftsleute und Politiker. Das Grün der Natur ist lebendig, die Pinien duften, die Zikaden sind bis weit hinaus aufs Wasser zu hören. Doch die ausgelassen Feiernden übertönen sie und trinken vom warmen Salep, der auf den Booten gereicht wird.

Komitas und Panos sind froh, ihre Zweisamkeit fortsetzen zu können, und doch kann Komitas das Boot mit dem Klavier nicht aus den Augen lassen. Bevor sie ablegen, spannt der Junge noch ein Seil über das Instrument, um es notdürftig zu fixieren, und schon rudert er zuckenden Auges los. Die beiden Männer besteigen ihre Barke und bedeuten dem Ruderer, dem Jungen zu folgen.

Nach einer Weile entspannt sich Komitas. Panos und er sitzen mit dem Rücken zum Bootsmann, schauen nach vorne. Ohne zu sprechen, lehnen sie aneinander und lassen den Blick über das Ufer schweifen, hinaus aufs Wasser, wo einige Meter vor ihnen der Junge in ihre Richtung blickt und wiederum mit dem Rücken zum Klavier sitzend rudert, hinüber zum asiatischen Ufer, das dichter bebaut, aber nicht ganz so vornehm erscheint wie die Anwesen, die in Emirgan an ihnen vorbeiziehen. Der Junge verausgabt sich leidenschaftlich. Sein Kopf ist tiefrot, und sein Schnaufen und Stöhnen mischt sich in das Tschilpen der Insekten.

Da geschieht es: Mit einem peitschenden Knall bricht erst eine und sofort danach die zweite Latte unter dem Flügel. Das Instrument sackt nach Backbord hin weg. Der Aufschlag ertönt wie ein explodierendes Fortissimo aller achtundachtzig Töne der Klaviatur. Durch die Wucht beginnt das Boot zu schwanken und schaukelt sich auf.

Der Mund des Jungen scheint so weit aufgerissen wie der Tastaturdeckel. Ein Schwall, als würde man einen gewaltigen Bottich unter Wasser drücken, geht über die Bordwand, und das war's. Vor Komitas' Augen sinkt das Boot samt Klavier und Jungen innerhalb von Sekunden in die Tiefe. Der Komponist schreit spitz und beginnt, gleichzeitig zu lachen und zu weinen. Panos und er stürzen zum Bug. Nach wenigen Zügen ist ihr Ruderer da, wo Augenblicke zuvor noch das Boot war. Nun taucht es ein paar Meter weiter mit dem Kiel nach oben wieder auf. Knapp unter der Oberfläche entdeckt Komitas im klaren, schwarzen Wasser den Haarschopf des Jungen. Er lehnt sich über Bord, greift ins Nass und bekommt etwas Stoff zu fassen. Komitas lacht, schreit und weint. Panos und er packen den Jungen und ziehen ihn mit vereinten Kräften ins Boot.

Danke, mein Herr, danke, weint der Junge. Was soll ich tun? Was soll ich tun?

Beruhige dich, es ist alles gut, du bist am Leben. Deine Mutter und du, ihr werdet euch wiedersehen.

Aber der Schrank, der Schrank ist im Meer versunken. Der Herr wird mich totschlagen. Was soll ich nur tun?

Nein, mein Junge, das wird er nicht tun, ich werde dafür sorgen.

Er wird mich umbringen und ...

Beruhige dich, Junge, es war mein Klavier, und ich werde mir ein neues kaufen, lacht und weint Komitas.

Auch Panos lacht. Du musst schwimmen lernen, Junge, du musst zur Schule gehen. Und denke immer daran, dass der armenische Mönch und der Bürgermeister dein Leben zweimal gerettet haben: Einmal, weil wir dich nicht ertrinken ließen, und das zweite Mal, weil wir verhindert haben, dass du vom Kaufmann Düzoğlu erschlagen wirst. Erzähl das allen und vergiss es nie. Und jetzt beruhige dich, Junge, beruhige dich.

Am Abend nach dem Picknick, dessen Höhepunkt darin bestand, dass Komitas von der Musik seines bevorzugten Fisches, des Palamuts, sprach, den er gegrillt am liebsten isst und der von nun an Symphonien und Choräle am Grund des Bosporus komponiert und alle anderen Meereswesen, die Wale und Delfine, Seepferdchen, Neptun und die Meerjungfrauen übertrifft und in seinen Bann zieht; an diesem Abend sitzen Panos und er unter einem Baum. Panos zückt, wie früher, einen Bleistift und ein Heft und beginnt das letzte Ölgemälde zu entwerfen, das er von Komitas malen soll: wie er am Bosporus auf einem kleinen Teppich unter einem Baum sitzt und unbeschwert in einer Partitur liest. Im Hintergrund ein Kelch Wein, im Vordergrund eine kleine, bescheidene *Bağlama*, eine türkische Langhalslaute, und kein Klavier. Komitas, die Liebe seines Lebens.

SCHWARZES MEER, TRABZON, FEBRUAR 1999

IN KARS fiel Kaans Kartenhaus endgültig in sich zusammen. Irgendwie war es ihm noch gelungen, Zizi zu verkaufen, dass von Trabzon keine Flüge gingen, dass die Fahrten der Busse, die ihnen entgegenkamen, unterwegs annulliert würden, dass diese Reise ihnen doch guttue. Sie war nicht darauf eingegangen.

Und dann schoss es aus ihm heraus: Hör mir jetzt verdammt noch mal bitte zu! Bitte! Er habe eben im Kloster etwas begriffen, nämlich dass er hier und jetzt auf seine eigentliche Bestimmung gestoßen sei. Er sei den unsichtbaren Fäden auf der Spur, die ihn – den Gitarristen, der vielleicht doch zu Größerem bestimmt war, nämlich zum Komponieren, zum Verändern der Welt mit den Mitteln der Musik – mit dem großen Komitas verbinden, dessen Werk schwerer wiege als das von Bartók und Strawinsky zusammen. Da sei plötzlich ein Funke übergesprungen, von dem Klavier des Meisters, das sein Großvater als Kind transportiert hatte, direkt in Hüseyins Geist und dann in den Uterus seiner späteren Frau, Kaans armenischer Großmutter, weiter zu seiner Mutter und dann zu ihm. Ob Zizi das gewusst habe? Ja, Armenierin, armenische Christin war Vahide gewesen. Er müsse jetzt dieser Spur folgen. Wenn er anerkenne, dass etwas nicht stimme mit seiner Familie, mit ihm, dann könne er eine Verwandlung vollziehen, die bald abgeschlossen sei, und für diese Transformation brauche er sie, Zizi. Sie habe sich in eine Raupe verliebt, die sich nun verpuppt habe, um ein Schmetterling zu werden. Ich werde dein Pfauenauge sein, wirklich, oder glaubst du mir nicht? Und er habe sie wirklich gern, sehr gern sogar, und dann hatte er leiser hinzugefügt: dass er sie liebe. All das hatte er ihr auf der Fahrt nach Kars gesagt.

Er hatte sie unterschätzt.

Sie waren über Hopa an der Küste zwischen steil abfallenden Bergen nach Artvin und durch alpin wirkende Landschaften weiter nach Ardahan gefahren. *Biber Dolması*, gefüllte Paprika, im Allgäu essen, so fühlt sich das hier an, quasselte Kaan amüsiert vor sich hin und schüttelte dabei den Kopf.

Zizi schwieg die meiste Zeit und schlief viel auf dem Beifahrersitz.

Guck mal, das muss ich fotografieren, sagte Kaan alle halbe Stunde und hielt an, um sie zu wecken.

In Kars angekommen, setzte Kaan Zizi am Grand Ani Otel ab.

Muss ein paar Kleinigkeiten besorgen, brauchst du was?

Sie hatte den Kopf geschüttelt.

Eigentlich wollte er nur Kondome kaufen, denn Zizi hatte nach langem Hin und Her die Pille abgesetzt, weil er ein Kind von ihr wollte, einen Sohn. Seit der Nacht nach der Beerdigung schlief sie jedoch nicht mehr mit ihm, und Kaan dachte, er könne so den Druck rausnehmen. Er fand also eine Apotheke, die auch Kosmetika, Rasierschaum und -klingen verkaufte, was in ihm die lüsterne Fantasie auslöste, sich selbst und Zizi zu rasieren. Das hatten sie noch nie gemacht. Auf der Rückfahrt zum Hotel konnte er an nichts anderes denken.

Sie hatten ein Zimmer mit einem schönen, großen Bad ausgesucht. Jedes Mal wenn sie am Schwarzen Meer in ein

Hotel eincheckten, musste Kaan behaupten, sie seien verheiratet, nur trügen sie unterschiedliche Namen, das sei in Deutschland normal. Im *Grand Ani* war das nicht nötig gewesen. Das Hotel übte sich ein wenig tollpatschig in Weltläufigkeit. «Grand» war maßlos übertrieben.

Am nächsten Tag würde Kaan mit Zizi über die Dörfer nach Ani fahren, der ehemaligen armenischen Hauptstadt, vierzig Kilometer gen Osten, am Grenzfluss zum heutigen Armenien. Ferhat hatte ihm gesagt, die Ausgrabungen dort seien gigantisch, bedeutender als Ephesos, und niemand kenne sie. Ein verborgener Schatz. Über eine Million Menschen unterschiedlichster Ethnien hätten hier um das Jahr tausend gelebt. Er müsse da hin, mit Zizi.

Aber Kaan hatte Zizi unterschätzt. Als er von der Apotheke zurückkam, parkte er das Auto vor dem Hotel, ging beschwingt aufs Zimmer. Es war leer.

Kaan öffnete hektisch die Schränke und suchte nach ihren Sachen. Nichts.

Er stürmte die Treppe runter, durch die gläserne Drehtür ins Freie, schaute sich um. Von Zizi keine Spur.

Der junge, gepflegte Rezeptionist eilte Kaan hinterher.

Mr. Kuhla? Your wife left a message for you, there was an emergency. I helped her buy a ticket. She is taking the 4 p.m. flight to Istanbul.

Kaan wurde heiß. Seine Ohren rauschten. Er öffnete das Kuvert, das der junge Mann ihm reichte. Darin fand er einen Brief und zwanzig Mark: so viel, wie er dem Mädchen im Kloster in Zizis Namen gegeben hatte. Auf dem Briefpapier des *Grand Ani Hotel* stand mit dunkelblauem Kugelschreiber geschrieben:

*Du hast dich in sieben Jahren nicht ein einziges Mal bei
mir entschuldigt. Ich kann nicht mehr. Ich will nicht mehr.
Ich schulde dir nichts. Such dir Hilfe.*

Alles Gute

Zizi

Ihr Name war krakelig durchgestrichen, daneben stand in
fremden, ernsten Buchstaben: *Susanne.*

ZWEITER TEIL: *Büyük Umut,*
Die große Hoffnung

WIRKLICHKEIT, JANUAR 2022

Es ist 4.33 Uhr. Wie jede verfluchte Nacht schaue ich, wenn ich aufwache, als Erstes auf mein Handy. Und das Erwachen, die Insomnia, ist unvermeidlich. Ich stehle mich ins Bad, setze mich auf den Toilettendeckel und lehne mich so an die Spültaste, dass das Wasser beruhigend plätschert und der Druck gegen die Halswirbelsäule einen stechenden wohligen Schmerz verbreitet. Wie ein Brunnen, der mich beruhigen soll, plätschert das Wasser.

Das Gewicht auf meiner Brust raubt mir den Schlaf. Noch ein Konzert und ich kann Luft holen, sage ich mir immer. Aber der Atem bleibt aus. Denn es ist nicht mein Beruf, es ist nicht das Leben, es sind nicht die Umstände, die auf meinem Herz lasten. Es sind die Anneanne, der Dede. Und in letzter Konsequenz Zizi. Oder besser gesagt: ihre Abwesenheit.

Während ich durch meine Timeline scrolle, Zeitungsseiten aufrufe, deutsche, türkische, New York Times, PornHub, FAZ, Vatan, New York Times, Cumhuriyet, Spiegel, FAZ, Vatan, Porn-Hub, Cumhuriyet, erinnert sich mein Gehirn unscharf an einen Traum. Es ist die Nacht nach einer Vorstellung, die mir eigentlich Erleichterung bringen sollte. Aber die Erleichterung stellt sich nicht ein. Wie schon das Mal zuvor und das zuvor und wie all die Male zuvor.

In dem Traum sitzt mein Dede auf einem Stuhl, den Ellbogen auf dem Küchentisch abgestützt. Er befeuchtet den Finger und prüft seinen Atem. Die dicken Kuppeln seiner Brillengläser sind deutlich zu sehen, sie verzerren seine Augen nicht. Sein Blick scheint klar. Sein Anzug sitzt sensationell. Der Stoff ist grau, nicht zu matt und im Fischgrät-Muster gewebt. So dezent, dass man die Struktur wahrnimmt, obwohl die Farbe des Garns homogen ist. Der feine Nadelstreifen, der das Gewebe durchzieht, ist maulbeerfarben. Nicht die weiße Maulbeere, nein, das dunkle Lila der schwarzen Maulbeere. Die Hose meines Dede ist weit hochgezogen und endet über dem Bauchnabel. Das jedoch ist die einzige Irritation, denn das Hemd ist von reinstem Weiß und sitzt wie der Rest der Kleidung so perfekt, wie es nur bei Maßgeschneidertem der Fall ist. Er trägt schwarze, geschnürte Halbschuhe mit ungewöhnlich hohem Absatz. Der Hut ist aus feinem Filz, wie ein Borsalino, und farblich abgestimmt auf den Anzug im gleichen Grau, jedoch entschieden dunkler.

Das ist alles, woran ich mich zunächst erinnere. Wie in vielen schlaflosen Nächten erschrecke ich über den riesigen Käfer, der mein Bad bewohnt. Sein Anblick bereitet mir Schauer. Dutzende Male habe ich ein Glas über ihn gestülpt, sodass er gefangen ist, aber unversehrt bleibt. Hektisch rutschen seine Beinchen an der glatten Oberfläche ab, er sucht nach einem Ausweg. Ich bin beunruhigt, er könnte durch eine Unebenheit im Boden entkommen. Das macht mir Angst, aber bisher ist es ihm noch nie gelungen.

Nach der Sache mit dem Überstülpen kommt der schwierige Teil. Ich muss nach einem Blatt Papier oder einem Stück Karton suchen, das steif genug ist, um es unter das Glas zu schieben. Das Material darf nicht so dick sein, dass eine Fluchtmöglichkeit entsteht. Die Vorstellung bleibt furchterregend.

Ich trage das Glas auf dem Papier mitsamt dem Ungetier zum Fenster, schüttele mehrmals kräftig – ich bilde mir ein, der Käfer könne sich sonst festhalten – und schleudere ihn dann mit Schwung hinunter auf die Straße.

Es dauert nie lange, bis er wieder zurück ist.

Heute fehlt mir jede Kraft, mich dem Konflikt mit dem Un-geziefer zu stellen. Ich gehe kurzerhand zur Kammer, hole den Staubsauger, schließe vorsichtig die Schlafzimmertür, um Aurora nicht zu wecken, und sauge den Käfer weg. Ich traue dem Insekt alles zu, lasse zur Sicherheit den Staubsauger noch eine gute Minute arbeiten und mache es nur schlimmer. Denn jetzt stelle ich mir vor, wie der Käfer mit verklebten Tracheen im Beutel sitzt und sich langsam seinen Weg zurück in die Freiheit kämpft. Erst aus dem Beutel raus, schwerfällig, langsam, auf der Schwelle zwischen Leben und Tod. Dann ist er Teil des Staubs, des Schmutzes, der Haare. Doch er arbeitet sich weiter vor, Millimeter für Millimeter, bis zum Ende des Saugrohrs. Ich fürchte seine Rückkehr.

Im dämmrigen Traum dieser Nacht, von dem ich jetzt doch ganz sicher weiß, dass es ein Traum ist, sitzt mein Dede am Tisch. Der Traum ist ein Auftrag. Der Dede ist darin kaum älter als ich. Die Zeit hat sich aufgelöst, sie existiert nicht mehr. Der Dede wirkt gepflegt. Sein Bart ist fast weiß, aber noch immer meliert genug, um ihn alterslos erscheinen zu lassen.

Da verstehe ich plötzlich, was der Dede will.

Schreib endlich die Geschichte auf, Kaan. Schreibe, damit du sie vergessen kannst. Denn nur im Vergessen besteht die Chance zu überleben, sagt der Dede, ohne auch nur ein einziges Wort zu sprechen.

Ich beginne zu schreiben.

ISTANBUL, TARABYA, ENDE SEPTEMBER 2022

BIS ZUM FRÜHLING wird Kaan hierbleiben, um neue Stücke zu komponieren. Nocturnes, Nachtstücke, schweben ihm vor, vielleicht ein postreligiöser Dekalog, ein Soloprogramm. Außerdem will er endlich wieder konzentriert Gitarre üben, wie ein musikalischer Athlet. Das könnte ihn beruhigen. Seit Jahren ist er dem Hamsterrad des Erfolgs ausgeliefert, diesem mittelalterlichen Folterinstrument.

Kaan ist Stipendiat der Akademie in Tarabya. Und seine Tochter Aurora ist bei ihm. Sie besucht die deutsche Schule in Beyoğlu. Kaan hatte Zizi bekniet, sie mitnehmen zu dürfen. Zizi und er sind seit Jahren getrennt. Und das nicht im Guten. Aurora war das Resultat eines Rückfalls, so jedenfalls beschreibt es Zizi. Sie liebt ihre Tochter über alles, und dennoch bereut sie regelmäßig, dass sie sich vor acht Jahren noch mal auf eine Episode mit Kaan eingelassen hat. Sie erklärt es als eine bedauerliche Spielart des Stockholm-Syndroms. Ein flüchtiger Moment der Schwäche, wie ein Muskel, der irgendwann nachgab, weil der Druck, den Kaan ausübte, nie aufhörte. Aber zurückgewinnen konnte er sie nicht.

Tarabya bewirkt etwas in Kaan. Er denkt an seine Großmutter, seine Anneanne, sieht sie in Aurora, wenn die vergnügt durch den schier endlosen Park der Akademie stapft. Die überwältigende Schönheit des Ortes löst in seinem Hirn eine Assoziation aus, die Erinnerung an die Anneanne wird mit der Gegenwart Auroras verknüpft. Er fühlt, wie sich seine Verbindung zu seiner Tochter vertieft. Das bedeutet ihm viel.

Jeden Tag geht Kaan joggen. Mittlerweile muss er nicht mehr mitten auf der steilen Friedhofstreppe pausieren, weil ihn das Atmen so schmerzt. Er teilt sich seine Kräfte jetzt besser ein und ist fitter. Er hat die Samsun-Zigaretten aufgegeben, die hier so gut schmecken, weil die Luft feucht und warm ist: der Geschmack nasser Erde vom Schwarzen Meer.

Das Laufen hatte in seinem Leben schon immer eine therapeutische Bedeutung. Es ordnete, beruhigte ihn, schenkte ihm zündende Ideen. Andererseits war es auch ein Indikator für seinen seelischen Zustand. War er bei sich, musste er nicht laufen; lief er zwanghaft, war er aus dem Lot, instabil, außer sich. Doch wusste er das nicht.

Beim Joggen hier in Tarabya war ihm eine fixe Idee gekommen, ein Einfall, den er sich selbst nicht erklären konnte, der ihn aber so wenig losließ wie sonst die Sucht nach Zigaretten, die Liebe zu seiner Tochter oder die Sehnsucht nach Zizi. Nach dem Ende der steilen Friedhofstreppe und einigen Windungen durch den Park gelangte er immer an eine Mauer. Über die wollte er springen, direkt in den Nachbargarten. Er war regelrecht besessen davon, tagträumte heldenhafte *moves* in Tik-Tok-Manier. Es trieb ihn ein Gefühl zwischen Dummejungenstreich und Erlösungsfantasie. Wenn mir dieser Sprung gelingt, wird alles möglich sein. Wirklich alles? Wirklich alles.

Keuchend erreicht er seinen Lieblingsort. Von hier hat er einen phänomenalen Blick über den Bosporus. Die Aussicht bewegt ihn noch immer wie am ersten Tag. Es ist ein lauer Spätsommer in Istanbul, die Luft ist klar, der trockene Nordwind, ungewöhnlich für die Jahreszeit, kühlt die Gemüter. Kaan läuft auf einem Fleck und hält Ausschau nach Containerschiffen, immer in der Hoffnung, eines zu entdecken, das noch größer ist als alle, die er schon zuvor gesehen hat. Die Bank zwischen den schweren Lindenbäumen lädt zum Verweilen ein, die Äste rahmen ein historisches Bild über dem Wasser, wären da nicht die Kolosse von Schiffen. Doch er muss weiter.

Dreiundvierzig Stufen später kommt das Gräberfeld: deutsche Soldaten, im Ersten Weltkrieg gefallen. Für Kaan ein merkwürdiger Ort der Heiterkeit. Der Matrose Hans Fack liegt neben Erich Freier. Schmidt, Schmidt, Schmidt, Schlamp. Oberst Geiler schmiegt sich an das Grab von Wilhelm Radau. Kraftfahrer Schwanz.

Wenn Kaan angespannt ist, ist sein Humor sexualisiert. Er kann lauthals lachen über seine Wortspiele. Es genügt ihm, dass er sich selbst amüsant findet.

Weiter den Pfad die Mauer entlang, auf, auf, auf. Selbst die Gärtner verirren sich kaum so weit nach oben, die anderen Gäste der Akademie wandeln ohnehin nur im Park, hinter dem das Sommerhaus des deutschen Botschafters liegt. Auch im Spätsommer ist es all den Dichtern und Musikern, Tänzern und sonstigen Künstlern, die hier wohnen, noch zu warm für den Aufstieg. Kaan denkt verächtlich an sie.

Wie immer nutzt er die Senke zum Anlauf für die letzte heftige Steigung. Endlich muss er schwer atmen. Er keucht, spuckt ungeschickt aus, der Speichel tropft auf sein verschwitztes T-Shirt.

Hier ist sein geheimer Ort. Der kleine Erdhügel an der Mauer ermöglicht einen freien Blick in den Garten auf der anderen Seite.

Einst schenkte Sultan Abdülhamid II. das prächtige Grundstück Kaiser Wilhelm I. Eine großzügige Gabe, handelte es sich doch um einen regelrechten Park etwas außerhalb der geschäftigen Metropole, zu der die Stadt im späten neunzehnten Jahrhundert erwachsen war. Der Sultan musste dafür nur einen Griechen enteignen, dem das Anwesen eigentlich gehörte. Symbolträchtig liegt es am westlichen Ende der europäischen Türkei, Asien jenseits des Bosporus stets im Blick. Der Enkel des Kaisers, Wilhelm II., ließ dann Gebäude im kolonialen Stil erbauen. Er wandelte durch seinen Park, um sich von den Mühen der Regierungsgeschäfte zu erholen, die Geist und Seele so sehr strapazierten. Wilhelm liebte alles Militärische, es gab ihm Halt. Wohl auch deshalb ließ er diesen Soldatenfriedhof anlegen, den er offiziell besuchte, 1917 mit Entourage, Brimborium und großem Entsetzen über die weibische bildhauerische Darstellung eines Engels, der einen Gefallenen in den Armen hält. Wie eine Pietà den toten Christus.

Das Nachbargrundstück erwarben die Wiener Geschäftsfrau Auguste Huber und ihre Brüder. Sie erhofften sich Vorteile durch die Nähe zum Kaiser, denn sie handelten mit deutschem Stahl und Waffen von Krupp und Mauser. Sie kauften das Grundstück vom armenischen Kaufmann Düzoğlu, dem weltgewandten Kunstliebhaber und Mäzen von Komitas und vielen anderen Istanbuler Berühmtheiten, der es nur widerwillig hergab, weil ihm nichts anderes übrig blieb. Viel später besann sich der jetzige türkische Präsident auf manche Vorzüge der Nähe zu den Deutschen und machte das ehemalige Anwesen der Hubers zu seinem Sommersitz. In jedem Fall hatte er ab sofort den Botschafter und dessen Gäste den ganzen Sommer lang nahe bei sich.

Jenseits der Mauer erahnt Kaan einen Pool, gepflegten Rasen und ein paar Schatten spendende Holzpavillons. Er sieht nie Wachen, kaum Personal hinter den Häusern. Der Präsident hält keine Hunde.

Kaans Brust schmerzt vom Druck. Er spürt dieses Gewicht seit Jahren, es hat nichts mit Sport oder Zigaretten zu tun. Es liegt über seinem Herzen wie eine dicke Schicht Quecksilber, die sich an die Muskeln schmiegt, aber schwerer wiegt als Blei.

Kaan dreht sich um und uriniert an ein Bäumchen. Einen Augenblick zu früh zieht er die Hose hoch. Ein warmer, feuchter Fleck breitet sich auf seinem Oberschenkel aus. Herrgott, du feige Sau, spricht er gedämpft zu sich, Leutnant Dr. Schätzlein hätte dich in den Arsch getreten.

Er wendet sich zur Mauer, tritt an und springt.

Einen Moment ist Kaan schwarz vor Augen. Offensichtlich hat er falsch eingeschätzt, dass die Mauer auf der gegenüberliegenden Seite viel höher ist als auf der Seite der Akademie. Nun liegt er tief im Gestrüpp und horcht in seinen Körper nach Signalen von Schmerz. Doch da ist wenig. Vielleicht ein paar Kratzer. Nur Aufstehen scheint unmöglich. Er bekommt nichts zu fassen, woran er sich hochziehen könnte.

In einiger Entfernung sieht er durch die Zweige einen groß gewachsenen, älteren Herrn mit Schnauzer, schütterem Haar und einer Gartenschere in den Händen. Er beschneidet Buchsbäume, die wie Skulpturen auf der weichen Rasenfläche verteilt stehen. Als es Kaan gelingt, sich aufzurichten, wendet sich ihm der Alte aus der Ferne zu, zuckt sichtbar mit dem Auge und macht eine einladende Geste. Als erwarte er in ihm einen lange vermissten Sohn.

SCHWARZES MEER, PERŞEMBE, AUGUST 1984

JEDES JAHR, wenn Kaan und seine Mutter mit dem Bus im Dorf ankamen und sie den gemeinsamen Koffer einen guten Kilometer den ungepflegten Straßenrand entlangschleppten, der gesäumt war von Felsbrocken, Betonpflastersteinen und Unkraut, musste Kaan sich von Neuem an die Gerüche gewöhnen. Lindenblüten und Hühnerdreck, feuchte Erde, Meersalz und Algen.

Telefonieren nach Deutschland war teuer, die Briefe dauerten per Luftpost ewig, also war ihre Ankunft stets unangekündigt. Und jedes Jahr sagte Vahide, seine Großmutter, zur Begrüßung: *Nur, sen misin?* Bist du es, Nur?

Ihr Kopftuch roch warm, süßlich, alt und vertraut. Sie kleidete sich wie eine Zwiebel, auch im Hochsommer immer Schichten Gestricktes und gemusterte Baumwolle, gegen die schmerzenden Gelenke. Um sie herum Hühner und merkwürdiges Gemüse, das unkontrolliert aus dem Boden wuchs. Vor dem Haus ein Lindenbaum von ungeahnter Größe, er trug schwere Dolden, die noch stärker dufteten als der Lindenblütentee der Anneanne.

Kaan und Nur schleppten den Koffer die frei stehende Außentreppe hoch in den ersten Stock durch die weiß lackierte Metalltür. Am Eingang zogen sie die Schuhe aus, auch wenn Kaan das seltsam fand, weil der Boden im Haus genauso staubig war wie die Betontreppe. Später, als er größer war und mit seiner Mutter nach Italien reiste, lernte er, dass diese Art Bodenbelag Terrazzo hieß und poliert sein konnte. Hier war er sehr matt und an einigen Stellen mit Zeitungspapier abgedeckt.

Gerade zu, am Ende der Diele, hinter der doppelten Schwingtür zum Wohnzimmer, stand eine große Kühlvitrine, wie Kaan sie nur vom Fleischer oder dem Gemüseladen kannte. Sie war außer Betrieb und vollgestopft: Schuhe neben Büchern, Plastikblumen, Fotos, nicht identifizierbare, in Zeitung gewickelte Gegenstände. Ein roter Eimer, Schmuck, Porzellan und eine ovale Packung Schafskäse. Eine große, mit klarer Flüssigkeit gefüllte Colaflasche. Eine russische Taschenuhr.

Sein Großvater Hüseyin, der Dede, sitzt in der Küche neben dem amerikanischen Kühlschrank, der im Gegensatz zur Kühlvitrine seinen ihm zugedachten Zweck erfüllt, und isst mit glänzenden Fingern grüne Bohnen und sauren Joghurt. Auf der Gasflamme des Herds köchelt seit dem Morgen Lindenblütentee in der verbeulten Aluminiumkanne. Einige blinde Wassergläser stehen auf dem Brett über der Spüle. Die weißen Kacheln der Anrichte sind schief und abgeschlagen.

Dennoch ist das Haus das Produkt einer radikalen Vision, die wie eine kühne Utopie im Kontrast steht zur Provinzialität seiner beschaulichen Umgebung. Der Dede ist Republikaner, ein Laizist durch und durch, und verlässt seine vier Wände nur im dreiteiligen Anzug, mit Hut und elegantem Gehstock. Er hat das Haus entworfen. Es hat drei Stockwerke, am vierten wurde schon gebaut, als Kaan zum ersten Mal zu Besuch kam, aber es wird nie fertig. Jedem Kind soll später eine Etage zustehen. Der Grundriss könnte von Le Corbusier gedacht sein. Ein umlaufendes Fensterband ab Kniehöhe bis zur Decke mit schmalen wetterfesten Alurahmen eröffnet den Blick ins Unendliche. Dahinter ein umlaufender Balkon wie der von Hemingways Haus in Key West. Das Schwarze Meer, das keine drei Meter weiter beginnt, kennt keinen Horizont. Der Himmel verschmilzt mit dem Wasser, das Licht ist gleißend. Manchmal glitzern die Wellen, manchmal der Himmel.

Im Wohnzimmer stehen kunstlederbezogene Stühle und andere Sitzgelegenheiten, zwei Sofas, einige Schränkchen. Viele dieser Objekte sind mit Zeitungspapier bedeckt, um sie vor der Sonne zu schützen. An den Wänden hängen Landschaftsbilder aus Öl, die Kaans Onkel Ferhat als junger Mann gemalt hat, und eine amerikanische Wanduhr, sie tickt langsam. Kaan versucht zu ergründen, wie das Pendel mit dermaßen niedriger Geschwindigkeit schwingen kann. Er kann es nicht verstehen.

Nach zwei Tagen hier wird Kaan immer krank. Die Anneanne legt ihm dann Ziegelsteine in sein Bett, die sie im Garten gefunden und auf der Gasflamme erwärmt hat. Die Steine sind zu heiß, wenn sie sie unter seine Decke legt, und viel zu kalt, wenn er mitten in der Nacht aufwacht. Oft muss er sich übergeben, wird ohnmächtig.

Der Geist der großelterlichen Einrichtung ist unergründlich. Seinen Höhepunkt findet der Irrsinn im Gästezimmer, in dem er jetzt liegt und das wie ein fantastisches Krankenhaus möbliert ist: drei ausrangierte Krankenbetten auf Rollen, in jede Richtung verstell- und kippbar, hoch gestapelte Decken, Stoffrollen und verdecktes Gerümpel.

Der Weg zum Bad ist nicht weit, doch Kaan ist zu schwach, ihn alleine zu gehen, und auch dort ist nichts tröstlich. Die Toilettenspülung funktioniert nicht, man muss eimerweise Wasser aus einem Hahn in der Wand zapfen und mit Schwung in die Schüssel kippen.

Einmal die Woche wird der Ofen mit Haselnussschalen angeheizt und im Kessel Wasser erhitzt, das geschickt mit kaltem gemischt wird, damit es die richtige Temperatur hat. In einer Zinkwanne hockend, muss man es sich sparsam, aber zügig über den Körper gießen und sich schnell abtrocknen. Denn obwohl es draußen warm ist, bleibt das Badezimmer immer so klamm, dass man sich leicht erkältet.

Viel später wird Kaan erahnen, dass die bizarren Widersprüchlichkeiten im Haus seiner Großeltern einen tieferen Grund haben. Sie sind Symptom einer Verformung, die er als Kind noch nicht durchschauen kann.

WIE JEDEN SOMMER fährt Kaan mit Hasan im Boot des Großvaters aufs Meer hinaus. Sein Cousin ist zehn, zwei Jahre älter als er, aber kaum größer. Kaan versteht ihn schlecht, weil er keine Rücksicht darauf nimmt, dass sein Türkisch schwerfällig ist.

Hasan ist schmal und irrsinnig beweglich. Kaan fühlt sich dagegen dick, aber er hat Kraft und kann gut rudern. Hasan ist der Kapitän, Kaan der Motor. Sie rudern so weit hinaus, dass sie das Haus ihrer Großeltern kaum noch erkennen können. Hasan schaukelt das Boot heftig, spritzt mit dem schweren Holzruder und spielt Kriegsschiff.

Dann angeln sie. Hasan weiß, wo sich die Schwärme sammeln. Wie macht er das bloß? Für Kaan sieht das Meer überall gleich aus. Sie werfen die Angelleinen aus, *Misine*, hundert Meter lang, über deren letzten fünfzehn Meter gleichmäßig zehn Haken und ein Bleigewicht verteilt sind. Perfekt geeignet, um Fische aus Schwärmen zu angeln. Rhythmisch heben und senken sie die Gewichte in unterschiedlichen Tiefen. Nach wenigen Minuten holen sie die Leinen wieder ein. Jeder Haken ein Fisch. Bald zappeln Dutzende im Rumpf des Bootes, manche so stark, dass sie sich zurück ins Meer katapultieren. Das merkt sich Kaan. Überleben ist möglich. Und Fische schließen im Angesicht des Todes die Augen nicht.

Nur das Tier vom Haken zu lösen, bereitet Kaan Schwierigkeiten. Wenn der Haken tief im Maul des Istavrıt steckt, genügt es, den zappelnden Fisch fest mit der Hand zu umschließen und den Haken rauszudrehen. Mit kurzem Schauder ins Boot werfen und abwenden, das funktioniert. Bei jedem dritten, vierten Haken läuft es nicht glatt. Der Fisch hängt an der Kieme und windet sich so heftig, dass Kaan ihn nicht zu fassen kriegt. Hasan lacht, sagt Dinge, die Kaan nicht versteht, und zieht das Tier vom Haken. Und immer wieder steckt der Haken im Fischauge. Von innen nach außen oder umgekehrt. Kaan kann nicht hinsehen, er bekommt davon Herzklopfen, und sein Mund schmeckt nach salziger Übelkeit.

Er fühlt sich jetzt wie im Badezimmer der Großeltern, kurz bevor ihm das Bewusstsein entgleitet. Er will das nicht sehen, aber noch weniger will er vor Hasan versagen. Er spürt sein rundes Bäuchlein und seine Weichheit und hasst sich dafür. Hasan lacht. Packt den Fisch, spielt angeekelt und reißt dann mit einer schnellen Bewegung den Haken samt Auge heraus und wirft das Tier ins Boot zu den anderen, deren Zappeln langsam nachlässt. Die Fische pumpen Luft durch ihre Kiemen, doch das stillt ihren Bedarf nach Sauerstoff so wenig, wie Salzwasser Durst zu löschen vermag. Hasan rollt lächerlich mit weit aufgerissenen Augen und bringt das Boot zum Schwanken.

Die Cousins sind weit rausgerudert. Das Haus der Großeltern ist jetzt nicht mehr zu erkennen. Kaan will aufstehen, um Hasan aufzuhalten. Da verliert er das Gleichgewicht und geht über Bord.

Er fällt tief hinein ins schwarze Wasser und braucht lange Sekunden, um wieder an die Oberfläche zu kommen. Seine blauen Ledersandalen ziehen ihn nach unten, die Kleider kleben ihm schwer am Körper. Kaan verfällt in Panik. Er ist umgeben von einem Teppich durchsichtiger Quallen. Mehr noch als das Wasser fürchtet er, diese Wesen zu berühren. Er schreit und verschluckt sich. Das Boot ist einige Meter fortgetrieben. Hasan lacht laut und schaukelt weiter.

Kaan versucht, sich vorwärtszubewegen, doch er tritt wie ins Leere. Weg von den Quallen, nur weg von den Quallen, denkt er. Da packt ihn Hasan von hinten, er zerrt, über den Bug des Bootes gelehnt, an seinem T-Shirt. Kaan versucht, sich festzuhalten, irgendwo, aber alles, was er zu fassen bekommt, entgleitet seinen Fingern. Er beginnt zu schreien, verschluckt sich noch mal und verstummt.

Das Boot schlägt schwer gegen seine Schulter, Hasan lässt los, und für einen Moment denkt Kaan, sein Herz hört auf zu schlagen. Das Boot bäumt sich auf und drückt ihn nach unten.

Kaan öffnet die Augen, versucht, sich zu orientieren. Der flache Kiel schiebt ihn weiter in die Tiefe. Die Unterseite des Bootes ist rau, verschlissen und von Algen bewachsen. Kaan sieht die Farben jetzt sehr genau. Unterhalb der Wasserlinie war das Boot, das oben himmelblau ist, einmal weiß lackiert. Jetzt wirkt die Farbe abgeblättert und grün. Das Licht der Sonne zeichnet die Wellen nach, ihre Strahlen ziehen sich wie Bündel dichter Fäden in die Tiefe. Sie blenden Kaan. Seine Lunge beginnt zu schmerzen, und wäre er über Wasser, würden sich Tränen der Verzweiflung aus seinen Augen pressen. So ist das Meer sein Gefährte.

Jetzt sieht er wie in einem Traum, den er manchmal träumt, ein Licht in der Ferne leuchten. Es ist wie das Strahlen der Sonne, aber viel weiter weg, in den Tiefen des Universums.

Wut überkommt ihn und zugleich Freude. Er stößt sich vom Boot ab, taucht schwer darunter hindurch und drückt sich mit letzter Kraft nach oben. Die Quallen sind ihm jetzt egal. Er erscheint inmitten einer Ansammlung glibberiger und auf der Haut brennender Wesen an der Oberfläche und schlägt kreischend auf sie ein. Hasan ist wieder über ihm und packt ihn fester als zuvor. Er hat aufgehört zu lachen. Er zerrt so fest an ihm, dass die Nähte von Kaans T-Shirts nachgeben. Aber sie reißen nicht.

Die Bordwand ist zu hoch, um mit den Fingern die obere Kante zu fassen. Es bleibt nur Hasans Arm zum Festhalten.

Er packt so hart zu, dass Hasan vor Schmerz aufschreit. Mit einem Ruck zieht er Kaan weit heraus, indem er sich mit den Knien von innen gegen die Bordwand stemmt. Mit einem weiteren Ruck hievt er ihn zurück ins Boot.

Sie liegen beide auf dem Rücken zwischen den Fischen, die längst aufgehört haben, sich zu bewegen, und mit aufgerissenen Augen in die Sonne starren.

WIRKLICHKEIT,
ENDE OKTOBER 2022

Wie die Klinge durch die Poren des Toastbrots schneidet: Ich kann es buchstäblich hören, ich kann es sehen wie unter einem Vergrößerungsglas. Babysandwich à la David Carradine, murmele ich. Ich schneide die Rinde ab wie Bill in Kill Bill, für meine Tochter, die Tochter des Martial-Arts-Kämpfers. Toastscheibe, Schokocreme, Toastscheibe. Ein perfektes Quadrat, geteilt in zwei rechtwinklige Dreiecke. Fiss-fiss-fisss.

Aurora erzählt, erzählt und erzählt. Meine inneren Monologe dröhnen zu laut. Mein Hirn schreibt mein Buch. Ohne Unterlass. Der Dede sitzt mir im Nacken, während ich mit nackten Füßen am Küchentisch Babysandwiches in perfekte Dreiecke schneide. Fiss.

Da sagt Aurora: Papa, wenn ich traurig bin, weine ich – wenn du traurig bist, wirst du wütend.

Wie durch einen Vortex, eine Wirbelströmung, saugen Auroras Worte meine ganze Aufmerksamkeit in ihren geöffneten Mund. Ich verschwinde in ihrem Schlund. Sie hat mich erkannt.

Jetzt erinnere ich mich genau. Immer wusste ich, warum ich Zizi liebte, immer gab ich vor, ihrer Liebe wert zu sein. Doch nie verstand ich genau, was Zizi an mir fand. Nur einmal, da sagte sie mir, ich sei wie eine rote Zwiebel und unter jeder neuen Schale verberge sich eine dunkelrote Geschichte. Sie sehne sich nach der nächsten Schicht.

Nachdem Aurora mit dem Schulbus fort ist, setze ich mich

an den Tisch, um ihr eine Geschichte aufzuschreiben. Ich muss die Vergangenheit aufschreiben, damit du weißt, warum ich so traurig bin, Auri. Damit ich verstehen und gesund werden kann. Damit Zizi mich wieder lieb hat. Damit du frei sein kannst von Wut und Trauer. Frei von den Geistern der Vergangenheit. Ich will besser werden, ich möchte dir ein besserer Vater sein. Heute ist der Tag, an dem alles anders wird. Ich schreibe dir die Geschichte auf, Auri, sie soll unsere Geschichte sein. Wort für Wort, wie mein Dede sie einst erzählte, als ich seine Sprache nicht verstand:

Der Dede und ich saßen am Küchentisch neben dem Kühlschrank. Ich trug noch immer das T-Shirt, an dem Hasan mich aus dem Wasser gezogen hatte. Nur die salzigen Ränder, die sich auf der dunkelblauen Baumwolle abzeichnen, zeugten noch von der Aufregung des Nachmittags.

Kaan, ich will dir eine sehr alte Geschichte erzählen, sagte der Dede, genau so, wie sie passiert ist. Ich erzähle dir den Mythos, wie Tepegöz von Basat getötet und das Volk der Oghusen vom Terror befreit wurde. Die Geschichte geht so, mein Junge ...

Es war einmal eine Nymphe, die lebte mit anderen Nymphen an einer Quelle, die das Diesseits mit dem Jenseits verband. Flügel an Flügel schwärmten sie um das Wasser. Der Winter war hart gewesen, weißer Schnee säumte noch die Ufer. Ein Hirte der Oghusen, des Urvolks aller Türken, näherte sich mit seinen Schafen der Quelle, da entdeckte er die Nymphen, Wesen von betörender Schönheit. Er sah sich um: außer den Schafen niemand weit und breit zu sehen in der schier unendlichen Ebene. Nur er und die Nymphen und seine unbändige Lust. Was war schon dabei?

Da lachte der Hirte erregt, fing sich die eine, sing mir ein schönes Liedchen, nahm sich, was er haben wollte, und befriedigte seine Gier zwischen ihren heißen, schwachen Schenkeln.

Als er von ihr abließ, schrie sie vor Schmerz, Wut und Scham: Verflucht seist du, du Armseliger, du Unmensch, Tier, Niemand, Nichts. In einem Jahr werde ich zurückkehren, um großes Unheil über dich und deine Herren, die Oghusen, zu bringen.

Der Hirte lachte erneut, schrei du nur, keiner hört dich. Und die Nymphe verschwand.

Als ein Jahr vergangen war und der Hirte mit seinen Schafen nach einem langen Winter wieder unweit der Quelle verweilte, erschien die Nymphe, die er vergewaltigt hatte, mit geschwollenem Bauch, ausladend wie bei einer trächtigen Kuh.

Ich bin gekommen, um großes Unheil über die Oghusen zu bringen, sagte sie.

Wieder lachte der Hirte, red du nur, ich mach euch kalt, denn er sah, sie trug sein Kind im Bauch. Er griff einen schweren Stein, zertrümmerte mit einem präzisen Wurf den Schädel der Nymphe und rannte davon.

Die Nymphe lag in ihrem Blut, nicht tot, nicht lebendig, als oghusische Reiter des Weges kamen: Aruz mit seinen Männern. Da entdeckten sie die Zerschundene, ein blutiges Etwas, und konnten nicht erkennen, was es war. Die Männer traten mit ihren Stiefeln auf sie ein, sodass sie weiter anschwoll und schließlich platzte wie ein toter Wal am Strand. Aus ihrem Innern kam das hässlichste Wesen, das die Welt je gesehen hatte. Ein ekelhafter Krüppel mit nur einem Auge, ungeboren in der Welt, noch in seiner Glückshaut gefangen.

Aruz war ein großer Mann. Nachdem sie die Nymphe von ihren Qualen erlöst hatten, befreite er das Kind aus der Fruchtblase, an der es zu ersticken drohte, und nahm es zu sich. Geblendet vom gleißenden Licht, zuckte es mit seinem

Auge und war ganz still. Da nannten sie es Tepegöz, das Ein-auge.

Tepegöz wuchs auf mit Basat, dem Sohn, den Aruz mit einer Löwin gezeugt hatte. Basat konnte Pferden den Kopf abbeißen und kämpfen wie ein Löwe. Doch das weise Oberhaupt aller Oghusen, der Dede Korkut, der die Gesetze schrieb und singend ihre Einhaltung einforderte, rief Basat zur Räson. Fortan verhielt sich Basat den Sitten gemäß.

Tepegöz hingegen war nicht zu bändigen. Er saugte den Ammen erst die Milch, dann das Blut aus den Brüsten, verletzte die Kinder, die ihn hänselten, weil er so hässlich und anders war. Er biss ihnen die Nasen ab, die Ohren und manchmal auch die Schwänze. Von seiner toten Mutter hatte er die Wut geerbt, die engste Gefährtin der Trauer. Sein Herz war voll schwarzem Hass, brüchig wie heißer Teer.

Da beschloss Aruz, Tepegöz fortzuführen. Tagelang liefen sie bergauf. Bis zu den Knien versanken sie im Schnee. Tepegöz' Auge tränte vor Kälte, Wind und Angst. Die Tropfen gefroren ihm auf den Wangen. In tiefster Dunkelheit kamen sie auf dem Gipfel des Berges an.

Du bist nichts, du bist nicht mal mein Sohn, sagte Aruz. Dein Vater war ein Niemand, ein Dahergelaufener, ein Zugereister, ein Mann aus dem Norden, ein dummer Schafhirte. So wie du war er keiner von uns, und er hat deine Mutter gefickt, weil er sie nehmen wollte, und war nur zu schwach, sie gleich totzumachen. Weil er kein richtiger Mann war. Sie war ein Tier, eine ungläubige Hure. Dachte, sie sei besser als wir, mit ihren Flügeln und ihrer Sprache, die gefährlich ist, weil keiner sie versteht. Hat allen erzählt, sie könne unters Wasser gehen. Mit den Toten sprechen. Na, das kann sie jetzt tun, bis Allah das Leben zum Tod macht und aus dem Tod das Leben. Bis er alle wieder hervorbringt und dann richtet. Und dann fällt sie ins Nichts. Du bist nichts, Tepegöz, denn *sie* war nichts, und dein Vater war noch viel weniger. Ihr gehört alle ins Nichts. Komm nicht zurück, die anderen schlagen dich sonst tot. Ich bete zu Allah, dass du hier stirbst, du hässlicher Parasit. Ich will dich nie wieder sehen, ich kenne dich nicht.

Aruz wandte sich ab und verschwand im Nichts. Tepegöz blieb allein zurück in der Dunkelheit und spürte, dass nichts kälter ist als die Kälte der Menschen.

Blind vor Angst rannte er los und schrie nach Aruz. Ein Wind kam auf und brachte heftige Schneefälle. Tepegöz rannte und rannte und versank immer tiefer. Die Dunkelheit war vollkommen. Aruz war fort und Tepegöz so erschöpft, dass sein Auge aufhörte zu tränen. Da bettete er sich in den Schnee und schlief ein, bereit für den Tod.

Im Traum erschien ihm seine Mutter, die Nymphe. Sie war das Schönste, was er je gesehen hatte.

Hör zu, Junge, sprach sie, du bist mein Ein und Alles. Ich liebe dich mehr als mich selbst. Du bist stark. Du wirst der größte Held werden, den die Welt je gesehen hat. Räche mich! Dein Vater ist ein Mörder, ein Feigling, ein Nichts. Bringe Unheil über sein Volk, über die, die mich geschändet haben. Lösche sie aus. Vernichte sie. Nimm diesen Jadedolch. Er macht dich unbesiegbar. Töte, töte, töte sie. Alle.

Tepegöz wachte auf, und wie durch ein Wunder war er noch am Leben. Der Schnee begann zu schmelzen, die Sicht war klar. Er blickte hinab auf ein Land von unendlicher Schönheit. Rundherum sah er Minarette wie Bajonette aus dem Boden sprießen.

Er fror und war hungrig. Unendlich hungrig. Anfangs stahl er Obst und Gemüse aus den Gärten. Ein Ei. Dann ein Huhn. Dann Lämmer, Schafe, Ziegen. Sein Appetit wuchs ins Unermessliche. Er schlachtete Herden. Keiner konnte ihn aufhalten. Die Oghusen schickten Krieger, Helden, Heere. Er fraß sie alle und wurde doch nie satt.

Fast alle Kämpfer hatte Tepegöz dahingemetzelt, da schickten sie den Dede Korkut, um Frieden zu verhandeln. Der einigte sich mit Tepegöz auf ein gewaltiges Opfer. Zwei Männer und fünfhundert Schafe würden ihm die Oghusen täglich geben, wenn Tepegöz aufhörte, Rache an ihrem Volk zu nehmen. Doch als einige Zeit vergangen war, hatten alle Mütter einen Sohn geopfert. Weiter wollten, weiter konnten sie nicht gehen.

So riefen sie Basat um Hilfe an. Er war ihr größter Krieger, ein Eroberer fremder Welten, der das Reich der Oghusen vergrößert hatte wie kein anderer. Er hatte die Kraft der Löwin in sich, und das Tier in ihm, so hofften die Mütter, würde den Tepegöz richten.

Wut zuckte durch Basat wie ein Kugelblitz, als er vor seinem Ziehbruder stand. Der Blitz schoss im Kreis durch sein Gehirn und erleuchtete den dunkelsten Abgrund seiner Seele mit Zorn, der engsten Gefährtin der Trauer. Ein Zorn, den er von seinem Vater geerbt hatte. Und ihm gelang, was keinem zuvor gelungen war. Er entwendete Tepegöz den Jadedolch, legte ihn in glühende Kohlen und rammte ihn dem Bruder mit aller Kraft in sein einziges Auge.

Tepegöz schrie, und der Schrei ließ die Gebeine seiner Vorfahren erzittern. Noch im Schrei riss er sich den Dolch samt Augapfel aus dem Schädel. Kein Auge, um zu sehen, und überwältigt von der Gewalt des Basat, reichte er ihm, dem Bruder, den Jadedolch, der ihn stets beschützt hatte, in einer Geste so rätselhaft, dass Allah sich bewegte, ein Beben das Land erschütterte und die Quelle der Nymphen versiegen ließ. Und Basat setzte die Klinge noch zweimal an: Einmal durchtrennte er den Hals, das Fleisch, die Sehnen und Muskeln, die Schlagadern, die Luft- und die Speiseröhre bis auf den Knochen der Wirbelsäule und blickte tief in das blinde Auge der Missgeburt, des verkrüppelten Bruders. Es gibt keinen Gott außer Allah, und Mohammed ist sein Prophet, schrie er in den offenen Schlund. Das gewaltige Herz des Tepegöz pumpte ihm mit hartem Strahl Blut ins Gesicht, als schieße ein Wasserfall gen Himmel. Basat genoss die Erhabenheit des Augenblicks, und erst als er sicher war, dass Tepegöz verstanden hatte, was vor sich ging, durchtrennte er das Rückenmark des Ungeheuers mit einem zweiten Schnitt, dessen Süße er auskostete wie die Biene den letzten Blumenkelch der Herbstblüte.

Er brachte den Kopf des Tepegöz, aufgespießt auf einer Lanze, hinaus ins freie Feld bei Salachane. Der Dede Korkut trat hinzu und sang das Lied des großen Sieges vom Guten über das Böse.

Von der Herrschaft der Gläubigen über die Ungläubigen.

Ne mutlu Oğuz'um diyene, glücklich, der sich Oghuse nennt, sang er wie ein Derwisch tanzend, und die Oghusen sangen und tanzten mit.

SCHWARZES MEER, PERŞEMBE, AUGUST 1984

KAAN FUMMELT an der Melaminbeschichtung des Tisches, die brüchig ist und abzublättern beginnt. Sein Dede sitzt ihm gegenüber, am Boden neben ihm steht der große Eimer Joghurt, der donnerstags von einem Mann aus einem nahe gelegenen Dorf aufgefüllt wird. Am Montag ist er bereits so sauer, dass man ihn nur genießen kann, wenn man große Stücke alten Brotes hineinbröckelt. So machen es die Großeltern.

Der Dede hört auf zu essen. Das Ende einer grünen Bohne klebt an seinem rechten Zeigefinger. Kaan kann nicht aufhören hinzustarren.

Das Boot, *Oğlum*, sagt sein Dede zu ihm, das Boot soll deins sein, Kaan. Hasan und sein Vater sind es nicht wert. Sieh her, ich habe einen Brief vorbereitet.

Mit der linken Hand greift er nach einem gefalteten Papier, das neben ihm auf der Bank liegt. In dichter Handschrift und wenigen, präzisen Worten hat er einen Vertrag aufgesetzt. Als er das Blatt entfaltet, klebt die Bohne am Papier wie eine kleine, tote Nacktschnecke.

Der Dede bewegt sich langsam, er wird schwächer, denkt Kaan, aber er verdrängt den Gedanken sofort wieder.

Hiermit schenke ich, Hüseyin UMUT, *Kaufmann und Grundbesitzer, geboren am 10. August 1900, meinem Enkel, Kaan* KUHLA, *geboren am 25. April 1976, mein hölzernes Ruderboot in hellblauer Farbe mit zwei dazugehörigen Holzrudern. Außerdem erteile ich meinem Enkel ein lebenslanges Recht zur Nutzung eines Liegeplatzes am Steg meines Hauses in der Mustafa Kemal Atatürk Caddesi 35 in Perşembe,* ORDU.

Gezeichnet
Hüseyin UMUT, *Perşembe, August 1984*

Kaan blickt den Dede erstaunt an. In einem kindlichen Wunsch hatte er gehofft, eines Tages das Boot zu besitzen, auf dem Hasan und er ihre Sommer verbringen und das der Familie seines Onkels als Lebensunterhalt dient. Der Dede musste das geahnt haben. Aber Kaan weiß, es ist falsch, dass ihm dieses Boot gehören soll. Seine Mutter hatte ihm für den Wunsch allein die Leviten gelesen. Weil er in Deutschland lebe und nur wenige Wochen im Jahr am Schwarzen Meer verbringe. Weil er keine Verwendung dafür habe, außer es zum gemeinsamen Vergnügen mit Hasan zu nutzen.

Danke, Dede, das ist ein sehr großes Geschenk, aber ich kann es nicht annehmen.

Oğlum, ich schenke dir mein Boot, denn du bist der einzige Mann in der Familie, der zu Großem fähig ist.

Der Dede faltet das Papier wieder zusammen. Die Schnecke ist verschwunden.

Du bist ein Schwächling mit einem runden Bäuchlein. Weil du nicht gelernt hast, mit deinem Körper zu arbeiten, und weil du wehleidig bist und Angst hast vor Schmerzen. Und doch bist du alles, was ich war, und noch viel mehr, weil du nicht bist wie wir. Du bist wie deine weißhäutige Großmutter. Ihr seid dazu bestimmt, einen neuen Menschen, einen besseren Menschen hervorzubringen. Einen zivilisierten Menschen, der Gefühle und Handlungen zügeln kann. Meine Söhne sind allesamt Versager, sie haben nichts geschafft in ihrem Leben, weil ihnen jede Disziplin fehlt. Sie sind Barbaren wie die Oghusen aus der Geschichte, die ich dir erzählt habe. So sollten meine Söhne nicht werden, aber ich war zu stark und habe deine Großmutter abgehalten, sie nach sich selbst zu formen; zu stark, ihren Willen zuzulassen, der sie zu Besseren gemacht hätte. Weiße und zivilisierte Europäer sollten sie werden.

Er hält inne.

Eine Finsternis breitet sich in meinem Hirn aus, *Oğlum*.

ISTANBUL, TARABYA,
ANFANG NOVEMBER 2022

KAAN IST ÜBER DIE MAUER gesprungen. Auf der anderen Seite erwartet ihn der Gärtner des Präsidenten, ein alter Mann, der Kaan an seinen Großvater erinnert und den er deshalb «Dede» nennt. Auf ihn redet Kaan nun ein, wie so oft, wenn er sich auf die andere Seite begibt.

Die Regeln sind willkürlich, Dede. Selbstverständlich gibt es natürliche Phänomene. Wenn Pythagoras in einem Park unterhalb der Akropolis unter einer Platane sitzt, mit Blick auf das Ägäische Meer, eine gespannte Saite zum Schwingen bringt und erkennt, dass die halbierte Saite doppelt so schnell schwingt wie die ganze; wenn er dann die Oktave hört und die Quinte und so weiter, weil er die Saite immer weiter teilt, dann ist dies kein Konstrukt, sondern ein Resultat von Naturbeobachtung. Wenn aber diese berauschende Erkenntnis Grundlage aller Entscheidungen wird, die hinführen zum System der Tonalität, so wie der berühmte Schmetterling in New York, der mit seinem Flügelschlag einen Taifun in Tokyo auslöst, ist sie dann eine bessere Begründung für die Anordnung von Tönen als irgendeine andere? Ich sage nein, Dede, alle Regeln sind willkürlich, und wir Menschen erfinden im Nachhinein die Gründe, um sie zu zementieren. Deshalb bemühen wir Gott oder die Natur.

Red nicht so geschwollen, *Oğlum*, ich verstehe dich gut, aber ich bin ein Mann des Volkes.

Der Tee ist derart köstlich, wie man ihn nur in Istanbul bekommt oder selten auf den Baustellen Berlins, wo die Maurer den Sud mit Evian-Wasser oder besser noch: importiertem Quellwasser aus Anatolien ansetzen. *Tavşan kanı*, Hasenblut, nennt man den Tee, wenn er diese rubinrote Farbe hat. Kaan schlürft. Er liebt es, zwei Zuckerwürfel sorgfältig aufzulösen und den Tee zügig zu trinken, wenn er eigentlich noch zu heiß ist.

Menschen mit Macht stellen Regeln auf, die andere einhalten und damit die Macht der Mächtigen verfestigen. So wie der Kalk im Zement, verstehst du?

So wie die Gesetze in unserem Land, antwortet der Dede mit verträumtem Blick.

Kaan nickt und gibt dem Dede mit einer kleinen Bewegung des Augapfels zu verstehen, dass er ein weiteres Glas möchte. Der Dede gießt an, ein Viertel Sud und dann heißes Wasser, fast bis zum Rand des Glases.

Was ich sagen möchte: Wenn ich für dich auf der Gitarre spiele, dann erkennst du, wie gut ich das mache, nur daran, ob ich die Regeln erfülle oder eben nicht. Und dazu musst du die Regeln kennen.

Oğlum, ich kenne die Regeln nicht. Ich weiß trotzdem, du spielst oft sehr gut. Und ich weiß: Manchmal tust du Dinge, die Gott nicht liebt. Vor Gott gibt es die Wahrheit, Gut und Böse. Er ist das Gesetz. Wir Menschen folgen seinem Wort. Ich bin alt, meine Kräfte schwinden, aber meine Verbindung zu Gott ist so fest wie das Tau eines Ozeandampfers.

So? Dann lass mich weitersprechen, und du wirst verstehen, warum du unrecht hast.

Nur zu, *Oğlum*. Solange du Allah ehrst und mir Respekt zollst, will ich dir zuhören.

Der Dede trinkt sein Glas aus und stützt sich prüfend auf

seinen Gehstock, ob er wohl aufstehen könnte, sollte Kaan ihn mit seiner losen Zunge weiter verärgern. Doch er weiß auch, dass es dazu nicht kommen wird und seine Autorität die Schwäche seines gealterten Körpers mehr als aufwiegt.

Sieh, Dede – was ich sagen möchte, ist Folgendes: Die Regeln sind dazu da, die Macht der Herrschenden zu zementieren. Die Amerikaner haben eine Musik erfunden, die sie der ganzen Welt verkaufen können, weil sie nach den Regeln Amerikas funktioniert. Es gibt keinen Ort mehr, an dem wir diese Musik nicht hören, und sie verkörpert, wie kaum etwas anderes, die uneingeschränkte Macht dieses Landes. Sie funktioniert sehr einfach: Ein schöner Mann, der so aussieht, wie wir gerne aussehen würden, oder eine Frau, mit der wir gerne schlafen wollen, singt ein Lied.

Sprich nicht lästerlich vor Gott.

Und ein Rhythmus, der uns in die Körper schießt, weil er unseren Puls aufnimmt und treibt, bis unser Blut kocht. Die Worte handeln von irgendetwas, was wir nicht verstehen, von einer Sehnsucht, die sich nie erfüllt – am Strand, im Auto, im Wohnzimmer, im Bett. Amerikanische Musik folgt uns immer und überall.

Die Amerikaner haben die Furcht vor Allah verloren, *Oğlum*! Der Dede lässt sich wieder in die Kissen fallen. Seine Augen schließen und öffnen sich verlangsamt.

Deshalb verbinden wir mit dem Zeug immer starke Gefühle, Erinnerungen, Träume! Aber es handelt sich um ein Produkt wie billige Schokolade.

Ich liebe Schokolade, sagt der Dede, aber mehr noch liebe ich Baklava, davon kann ich nicht genug kriegen. Mit Pistazien schmeckt es mir am besten. So schön grün, das Auge isst mit.

Kaan ist sich nicht sicher, ob der Dede ihm noch zuhört. Der Gärtner versinkt immer weiter in den präsidialen Kissen und wirkt wie weggetreten. Doch er hört offenbar sehr genau zu.

Du bist ein guter Junge, *Oğlum*, sprich weiter!

Die Ideale der Amerikaner oder besser: die Ideale der amerikanischen Konzerne haben sich mit ihrer Musik auf der ganzen Welt verbreitet, wie eine Pandemie, die jeden infiziert, der mit dem Virus in Berührung kommt.

Kaan springt erregt auf und blickt mit verklärtem Blick in den Himmel über Asien. Und wir erklären diese Musik heute zur wichtigsten Kunst unserer Gegenwart, weil sie die Macht der Mächtigen zementiert, so wie es die Musik zu allen Zeiten getan hat.

Hört, hört!

Kaan brüllt jetzt. Wenn ich gute Musik nur auf einer Geige von Stradivari spielen kann, die unbezahlbar ist und die mir, wenn ich besonders raffiniert die Regeln befolge, ein Mächtiger auf Zeit zur Verfügung stellt, und wenn ich dieses Instrument dann nur zum Klingen bringe für Anwälte, für Unternehmer und in den hinteren Reihen Professoren, Lehrer und Apotheker: Diese Art von Musik sortiert die Gesellschaft in Kasten, und wir Musiker sind die Wasserträger dieses Systems.

Ja, *Oğlum,* und du sagst mir, die Amerikaner sind nicht unser Unglück?

Ich sage dir, Dede, die Verschwörung ist viel gewaltiger, weil sie mit den Untiefen unseres Menschseins zu tun hat. Die sind so unendlich dunkel, weil wir nicht bereit sind hineinzuleuchten. Ich will eine brennende Fackel in den schwarzen Schlund werfen, ein Leuchtfeuer, eine Supernova will ich entzünden, damit Licht wird in der menschlichen Ordnung, die wir als göttliche verkaufen! Hör zu, Dede, ich bin einer Sache auf der Spur, die macht mir Angst, weil sie so groß ist. Es gibt keine Kunst. Sie ist so tot wie Gott.

Schluss jetzt, *Oğlum.*

Halt's Maul, Dede, und hör zu. Es ist wichtig! Dieser ganze Mist mit der Musik ist eine Lüge, ein Bluff, ein schlechter Scherz! Wir unterwerfen uns den Mächtigen. Punkt. Mit unendlichen Theorien, mit Büchern und Lehrstühlen, Doktortiteln und Professuren, Opernhäusern und Orgeln in Kathedralen untermauern wir die Erklärung für eine Ordnung, die geschaffen wurde, um die Menschen voneinander zu trennen wie die Spreu vom Weizen, verstehst du? Alles ist Willkür – aber ideologisch untermauert. Perotin, al Farabis, Cantemiroglu, Mozart, Schönberg, Michael Jackson, Hamdi Uzunel, Billie Eilish: Das sind die Akteure des manifestierten Unrechts, das wir in die Welt tragen ...

Kaan ist dermaßen erregt, dass er sich in die Kissen zurückwirft und sich dabei an einem Pfeiler des Pavillons den Schädel stößt. Er reibt sich heftig den Hinterkopf und bemerkt, als er an sich herabschaut, dass der Urinfleck auf seiner Laufhose nun vollständig getrocknet ist. Nur ein leichter Salzrand erinnert noch an sein Missgeschick.

Und noch etwas musst du verstehen, Dede: Alles, was bewegend ist am Menschsein, ist tief und dunkel und schmerzvoll. Glück ist ein Zustand für vernebelte Geister. Selbst Primaten müssen depressiv sein. Schau sie dir an: Schimpansen. Menschlich an ihnen sind die traurigen Augen, der Rest ist Tier. Ich will eine Musik für uns alle, Dede, eine, die uns nicht trennt, aber auch eine, die nicht so verblödet ist wie das, was in unsere Gehirne gepresst wird. Vom System! Von den Amerikanern! Von den Kirchen, den Türken, den Indern, den Unternehmen, den ... will er noch sagen, doch seine Gedanken sind zu schnell für seine Zunge. Kaan weiß, er ist irre geworden. Ein loderndes Feuer verzehrt ihn von innen heraus. Vielleicht beginnt mein eisernes Herz zu glühen und frisst sich durch den Kern dieser kaputten Welt, damit sie vergeht, denkt er. Doch er ist verstummt.

Den Dede umschließt eine Aura, die er bei ihm nie zuvor bemerkt hat. Eine Willensstärke und Autorität, die keiner Worte bedarf, um ihn zum Schweigen zu bringen.

Der Dede nickt. Er denkt, und Kaan fühlt jedes Wort:

Weil ich dich wie einen Sohn liebe, hab ich dich sprechen lassen. Sprich nie wieder so, und ich erkenne: Deine Rede ist die reinste Dummheit. Sie ist eine gekaufte Rede, die Rede von einem, der in der Vergangenheit lebt, einem, der glaubt, die Welt erkannt zu haben und zwischen Gut und Böse unterscheiden zu können. Glaubst du an die Freiheit deiner Ideologie? Bist du so einfältig, nicht zu merken, dass du in Unfreiheit lebst, weil es die Natur des Menschen ist, in Unfreiheit zu leben? Du bist ein Faschist der Gerechtigkeit. Einer, der an die moralische Überlegenheit der Verlierer glaubt. Befreie dich vom Schmerz, *Oğlum*! Es bedeutet große Ungerechtigkeit gegenüber zukünftigen Generationen, wenn wir unsere Identität auf den Abwegen und Verletzungen vergangener Jahrzehnte und Jahrhunderte aufbauen. Komm zu dir, lebe fromm und sei bereit für das Paradies, wenn deine Zeit gekommen ist. Und lösche die Vergangenheit aus deinem Herzen. Höre auf meinen Rat: Erschaffe Gesetze und sorge für ihre Einhaltung. Verfasse sie einfach, so, dass die Menschen sie verstehen können. Sie werden dir folgen wie die Lämmer. Lerne von der Musik der Amerikaner und herrsche. Herrsche in der Musik so wie ich in meinem Garten.

Aus dem Mundwinkel des Dede tropft Speichel, der sich langsam wie ein Spinnfaden zieht und den alten Mann mit der gepflegten Grasnarbe und der darunter verborgenen Erde verbindet.

SCHWARZES MEER, PERŞEMBE, JULI 1989

KAAN REIST ALLEIN zu seinen Großeltern. Zum ersten Mal. Er ist dreizehn Jahre alt und süchtig nach Literatur, Kunst und Musik. Sein Dede hat sich den Oberschenkel gebrochen und muss gepflegt werden. Kaan hat sich in den Kopf gesetzt, der Anneanne zu helfen.

Er fliegt nach Istanbul, eine Freundin der Familie setzt ihn dort in einen Bus, und während der endlosen Reise durch die Nacht, über Bolu, Merzifon und Samsun, liest er ohne Unterlass, zeichnet und übt mit geschlossenen Augen Etüden. Er stellt sich Noten und Fingersätze vor, hört die Musik in seinem inneren Ohr. Das ist die Art zu üben, die er meisterlich beherrscht. Sein Lehrer hat ihm mal erzählt, dass Glenn Gould auf diese Weise geübt habe, seitdem ist Kaan besessen davon. Er ist durch und durch ein Teenage-Snob.

Seine Eltern unterstützen ihn in seiner Selbstständigkeit, so wie sie ihn bei allem unterstützen, was er verfolgen möchte. Kaans Mutter kennt keine Angst, sie hat früh gelernt, sich selbst zu vertrauen. Ihr Vater Hüseyin, der Erste-Weltkriegs-Veteran, erlangte in seiner Jugend, anstatt das Bajonett zu tragen, einen Rang als Versorgungsoffizier in Samsun. Die Belieferung der Truppen mit Tee und Tabak war sein Auftrag, und sein kaufmännisches Geschick verließ ihn lange nicht. Im Juli 1923, wenige Tage nach dem Abschluss der Lausanner Verträge, schied Hüseyin Umut aus der Armee aus und kaufte sich von seinem ersparten Sold einigen Grund in der Gegend um Ordu. Er ließ Haselnussplantagen anlegen und arbeitete inmitten von Dutzenden Helfern, die er Jahr für Jahr engagierte, wenn es zur Ernte ging. Die Nussernte ist harte, mühsame Handarbeit, denn die besten Nüsse wachsen an steilen Hängen. Aber Hüseyin scheute den körperlichen Einsatz nicht.

Schnell erkannte er, dass das eigentliche Geschäft nicht im Handel lag, auch nicht in der Landwirtschaft, sondern in der Verarbeitung. Deshalb begann er schon 1925, den anderen Bauern in der Gegend die rohen Nüsse abzukaufen. Er baute eine Fabrik, in der sie geschält, geröstet und verpackt wurden. Mit geliehenen Schiffen transportierte er die Ware nach Istanbul und erlangte Spitzenpreise für die Nüsse seiner Firma *UMUT Haselnüsse*. Bald darauf kaufte er seine eigenen Schiffe.

Hüseyin hatte einen Freund aus Jugendtagen, den Lokalpolitiker Fahri Ecevit, der in den frühen Dreißigerjahren einmal eine Dienstreise des Ministerpräsidenten nach Ordu begleitete. Keiner im Umkreis von hundert Kilometern besaß ein adäquates Fahrzeug, um den hohen Gast angemessen zu empfangen: keiner bis auf Hüseyin Umut. Ecevit telegrafierte seinem Freund, und der stellte kostenlos seinen nagelneuen Horch 830 mit 3,8-Liter-Maschine samt Fahrer zur Verfügung.

Mit offenem Verdeck bereiste der Ministerpräsident die Küste und das Hinterland. Auf einem Titelbild der *Cumhuriyet Gazetesi* sitzt links neben ihm ein Mann auf dem geräumigen Rücksitz, dessen Aura noch weltläufiger wirkt als die des Politikers selbst. Mit weißem Borsalino und hellem Dreiteiler strahlt Hüseyin Umut eine Selbstgewissheit aus, die ihm jede Tür zu öffnen scheint. Er hat dieses Lachen in den Augen, das ihn sein Leben lang auf Fotos begleitete. Nichts an seinem

Äußeren, seiner Haltung, seiner Körperspannung, den fein verzweigten Krähenfüßen und dem gepflegten tiefschwarzen Oberlippenbart weist darauf hin, dass er je hart gearbeitet hätte. Im Gegenteil, er wirkt wie der junge Patriarch einer jahrhundertealten Familienlinie, die die Gewissheit zu herrschen von Generation zu Generation vererbt.

Hüseyin war glühender Republikaner und verehrte Mustafa Kemal Atatürk wie einen Messias. Seine hervorstechendste Eigenschaft war seine Fähigkeit zu sprechen. In dieser Gabe glich er seinem großen Vorbild. Wenn Hüseyin redete, gab er seinen Sätzen eine archaische Kraft. Sein Wortschatz bemühte die osmanische Tradition, er hatte das Talent, Menschen vollständig in seinen Bann zu ziehen. Sie folgten ihm, auch wenn er sprunghaft erzählte und seine Direktheit und Farbigkeit eher an einen Volksbarden als an einen Geschäftsmann erinnerten. Seinen Ton konnte er dem jeweiligen Publikum anpassen. Wenn er zu seinen Arbeitern sprach und keine Frauen zugegen war, würzte er seine Worte mit Derbheiten, die von Bodenständigkeit zeugten.

Hüseyins Frau Vahide war ein Adoptivkind und wuchs behütet in strengem, aber zugewandtem muslimischem Glauben auf. Ihre Eltern unterschieden nicht zwischen ihr und ihren leiblichen Kindern. Sie war von eigentümlicher Schönheit, weißhäutig, fast durchsichtig. Ihre Augen waren nahezu farblos, von bläulichem Grau. Hüseyin zuliebe gab sie als junge Frau ihre Kopfbedeckung auf. Nur gelegentlich trug sie einen Hut, der die Schönheit ihres glatten, kastanienfarbenen Haares unterstrich. Auf Reisen nach Trabzon oder Istanbul trug sie stets Mode aus feinsten Stoffen und in klaren Pariser Schnitten. In ihrem Blick lag eine seltsame Stärke, aber auch ein Hauch Melancholie. Sie waren ein schönes Paar, Hüseyin und Vahide.

Vahide gebar drei Söhne. Der Älteste, Şeref, starb kurz vor seinem zwölften Geburtstag. Er kam aus der Schule nach Hause, verlor am reich gedeckten Esstisch das Bewusstsein, das Silberbesteck noch in den Händen, und schlief wenige Stunden später nach kurzem hohem Fieber ein. Der rasch hinzugerufene Arzt war außer sich, ihm fehlte jede Erklärung. Vahide trauerte um ihr Kind, aber sie schien merkwürdig unerschüttert. Drei Monate nach Şerefs Tod war sie wieder schwanger. Sie gebar zwei weitere Söhne, Ferhat und Arif. Vahides Stärke machte die Familie erst zu dem, was sie für immer auszeichnen würde: dem Inbegriff der neuen Türkei, einer jungen, ehrgeizigen und mächtigen Nation, geeint, den Blick nach Westen gerichtet.

Ende der Dreißigerjahre erschloss sich Hüseyin zu den Nussfabriken und Ländereien ein neues Geschäftsfeld, die Fischerei. Er wollte das sogenannte Fischöl, den Tran, aus dem Fett von Meeressäugetieren gewinnen, denn es sei wie flüssiges Gold. Delfine und Schweinswale waren sein Metier. Vahide war zeit ihres Lebens überzeugt, dass dieses Unternehmen sündhaft gewesen sei, ja, ein einziger Fehler, und dass nur deshalb das Unglück seinen Lauf genommen habe.

1943 kam Nur zur Welt, Kaans Mutter. Am gleichen Tag brach Hüseyin zusammen und wurde in die Klinik der Kreisstadt gefahren. Dort reagierten die Ärzte überfordert, weil sie einen solch angesehenen Patienten vor sich hatten. Doch die Diagnose war eindeutig. Magengeschwür. Sie empfahlen eine komplizierte Operation und einen damit verbundenen Aufenthalt im Militärkrankenhaus von Ankara.

Kein Jahr nach der Geburt seiner Tochter war Hüseyin Umut pleite. Erledigt, abgebrannt. Die Geschichte dazu, wie er selbst sie Kaan einmal erzählte, lautete so:

«Mein Zweitgeborener, Ferhat, der nichtsnutzige Hundesohn, tut alles, was die Leute von ihm verlangen, ohne über die Folgen nachzudenken. Eines Tages, als ich noch in der Klinik bin, läutet mein Prokurist, das Schwein, bei uns an der Tür und sagt zu Ferhat: *Ferhatcığım*, dein Vater hat telegrafiert, du musst mir sofort die Bücher aus dem Tresor aushändigen! Schnell, schnell, aber deine Mutter darf nichts davon wissen. Dein Vater hat gerade vom Krankenbett aus das größte Geschäft seines Lebens eingefädelt. Ihr werdet reicher sein als Rockefeller, aber es muss schnell gehen.

Vierzehn Jahre alt, aber ausgestattet mit dem Verstand eines Esels, geht Ferhat zum Tresor, händigt dem Kerl die Bücher aus, und ich bin erledigt wie ein *Mezgit* auf dem Trockenen, verstehst du? Sogar unser Wohnzimmer hat mein Prokurist sich überschrieben, der Ungläubige. Nichts ist mir geblieben, außer ein kleiner Flecken Erde hier am Wasser, auf dem ich mein neues Haus gebaut habe, eine Ikone westlicher Architektur. Und der Nussgarten meiner geliebten Frau. Vahide *hanım*. Alles andere: weg, verschlungen von der glühenden Gier des Neids.»

Vahides Version war eine andere:

«Die Krankheit hat meinen Mann, Hüseyin Umut, ein Jahr lang ans Bett gefesselt. Gott hat sie über ihn gebracht, weil es eine Sünde ist, diese wunderbaren Tiere zu töten und sie zu Lampenöl zu verarbeiten. Eine Sünde, die Gott schwer bestraft, denn sie ist unverzeihlich. Wenn man den Delfinen ihre Mütter raubt und sie zu Seife und Öl macht, während die Jungen noch die Milch aus ihren Zitzen trinken und dann elend zugrunde gehen oder die bittere Milch einer fremden Mutter trinken müssen, dann ist diese Schuld unlöschbar. Sie ist unverzeihlich.»

Nach einem Jahr im Krankenbett hatten sich die Schulden meines Mannes angehäuft, auch wenn keiner Geschäfte machen kann wie er, keiner. Und weil mein Hüseyin Umut ein Ehrenmann ist, hat er danach jeden Cent zurückbezahlt. Dann hatten wir nichts mehr. Er wollte dem Elend ein Ende bereiten und erst uns und dann sich selbst mit der Mauser erschießen, einer Pistole, die er in Istanbul von einem Österreicher erstanden hatte. Sechs Kugeln, genug, um seinen Prokuristen, jedes seiner Kinder, mich und sich selbst ins Jenseits zu befördern. Im Teegarten habe ich die Pistole vergraben, und da liegt sie bis heute.»

Die Geschichte, die Kaans Onkel Ferhat erzählte, war wohl die wahrscheinlichste Version:

«Die Krankheit meines Vaters ist eine Folge des Schocks, den er erlitten hat, weil sein viertes Kind eine Tochter wurde. Bevor er Vater wurde, hatte er geträumt, dass sein erster Sohn sterben und sein zweiter und dritter Sohn Nichtsnutze würden. Vielleicht hatte es ihm auch eine Roma aus dem Kaffeesatz gelesen. Der Vierte jedoch sollte ihn in Geschicklichkeit übertreffen, um ihn dann zu beerben. Daraus wurde nichts, weil das vierte Kind ein Mädchen wurde.

Die Geschäfte laufen schlecht 1943. *UMUT Haselnüsse* sind ein Qualitätsprodukt, mein Vater hat immer auf Klasse gesetzt. Doch dann plötzlich beanstandete der staatliche Kommissar für Lebensmittelqualität die Röstung. Vielleicht auch weil Hüseyin sich weigerte, ihn zu bestechen. Beim Mittagessen nach der Prüfung hat mein Vater bereits einige Rakı getrunken, wird laut und zieht seine Mauser C96. Eine beeindruckende Waffe. Er fuchtelt vor dem Gesicht des Kommissars herum, ein Schuss löst sich und zerfetzt das Schulterpolster seiner Uniform. Das ist das Ende der Geschichte. Der Kommissar bleibt unverletzt, aber *UMUT Haselnüsse* ist tot.»

Oder die Variante in der *Cumhuriyet Gazetesi* vom 10. August 1943, in einer Kolumne des Chefredakteurs Oktay Olmaz:

«Deutsch-türkisch-italienische Haselnusskrise. Der wichtigste Importeur türkischer Haselnüsse, das Deutsche Reich, verfolgt nach geheimen Berichten, die der Redaktion vorliegen, eine kriegsentscheidende Strategie. Der gestürzte Diktator Benito Mussolini, wichtiger Verbündeter der Deutschen und persönlicher Freund Adolf Hitlers, soll zurück an die Macht geputscht werden. Mussolini, alleiniger Besitzer sämtlicher piemontesischer Haselnussplantagen, braucht Geld, um seine Untergrundarmee mit Waffen zu versorgen. Eine Geheimdepesche bestätigt: Das Deutsche Reich importiert deshalb bis auf Weiteres und exklusiv schwarzbraune mussolinische Haselnüsse. Der Nusshandel mit der Türkei kommt vollständig zum Erliegen.»

Etwa sechsundvierzig Jahre nach dem Aus von *UMUT Haselnüsse* fährt Kaan durch die Nacht, um seine Großeltern zu besuchen und seinen Dede zu pflegen. Im Ort Kurşunlu, an der Abzweigung Richtung Çankırı, hält der Bus für eine gute halbe Stunde, um Rast zu machen, und Kaan fühlt sich zum ersten Mal in seinem Leben erwachsen. Er steigt mit den anderen Reisenden aus. Sie schenken ihm wenig Beachtung, als er die von Neonröhren beleuchtete Halle betritt. Die Decke ist niedrig, hinter gläsernen Vitrinen dampfen Speisen in großen Behältnissen aus Edelstahl. Kaan kennt die Gerichte. *Arnavut ciğeri*, frittierte Leber, *Mercimek çorbasi*, Linsensuppe, *Paça*, Kuttelsuppe, *Pilav*, der schöne butterige Reis, der in Hühnerbrühe gekocht ist, Süßspeisen wie *Ayva tatlısı*, knallrot, aus Quitten, die man mit *Kaymak*, Sahne, isst. Das ist Kaans Türkei, ein Paradies der Gerüche und Geschmäcker. Er bestellt Köfte, eine Schale Joghurt, etwas Reis und setzt sich an das freie Ende des Tisches, an dem ein paar Männer wortlos rauchen und Tee trinken.

Nach dem Essen zögert Kaan einen Moment, dann steht er auf, geht zur Kasse, kauft sich eine Cola und eine Schachtel Muratti. Die etwas älteren Cellisten, die wie er Unterricht an der Musikhochschule erhalten, rauchen immer die, weil sie nach Melone schmecken. Bisher hat er nur geschnorrt.

Er setzt sich zurück an seinen Tisch, zieht am goldenen Fädchen, befreit die Schachtel vom Zellophan und klappt sie auf. Papierbeschichtete Silberfolie abreißen und die erste Zigarette aus der Enge der Packung fummeln. Erst das dritte Zündholz fängt Feuer. Das leise Knistern der Glut, der erste Zug sind eine Sensation. Kurz, hinter den Augen, gibt es eine kleine Detonation im Hirn, die einen Blitz in alle Extremitäten schießen lässt. Der Klang des Raums verändert sich, hohe Töne überstrahlen die tiefen, die in die Ferne treten. Die Lichter werden etwas heller, Kaan spürt die Bewegung der Erde im Universum.

Für diesen Augenblick fällt alles von ihm ab, seine Schultern sind frei von Gewicht. Die dunklen Gedanken sind fort. Der Lärm in seinem Hirn verstummt. Für diesen kurzen Augenblick will Kaan: nichts.

WEISST DU, WARUM so viele Flüsse *Kanlı* heißen?, flüstert seine Anneanne ihm ins Ohr. Weißt du, warum die Flüsse *Kanlı* heißen?

Kaan stößt einen Schrei aus, als er aufwacht. Es ist spät am Abend, er liegt im Bett seiner Großmutter. Sie sitzt auf der Bettkante und wiegt den Kopf langsam vor und zurück. Ist es wirklich sie, die zu ihm gesprochen hat?

Weißt du, warum so viele Flüsse *Kanlı* heißen?

Kaan ist in die Türkei gereist, um seinem Großvater zu helfen, aber nun ist Kaan selbst krank. Die ganze Nacht und den ganzen Tag hat er gefiebert. Aber nicht aus diesem Grund hat seine Großmutter ihn in ihrem Zimmer übernachten lassen, sondern weil er es im Gästezimmer zum Meer hinaus nicht mehr ausgehalten hat.

In der mondbeschienenen Nacht zuvor entdeckte Kaan von seinem Bett aus ein weißes Etwas auf der Wasseroberfläche. Es beunruhigte ihn, aber er fiel im Nachdenken darüber in nervöse Träume. Das Fenster zeigt nach Norden, die Sonne scheint nie direkt in den Raum. Dennoch war es kurz nach Sonnenaufgang bereits zu hell, um zu schlafen. Die Strahlen wurden von den kleinen spiegelnden Polygonen, die die Oberfläche des Wassers bildeten, direkt an die Wände des Zimmers geworfen. Der Raum war durchflutet von gleißendem Licht.

Geblendet blickte Kaan auf und sah erst nur schemenhaft. Er schaute in die Ferne, dahin, wo sich am Horizont ein Frachtschiff oder ein großer Fischtrawler langsam nach Osten bewegte. Das Einzige, was jenseits des Balkons außer dem Meer zu sehen war, war der Steg, den Kaans Großvater hatte bauen lassen. Aus Stahlbeton, mit einer maroden Treppe, die zur Wasseroberfläche führt.

Da entdeckte Kaan in der Nähe des Stegs das weiße Etwas und erschrak. Ein aufgeblähter, heller Körper. Kaan zog sich die Decke über den Kopf. Ihm wurde übel.

Er schlug die Decke wieder zurück und versuchte, mit halb geschlossenen Augen zu erkennen, worum es sich handelte. Immer wieder musste er den Blick abwenden. Nach einiger Zeit war ihm klar: Es war der ballonhafte Körper eines toten Tieres, wahrscheinlich eines Hundes, der im Wasser lag. Nur der Kopf, der Kopf fehlte, war abgetrennt, abgetrennt.

Kaan stand auf, griff sich blinzelnd ein paar Kleider und verließ, so schnell er konnte, das Zimmer.

In der Küche bereitete er das Frühstück für sich und seine Großeltern. Schwarze Oliven, altes Weißbrot. *Pekmez*, eine aus Maulbeeren gekochte Melasse, Schafskäse, Erdbeermarmelade mit kleinen, aber ganzen Früchten in klarer roter Flüssigkeit. Gurkenscheiben. Dunkelroter Lindenblütentee vom Vortag.

Als er fertig war, ging er zu seinem Dede, der auf dem Krankenbett im Wohnzimmer lag und ihn wortlos aus müden Augen ansah. Kaan grüßte ihn liebevoll, der Dede nickte zurück.

Mehr als fünf Minuten brauchten seine Großmutter und Kaan, um den Dede im Bett aufzurichten, ihm Hausschuhe über die nackten Füße zu streifen, damit er langsam und unter Schmerzen aufstehen konnte. Der gebrochene Oberschenkel musste entsetzlich wehtun, Hüseyin konnte kaum auftreten, aber er ließ sich nichts anmerken. Auf halbem Weg zur Küche standen ihm Schweißperlen auf der Stirn, den linken Arm hatte er über die Schulter seines Enkels gelegt, unter der rechten Achsel die altmodische Krücke.

Das Telefon klingelte schrill. Kaan spürte, wie ihm heiß wurde. Seit Tagen wartete er auf einen Anruf seiner Mutter aus Deutschland. Er wollte unbedingt mit ihr sprechen, doch er konnte den alten Mann jetzt nicht allein lassen. Langsam wuchs ihm der Haushalt der Großeltern über den Kopf.

Einen Augenblick später sah Kaan, wie seine Großmutter, die Anneanne, ihr Schlafzimmer verließ und sich gebückt in Richtung Telefon bewegte. Doch Kaans anfängliche Erleichterung wurde enttäuscht: Sie ging Zentimeter an dem brüllenden Ungeheuer vorbei und überholte ihn und seinen Großvater auf dem Weg zum gedeckten Küchentisch.

Verdammt, bist du taub, murmelte Kaan. Auf Deutsch, versteht sich.

Nach dem Frühstück hatte er plötzlich hohes Fieber.

DREI WOCHEN hat Kaan bei seinen Großeltern verbracht, um den kranken Dede zu pflegen. Doch das selbst gewählte Abenteuer nahm einen anderen Verlauf, als Kaan erwartete. Die Verantwortung lastete zu schwer auf seinen Schultern. Wie ein Missionar hatte er versucht, den Großeltern das Leben zu erleichtern, Einkäufe zu tätigen und den Dede wieder auf die Beine zu bringen. Der lag wie ein *Padişah* auf seinem Bett, erteilte Befehle und zeterte mit langsamem Lidschlag.

Kaan hatte erkannt, dass er ihn in Bewegung bringen musste; dass der bald Neunzigjährige nur überleben würde, wenn er wieder lernte zu gehen. Täglich übte er mit ihm aufzustehen, sich auf Krücken zu stützen, zwei Schritte vorwärtszugehen. Die Pein des alten Mannes war greifbar. Nach zwei Wochen konnte er sich, den Arm um den Nacken seines Enkels, bis zur Küche schleppen. Ein Vorgang, der für zwölf Meter Strecke etwa zehn Minuten kostete. In Wahrheit war es der Enkel, der den Dede zum Esstisch hievte. Doch am Ende der dritten Woche feierte Kaan die Sensation: Hüseyin hatte es mit Krücken selbstständig vom Bett zum Tisch und zurück geschafft.

Bei aller Fürsorge hatte Kaan den Überblick über sein Geld verloren. Die zweihundert Mark, die seine Mutter ihm mit auf die Reise gegeben hatte, waren längst aufgebraucht. Sie waren für die Busfahrten zwischen Istanbul und Schwarzem Meer gedacht und als Reserve. Aber die sparsamen Großeltern hatten klammheimlich in Kauf genommen, dass Kaan alle Einkäufe für sie erledigte und auch selbst bezahlte.

Das Ende der Reise war gekommen, und Kaan musste die Rückfahrt nach Istanbul organisieren, das Ticket für den Überlandbus konnte man nicht von Deutschland aus buchen. Er brauchte Geld. Er hatte sich an seine Anneanne gewandt, doch die wiegelte ab.

Kaan liebte seine Großmutter mit ihren eigenartigen Ritualen. Der Dede ging seinem Namaz-Gebet erst nach, seit er mit sechzig aufgehört hatte zu trinken, zu rauchen und Zucker zu sich zu nehmen. Seine Leidenschaft galt nun der *Muşmula*, der Mispel, die er verschlang, sobald er sie in die Finger bekam. Sonst war sein Leben seit der *Hadsch*, der Pilgerfahrt nach Mekka, von Abstinenz geprägt, denn mit sechzig wollte er auf Nummer sicher gehen und der Zuckerkrankheit sowie der Aussicht, dass sein unsteter Lebenswandel auf direktem Weg zur Hölle führte, entschieden entgegentreten.

Die Anneanne hingegen war ganz wahrhaftig in ihrem Glauben. Sie saß stundenlang unter der amerikanischen Uhr mit dem langsam schwingenden Pendel und las aus dem Koran. Ohne ein Wort zu verstehen. In der Koranschule hatte sie die arabischen Schriftzeichen auszusprechen gelernt. Das genügte.

Ya-Sin
Wa Al-Qur'ani Al-Hakimi
'Innaka Lamina Al-Mursalina

Der Klang der Wortfolge brennt sich in Kaans Gedächtnis, die Anneanne liest sie mehrmals am Tag. Ihr Finger gleitet von rechts nach links über die Zeilen, Silbe für Silbe, Zeichen für Zeichen. Aber jetzt wird Kaan ungeduldig. Er will nach Hause. Seine Großmutter soll endlich ihr Gebet beenden, damit er ihr seine Situation schildern kann. Zur Vorbereitung hat er sich Eselsohren in sein deutsch-türkisches Wörterbuch gemacht.

Sie sitzen gemeinsam im Wohnzimmer. Schon seit Stunden liest sie sich selbst vor, formt mit melodischem Singsang den Text, als handele es sich um ein dadaistisches Werk. Kaan überkommt der leise Verdacht, dass sie sich bewusst dem Gespräch über seine Heimreise entzieht.

Mittlerweile ist es dunkel geworden. Die Neonröhren sind in regelmäßigen Reihen an die Decke montiert. Das Licht ist kalt und blendet. Zwei der Leuchten sind kurz davor, den Geist aufzugeben. Das asynchrone Flackern macht Kaan wahnsinnig, er bekommt davon Kopfschmerzen. Seine Großmutter spricht weiter vor sich hin, Wort für Wort, Satz für Satz. Als hörte sie niemals auf.

ABENDS LIEGT KAAN in seinem Zimmer und liest. Das Rauschen des Meeres hinter den Scheiben, die geschwärzt sind von der mond- und sternlosen Nacht, bestimmt den Rhythmus seiner Gedanken, er muss sie immer wieder zurück zu den Buchseiten lenken. Draußen ist es so dunkel, dass man im Fenster nichts sieht als die Spiegelung des Zimmers. Kaan ist zu müde, um zu lesen, aber zu erschöpft, um zu schlafen. Er hat Stefan Zweig vor sich, in türkischer Übersetzung, *Amok Koşucusu, Der Amokläufer*, den er auch auf Deutsch nicht versteht, der ihn aber magisch fesselt. Er hebt den Blick und betrachtet sich im Spiegelbild der Nacht.

Er erkennt einen blond gelockten Jungen mit ovaler Brille, der in halb liegender Position in seinem Buch liest. Für einen Augenblick sieht Kaan sein Leben vor sich. Nichts passt zusammen. Er sieht sich als dickes Kind, das zu alt ist für seinen Körper. Er sieht sich in einem Zimmer, in dem drei Krankenbetten stehen und das bis unter die Decke gefüllt ist mit Federbetten, Teppichen und Gerümpel, alles fein säuberlich verhüllt mit ausgeblichenen Leintüchern. Das Zimmer gleicht einem Lazarett.

Kaan beschleicht die Sorge, dass er sich, umschlossen von Dunkelheit, losgelöst haben könnte aus Raum und Zeit. Er bemerkt in seinem Gesicht eine unruhige Traurigkeit, die er nicht zuordnen kann. Er sieht eine Angst, deren Herkunft er nicht kennt und die ihn überwältigt. Ihm wird schwindelig bei dem Gedanken, dass die Welt sich verdunkelt hat und die Sonne nie wiederkehren könnte.

Auf dem leeren Bett, das näher am Fenster steht, liegen ein Walkman, mit dem er Kassetten hört und den er als Diktiergerät verwendet, seine Gitarre und ein wilder Haufen Noten, die er mit auf die Reise genommen hat und die er nicht lernen kann, weil er sie noch weniger versteht als das Buch von Stefan Zweig. Es sind unendlich schwierige und melancholische Werke, Henzes prätentiöse Vertonungen von Shakespeare-Charakteren, die Ciaccona von Bach, Capricci von Paganini und so weiter. Kaum spielbar für ihn, dessen Geist sich aber für nichts anderes erwärmen kann als für die vollständige Überforderung. Nur sie lindert seine Todesangst, die er immer spürt, aber die er nicht erkennt. Also erkämpft er sich Note für Note, Takt für Takt, Zeile für Zeile.

Der Boden scheint abgeschnitten in der Spiegelung. Es mag die Schwärze der Scheibe sein, die den Raum schweben lässt. Kaan fantasiert, oder er fiebert, wie schon so oft in diesem Zimmer. Links oben in der Reflexion formt sich ein Gesicht aus Dunkelheit.

Am Ende des Weges leuchtet dein Licht, spricht Kaan sich Mut zu, aber er hört keine Stimme. Am Augenlid bildet sich eine Träne, eine Träne aus Blut. Langsam rinnt sie die Wange hinab, und Kaan erkennt die Züge seiner Anneanne. Es ist ein junges Antlitz von großer Schönheit und schneeweißer Haut. Die Träne fällt aus der Seele ins schwarze Nichts. Sein Körper schwebt über dem Kopf wie ein Engel Caravaggios. In weißes Tuch gehüllt, blickt er hinab und weist mit offener Hand auf Kaan.

Am Ende des Weges leuchtet dein Licht, denkt Kaan. Da verlieren die Gegenstände ihr Gewicht. Nicht eine: Myriaden von Tränen schweben in der Luft. Wie zerstäubte, tiefrote Blutstropfen, die im Fallen innehalten, verharren sie an ihrem Ort.

Voller Furcht wendet Kaan den Blick von der Spiegelung hinauf zur Decke, wo der Engel schwebt. Der sieht ihm in die Augen, schließt die Lider und senkt das Haupt, als segne er ihn. Das Licht der Neonröhre schmerzt, wie ein direkter Blick in die Sonne.

Als Kaan die Augen wieder öffnet, sind der Engel und die Tränen fort. Doch seine Welt ist in Bewegung. Er kann nicht atmen. Er will raus.

Er steht auf und läuft zum Fenster. Presst seine Stirn an die Glasscheibe, schirmt mit den Händen die Augen ab, um nach draußen sehen zu können. Immer noch erkennt er nichts, lediglich den Betonbalkon und die verrosteten Nieten und Schnecken des Geländers kann er ausmachen. Dahinter: schwarz.

Er muss verstehen, ob die Welt noch ist. Seiner Angst zum Trotz öffnet er die Zimmertür und geht wie auf der Flucht zum Schlafzimmer der Anneanne.

Vorsichtig klopft er an die Tür. Er weiß nicht, was ihn erwartet. Im Zimmer ist es dunkel. Das Bett des Dede rechter Hand ist leer. Die Anneanne liegt auf der gegenüberliegenden Seite des Schlafzimmers, abgewandt. Von der Straße her erleuchtet gelbes Licht durch die Lindenzweige den Raum. So viel kann er erkennen.

Anneanne, *uyuyamıyorum*, ich kann nicht schlafen.

Nichts.

Uyuyamıyorum, anneanneciğim, hörst du mich?

Setz dich, *Oğlum*, setz dich zu mir, sagt die Anneanne leise, ohne sich zu bewegen.

Die Stimme der Großmutter beruhigt Kaan augenblicklich. Er durchquert das Zimmer und setzt sich auf ihre Bett-kante.

Bitte, Anneanne, erzähl mir etwas, denn ich kann nicht schlafen.

Da spricht die Anneanne:

Als ich geboren wurde, schenkten meine Mutter und mein Vater mir einen Namen. Sie nannten mich Ani, wie den schönsten Ort der Welt, weil sie mich so sehr liebten. Zu Vahide wurde ich erst später. *Hey gidi kızım, hey.* In allen Betten lagen Kinder, *hey gidi kızım, hey.* An diesem Ort wurde aus mir, Ani, ich, Vahide. Die Einzelne. Die Alleinige ...

Mein Kopf ist ganz durcheinander, *Oğlum.* Vieles vergesse ich, aber das ist vielleicht nicht so wichtig. Ich bin glücklich, mein Junge, das musst du wissen. Ich habe mein Leben gelebt, und es war ein gutes Leben. Es hätte mir schlechter ergehen können, viel schlechter. Mir war kein langes Leben vorherbestimmt – *hey, gidi kızım, hey,* ach, mein Mädchen, ach.

Sie stockt. Kaan versteht nicht, was sie ihm erzählt, aber ihre Worte dringen durch den Stahlbeton seines Geistes in sein Herz, in seinen Körper, der begreift. Ihre Stimme beruhigt ihn.

Ich kann mich leider nicht erinnern, an die Geschichten, die meine Mutter, meine *Mayrik,* mir erzählt hat, deshalb kenne ich auch keine Geschichten für Kinder. Und du bist doch noch ein Kind – *hey, gidi kızım, hey* ...

Es war eine dunkle Nacht wie diese, als ich meine Mutter das letzte Mal gespürt habe. Das Gefühl meiner Füße zwischen ihren heißen Schenkeln werde ich nie vergessen. Ihre Haut war so warm und weich wie der *Salep,* den die feinen Damen in Istanbul trinken – *hey, gidi kızım, hey* ...

Ich habe nie aufgehört, darüber nachzudenken, warum sie mich verlassen hat, meine *Mayrik,* warum sie mich nicht mitgenommen hat. Erst habe ich gedacht, dass sie mich nicht liebte, sondern nur meinen Bruder und meinen Vater. Aber irgendwann habe ich erkannt, dass sie mich nicht mitnahm, weil ihre Angst um mich größer war als die Liebe, die sie für mich empfand. Das sagt wenig über die Größe ihrer Liebe und viel über die Größe ihrer Angst: Sie war unermesslich – *hey, gidi kızım, hey* ...

Mein Bruder war fünf oder sechs Jahre älter als ich und ein hässlicher Junge. Bestimmt hat sie ihn geliebt, weil er ihr Sohn war. Sie wusste eben, wie klein meine Füße waren, die sie beim Einschlafen immer zwischen ihre Schenkel nahm, und dass sie mich nicht tragen würden bis nach Batumi, wohin sie geflüchtet waren. Den ganzen Weg zu Fuß – *hey gidi kızım, hey* ...

Erzähle es niemandem, *Oğlum*, versprich mir das. Den ganzen Weg, Hunderte Kilometer sind sie zu Fuß gelaufen, weil sie Ungläubige waren, und das war eine Sünde. Aber sie war eine gute *Mayrik*, das musst du wissen – *hey, gidi kızım, hey* ...

Kaan blickt seine Großmutter an. Ich schwöre, ich werde es niemandem erzählen, Anneanne, sagt er. Doch er ist verwirrt. Er hat verstanden, dass seine Großmutter von Sünde und Liebe spricht, aber er kann die Dinge nicht durchdringen. Sein Wortschatz versagt schon an der Oberfläche ihrer Worte, und nie zuvor hat er sie so viel und so zusammenhängend von sich sprechen gehört.

Über dem leeren Bett formen sich Gesichter, Arme und Körper von Menschen, sie formen sich so wie zuvor der Engel. Kaan traut dem Gesehenen nicht, doch die Nähe zu seiner Anneanne schenkt ihm Mut. Er legt sich zu ihr und kriecht unter ihre Decke. So liegen sie Rücken an Rücken.

Bitte sprich weiter, Anneanne, ich kann nicht schlafen, und mir ist furchtbar kalt.

Heute bin ich alt, fährt sie fort. Ich hätte nie so alt werden sollen. Mir war ein früher Tod vorhergesehen, und doch habe ich überlebt. Weil ich ein fleißiges und ein gutes und frommes Mädchen war. Wenn ich ans Sterben denke, an den Tod, dann ergreift mich Traurigkeit. Denn ich weiß, meine Zeit ist gekommen, und ich werde bald das Wunder und die Schönheit dieses Lebens hinter mir lassen – *hey, gidi kızım, hey ...*

Doch wir Menschen sind nicht gemacht für ein langes Leben. Unsere Seelen vergessen nichts. So wie die Haut vernarbt und runzlig wird, von Verletzungen, vom Alter und von der Sonne, so vernarben und altern auch unsere Seelen. Je älter wir werden, desto hässlicher sind sie, desto schwerer wiegen sie und desto tiefer gehen die Risse. Wie zerschnittene Lebern hängen sie in Fetzen. Und wenn es so weit ist, wissen wir, dass die einzige Erfüllung im Tod liegt. Er ist das Ziel unserer Reise. Dennoch fühle ich ein unendliches Meer von Traurigkeit, wenn ich an ihn denke – *hey, gidi kızım, hey ...*

Gesichter treten hervor aus der Schwärze, doch Kaan kennt sie nicht. Es sind Frauen und Männer, vielleicht zehn oder zwölf, die über dem freien Bett des Dede schweben. So, als hätten die Gesichter Kaans Körper verlassen, weicht die Spannung aus ihm, je schärfer sie sich in der Dunkelheit abzeichnen.

Mein Kopf ist voller Löcher, *Oğlum*, ich vergesse mein ganzes Leben: Ich vergesse, wie die Dinge heißen, ich vergesse die Namen der Hühner und die Namen meiner Söhne. Ich vergesse, wie sich die Stimme meiner Mutter anhörte, ich vergesse und vergesse. Manchmal vergesse ich, ob du mein Enkel bist oder meine Tochter. Das macht mir Angst, aber es macht mir auch Mut, denn immer, wenn ich nicht vergesse, weiß ich erst recht, dass mein Leben zu Ende geht. Allah hat mir ein langes Leben geschenkt, wo er es mir doch schon oft hätte nehmen können. Und vielleicht hat er es mir geschenkt, weil ich es so sehr liebe. Und wenn ich morgen sterbe, dann sei nicht traurig, denn ich hatte ein glückliches Leben, ein gutes Leben – *hey, gidi kızım, hey ...*

Das erste Mal, als es in Gottes Hand lag, mir mein Leben zu nehmen, hatte meine *Mayrik* mich verlassen. Fast alles habe ich vergessen, ihre Sprache, die Farbe ihrer Haare, ihren Gott. Aber nie habe ich den Geruch ihrer Haut vergessen. Und nie ihre schnörkellosen Melodien, den Klang ihrer Mandoline – *hey, gidi kızım, hey ...*

In der Nacht, als sie mich zurückließ, habe ich ein Lied gesungen. Das Lied habe ich vergessen. Ich habe zu einem Gott gebetet, den ich vergessen habe. *Bismillahirrahmanirrahim.* Weil er ein falscher Gott war. Das Gebet war eine große Sünde, aber es hat meine *Mayrik* getröstet. Es hat ihre Tränen gestillt, so wie diese Geschichte hier deine Tränen stillt, *Oğlum.* Eine Geschichte, die du nicht verstehst, weil du meine Sprache nicht sprichst, aber der Klang meiner Worte reicht aus, um dir die Angst zu nehmen. Und so, wie mein Herz vergiftet war von den Gebeten an den Gott der Ungläubigen, werden meine Worte dein Herz vergiften. Daran kann ich nichts ändern, das ist der Lauf der Welt. Dein Herz ist voller Gift bis ans Ende deiner Zeit. Denn ich bin die Sünde der anderen, die sich an mir vergangen haben. Es gibt kein Leben ohne Schuld, *Oğlum,* und es gibt keine unvergifteten Herzen – *hey, gidi kızım, hey ...*

Meine Mutter war eine Sünderin, weil sie einen falschen Gott anbetete. Sie war eine *Gâvur,* eine Ungläubige. Eines Morgens wachte ich auf, und meine *Mayrik* war fort, mit meinem Bruder und meinem Vater. Sie war fort, weil meine kleinen Füße mich nicht dorthin tragen würden, wo sie hinmussten. Auch sagte sie nie genau, wohin sie gingen. Vielleicht fürchtete sie, dass man sie finden könnte – *hey, gidi kızım, hey* …

Ich komme dich holen, versprach sie mir, ich komme und nehme dich zu mir, bald, wenn wieder Frieden ist und die Soldaten fort und deine Füße stärker und deine Beine länger sind. Wenn du größer bist, wirst du mich verstehen, sagte sie, mit ihren feuerroten, leuchtenden Haaren und den grünen Augen und den vollen Brüsten und der schneeweißen Haut. Sie liebte mich mehr als meinen Bruder, denn er war weder schlau noch schön. Ihre Angst um mich war groß, aber sie wusste, dass die Mädchen nicht sterben mussten und die Jungen im Meer ertränkt wurden wie Kätzchen oder ihre Hälse abgeschnitten wie Hühnern – *hey, gidi kızım, hey*.

Also ließ sie mich zurück, aus Liebe.

Ich kam in ein Waisenhaus. Als meine neue Mutter den Schlafsaal betrat und mich zu sich lockte, lagen da lauter Kinder in den anderen Betten. Ich habe süße Mandarinen, sagte sie, ich habe rote Äpfel und süße Maulbeeren, *gel, kızım, gel.* Und so ging ich mit ihr, denn die anderen Kinder waren alle tot, und Allah ließ mir mein Leben, obwohl ich schuldig war. Denn ich hatte die makellose weiße Haut meiner *Mayrik* geerbt – *hey, gidi kızım, hey* …

Das Schwerste in meinem Leben waren immer die ersten Tage. Die ersten Tage, nachdem meine *Mayrik* mich verlassen hatte, und alle anderen ersten Tage, die folgten. Der erste Tag bei den Nachbarn, bei denen ich Obhut finden sollte, bis meine *Mayrik* zurückkommen würde. Sie konnten mich nicht beschützen. Der erste Tag im Kinderheim, in das mich die stinkenden Soldaten brachten. Der erste Tag bei meinen neuen Eltern, deren Liebe mein Herz doch nie erreichte. Der erste Tag, an dem ich aufgab, auf die Rückkehr meiner *Mayrik* zu warten. Der erste Tag, an dem ich aufhörte zu weinen. Der erste Tag, an dem ich vergaß, wie meine *Mayrik* aussah, wie sich ihre Stimme anhörte, wie ihre Haut roch, wie sie Armenisch zu mir sprach. Der erste Tag, an dem ich meine Muttersprache vergaß. Der erste Tag, an dem ich lernte, dass mein Leben eine Sünde war, unauslöschlich – *hey, gidi kızım, hey ...*

Meine neuen Eltern waren gut zu mir. Meine Stiefbrüder waren schön, sie hatten so schöne Augen. Meine neuen Eltern machten keinen Unterschied zwischen mir und ihren eigenen Kindern. Ich wusste immer, dass sie mich liebten, weil ich fleißig war und schön und geduldig und wohlerzogen. Sie schenkten mir bedingungslos ihre Liebe, aber ich habe nie gewagt, sie ohne Bedingung anzunehmen. Die Bedingungen waren mein Fleiß, meine Schönheit, meine Geduld und meine Wohlerzogenheit.

Als meine *Mayrik* mich verließ, verließ mich mit ihr jede Gewissheit um die Bedingungslosigkeit des Seins – *hey, gidi kızım, hey.*

SCHWARZES MEER, ORDU, APRIL 1915

ANI WACHT NICHT wie sonst vom Lärm der Hühner vor ihrem Fenster auf. Sie wacht auf, weil neben ihr der Körper ihrer Mutter zittert. Es ist warm, viel zu warm für Ani, ihre Füße klemmen zwischen den mütterlichen Schenkeln. Sie schließt fest die Augen und nuckelt an ihrem Zeigefinger, obwohl sie schon zu groß dafür ist.

So liegt sie einige Zeit, eng umschlungen von den schweren Armen, und presst die Augenlider zusammen. Die Luft ist stickig und feucht. Sie versucht, zeitversetzt zu atmen, sodass der schale Hauch, den die Mutter ausstößt, schon vergangen ist, wenn sie selbst einatmet. Immer kurz nach ihrer Mama, ihrer *Mayrik,* einatmen und ausatmen. Einatmen und ausatmen.

Die Hühner sind still, nur in der Ferne hört man den Schlag der Wellen und in den Pausen das rhythmische Nagen des Holzwurms im Gebälk. So klingt die Nacht, die Ani so vertraut ist und sie sonst tief schlafen lässt. Doch der Körper der Mutter bebt, es macht Ani hellwach. Das Mondlicht wirft wenige Strahlen durch die beschlagene Scheibe, sie landen auf dem Bildnis der heiligen Hripsime, das neben dem Fenster hängt. Ansonsten versinkt alles im Schwarz.

Mayrik, Mama.

Die Mutter hält still.

Mayrik?

Schlaf, Ani, es ist noch Nacht.

Warum bist du hier, in meinem Bett?

Du hast im Schlaf geweint, ich habe dich getröstet. Und nun schlaf. Wenn du morgen aufwachst, ist alles wieder gut.

Ani kann sich an nichts erinnern, keinen Traum, keine Tränen. Sie tastet nach dem Gesicht der Mutter und zieht ihre Hand zurück, wischt sie sich an ihrem Nachthemd ab. Noch nie zuvor haben sie so zusammengelegen, im Kinderbett. Ihr großer Bruder in der anderen Ecke des Zimmers schläft geräuschlos.

Morgen will ich wieder spielen, dass ich so schön wie Hripsime bin und zaubern kann, sagt Ani.

Hripsime hat nicht gezaubert, sie hat Wunder vollbracht, flüstert die Mutter. Schlaf, Ani, schlaf.

Sie streicht ihr durch die Haare und krault sie im Nacken, dort, wo die Haut der Kinder am zartesten ist.

Dann will ich auch Wunder vollbringen, *Mayrik*, sagt Ani. Ich möchte ein goldenes Kleid und ein Kreuz und die schönste Krone der Welt. Und dann will ich auf einem großen weißen Pferd von Rom nach Jerewan reiten, mit Kreuz und Schwert und Krone, und dann mache ich ein Wunder, dass du nie mehr traurig bist, *Mayrik*, ja?

Die Mutter bebt wieder.

Shhhh, Ani, mein Leben, du bist wunderbar. Ich liebe dich sehr, das musst du immer wissen. Sei jetzt still und schlaf. Und ja, sei wie Hripsime, wenn du groß bist. Sei stark und frei wie Hripsime, Ani, hörst du? Und nun sei leise und vor allem: schlaf.

Ich werde wie Hripsime sein, flüstert Ani. Und jeden Tag Wunder vollbringen und die Soldaten verzaubern. Sie hören auf zu kämpfen, und überall gibt es für alle Menschen Frieden. Und du wirst nie mehr traurig sein. Wir essen jeden Tag

Pekmez und Haselnüsse. Wenn du zurückkommst, *Mayrik*, und mich holst, kann ich Wunder vollbringen. Und du gehst nie mehr weg von mir.

Ani beginnt viel zu laut und mit Inbrunst zu singen:

Du gehst schön
auf und ab
und ich würd
sterben

Shh!

Leiser:
für deine Art zu gehen
ich würd
sterben
für deinen
Verstand
ich würd
sterben

Shhh, schlaf Ani, schlaf jetzt!

liebendes Wachtelchen
verwundetes Wachtelchen
schwarzes Wachtelchen
ich würd
sterben
für deine
süße Stimme

Woher kennst du dieses Lied, Ani?, kichert die Mutter.

Hab ich mir ausgedacht, sagt Ani, steckt den Zeigefinger in den Mund, den Mittelfinger in die Nase, schnauft lautstark, dreht sich zur Seite und schläft ein.

Der Körper der Mutter hat aufgehört zu beben. In den Wellenschlag mischt sich der Gesang des Muezzins, der durch das kleine Tal hallt. Er singt eine Sure im Sabah-Makam, das strahlt wie D-Dur und doch bitter ist wie der dicke Sirup aus Maulbeeren, den Ani mit ihrer Mutter am Vortag gekocht hat.

Als Ani am Morgen aufwacht, ist ihre *Mayrik* fort, für immer.

ANI SCHLÄFT SCHON, als die Soldaten kommen, aber ihr Bett steht nun an einem anderen Ort, im Haus der Nachbarn. Wie viele Nächte schon, sie weiß es nicht. Wie viele Nächte ihre *Mayrik* fort ist, sie weiß es nicht.

Die Nachbarin ist ihr fremd geworden, seit Ani bei ihr wohnt. Anfangs hatte sie Ani Nüsse zugesteckt und ihr in die Wangen gekniffen. Sie gerufen und gewogen. Aber nun ist sie verstummt.

Als Ani morgens aufwachte und die *Mayrik* fort war, fielen ihr deren Worte vom Vorabend nicht mehr ein. Etwas hatte die Mutter ihr gesagt, etwas unendlich Wichtiges, aber was, was war es gewesen? An jenem Morgen war nicht nur die Mutter fort, auch das Bett ihres Bruders war leer. Ungemacht, hastig verlassen. Die Tür zum Flur stand offen. Alles bewegte sich langsam. Die Gaze im Türrahmen, der Flur, dessen Holzboden in weißen Streifen das milchige Licht reflektierte, das durchs Fenster über der Eingangstür fiel: Langsam bewegte sich die Gaze, langsam im Luftzug, so langsam wie Ani, die mit nackten, spitzen Schritten den Raum verließ, den Flur betrat und nichts, nichts hörte. Kein Huhn, keinen Wind, kein Meer, keine Stimmen. Das Bett der Eltern, rechter Hand durch eine weitere offene Tür zu sehen: leer und aufgewühlt wie nie zuvor. Nach links die Stube, wo sie den Bruder über Schüsseln gebeugt erwartet hätte: leer. In den Ohren ein unbekanntes Rauschen, verstand sie nichts und doch alles.

Die Nachbarin erwartete ihr Kommen und drückte sie an ihren weichen Körper. Ihr Mann trug wenig später umständlich Anis Bett mitsamt Matratze und etwas Kleidung aus dem Elternhaus über den schmalen Weg, den kleinen Abhang am Feuer vorbei, auf dem in einer flachen *Pekmez* Sirup kochte, und zur Tür hinein, in den Vorraum, der zugleich Esszimmer und Küche war.

Ani liebte das Flattern, das sich einstellte, wenn sie mit ihrem Mittelfinger die Ohrmuschel über dem Gehörgang schnell und rhythmisch öffnete und verschloss. Zusammen mit dem Brausen des Meeres ergab das ein betörendes Getöse in ihrem Kinderkopf. Den ganzen Vormittag über berauschte sie ihren Geist an dem Orkan, den sie so kontrollierte.

Die Zeit verflog mit pochenden Schläfen und enger Brust, die keine Klarheit zuließ. Zum ersten Mal stellte Ani sich die Frage, die über dem Rest ihres Lebens schweben würde: Kommen sie zurück? Diese Frage wog schwerer als ihre Schuld.

Als die Soldaten kommen, liegt Ani in ihrem Bett, das im Vorraum der Nachbarn steht. Alles geht sehr schnell, die Nachbarin weint bitterlich, ihr Mann ist nicht zu sehen. Die Soldaten sprechen nicht. Sie nehmen Ani fest bei der Hand, und sie weiß, was zu tun ist.

Nebelschwaden hängen in der Senke, man möchte sie anfassen. Sie kommen an Anis Elternhaus vorbei, die Tür steht aufgerissen wie im stummen Schrei, die Gaze am Ende des Flures wiegt sich im Luftzug, das kann Ani ohne Mühe sehen. Sie entwindet dem Soldaten ihre Hand und läuft hinein, in den dunkeln Schlund. Selbst die kindliche Iris benötigt einen Moment, um den Lichtwechsel zu verarbeiten. Im Augenblick der Blindheit sieht sie die Mutter aus den Augenwinkeln, wie sie unter der alten Uhr in der Küche steht und sie mit offenen Armen erwartet. Sie riecht den Duft des Lindenblütentees, der auf dem Herd simmert. Ihr Bruder kniet abgewandt am Boden und beachtet sie nicht, denn er betrachtet ein Honigglas, das auf dem niedrigen Tischchen steht. Die goldgelbe Farbe glüht und pulsiert in langsamer Bewegung. Selbst aus der Entfernung nimmt man den Überlebenskampf der Hunderten, Tausenden winzigen Wesen wahr, die, angezogen von der Nahrhaftigkeit des flüssigen Goldes, eine Straße über den Boden formen, die klebrige Außenseite des Glases überwinden und sich unter dem Deckel hindurchschieben ins Innere. Fingerdick zittern sie auf der Oberfläche des Akazienhonigs und sind im Rausch, der in Wahrheit ein süßer Tod ist. Doch der Zustrom reißt nicht ab.

Einen Augenblick lang spendet die Illusion auf der Netzhaut dem Kind Hoffnung, doch sie vergeht gleich, und an ihre Stelle kehrt die bittere Schuld zurück.

Ani rennt, so schnell sie kann, den Flur hinab und scharf nach links, in das Schlafzimmer der Eltern, das auf sie wartet. Das Bett ist noch immer nicht gemacht. Sie läuft zur Wand, greift nach der Mandoline ihrer Mutter.

Zwischen fremde Kinder gezwängt, auf dem Holzbohlen des Kutschwagens, der sonst wohl für die Nussernte genutzt wird, umklammert Ani das Instrument. Auf dem Kutschbock sitzen die Soldaten und lenken den Wagen durch das Dorf, zwei Bauern schlürfen hinterher, zahnlos, gebeugt, mit Axt und Knüppel.

Der Wagen hält noch bei drei oder vier Häusern, sammelt Kinder ein, bis sie zum Schulhaus gelangen. Unterschiedliche Szenen spielen sich ab, dramatisch und doch still. Wie beim Bild der Ameisen.

DAS ALTE SCHULHAUS steht den Hügel hinauf zwischen Haselnusssträuchern. Entlang des Weges wachsen Maulbeeren, die noch nicht blühen, aber ihr Duft liegt in der Luft. Vor dem verwitterten Holztor zum einzigen Klassenzimmer steht ein Kirschbaum, dessen rosa Pracht langsam zwischen hellgrünen Knospen hervorkriecht. Hier besucht Ani die Schule, doch jetzt sind die Räume mit Betten verstellt. Kreuz und quer stehen sie, nur schmale Wege bleiben frei, durch die die Kinder laufen, Erwachsene sich aber nur mühsam hindurchbewegen können.

Die Luft steht mehlig und feucht. Die gemischten Wolldecken riechen nach Schaf und Moder, schwächer nach kindlichem Menschen, Urin und Exkrementen. Obwohl nichts zwischen den gekalkten Wänden ist als Betten und Decken, herrscht Heillosigkeit und Unordnung. Es müssen vierzig, fünfzig, sechzig Kinder sein, die hier schlafen, aber Ani hat kein Gefühl für Zahlen, dafür ist sie zu jung.

Tagsüber herrscht Unruhe, die kleineren Kinder toben, lachen und weinen ohne Unterlass. Die älteren Jungen sind irgendwann fort. Die Mädchen, die wie Ani oder größer sind, bemühen sich mütterlich um die übrigen. Doch die sind nicht zu zähmen. In ihren Brustkörben hausen Wesen, die sie ohne Unterlass antreiben, bis sie nachts in tauben Schlaf fallen.

Die Aufseherin kreischt in den Saal, alle sollen in ihren Betten bleiben. Das tut sie jede Stunde. Morgens und abends gibt es Essen. Einen Kanten altes Brot. Kalte Suppe. Saurer Joghurt in Blechschalen. Auch gegessen wird auf den Betten, seit die Jungen fort sind. Doch kein Krümel findet sich je auf den Brettern, die mit Tüchern bedeckt die Matratzen ersetzen.

Um die Mittagszeit geht die Tür auf, und die Kinder müssen schnell raus. Für eine Stunde. Sie rennen kreischend in den Garten vor der Schule und verlieren sich hüpfend, lachend und weinend auf dem Gelände. Keiner läuft zu weit, denn keiner wüsste, wohin.

Ani versteckt sich vor den Mittagsstunden. Wenn der Saal leer ist, verharrt sie einen Moment am Boden hinter ihrem Bett. Dann schleicht sie vorsichtig zum Fenster, das nach Norden weist, und wischt mit den Fingern die Feuchtigkeit von der Scheibe. Ihr Blick schweift hinaus den kurzen Abhang hinab über taubedecktes Gestrüpp, Wiese und Sträucher, passiert die noch fast blattlose Birke, den mit Ausnahme eines Bauern menschenleeren Weg. Das Gesicht des Mannes ist eingefallen, er geht gebückt. Die rohe Axt in der Hand, den vollen Korb mit Reisig auf dem Rücken, geht er über schwarzen, grauen, beigen Lehm zu den Felsen. Dort treibt die Gischt hinaus aufs Wasser, das bewegt liegt, in Anthrazit, grauem Grün, mit nussbraun-weißen Kronen, die sich in ewiger Verdichtung zusammenfügen zum Schwarzen Meer. Eigentlich sollte es Graues Meer heißen oder Unendliches oder Himmelsmeer.

Und so scharf sie auch schaut, die Lider zusammenkneift, so wenig kann Ani erkennen, wo in der Ferne die Wolken den Horizont berühren.

Das Wasser kennt kein Ende. Nicht die Erde: Der Himmel ist eine Kugel, und das Land haftet auf ihrer Innenseite. Das

Himmelsmeer beginnt bei den Felsen, liegt bis in weite, unsichtbare Ferne auf dem Meeresgrund und wölbt sich dann aufwärts, in immer gleichen Tönen hinauf, hinauf, über den gestreckten Kopf und Nacken hinaus hinter das grüne Dickicht der Berge.

Die Sonne glüht mit unbeschreiblicher Kraft in das andere, untiefe Dickicht aus Grau und dringt dennoch kaum hindurch. Keine Blendung, nur Diffusion.

Nichts weiß das Kind von diesen Dingen. Auch spürt es nicht den Schmerz der entrissenen Eingeweide, den es später, viel später oder niemals empfinden wird. Aber er ist da und umschließt Ani vollkommen. Die Leber, der Darm, die Seele mit grober Hand aus dem zarten Kinderkörper gerissen. Ein Schmerz jenseits der Ohnmacht. Der vollkommene Verrat, die Auslöschung der Unschuld. In ihr ist eine sie vollständig erfüllende Schuld.

Der Blick hinaus auf das Himmelsmeer stiftet Linderung der Bewusstlosigkeit, in die sie geglitten ist.

Kızım. Gel, kızım, gel. Komm mein Mädchen.

Ani hört nichts, die Stimme dringt nicht zu ihr vor. Sie sieht die Frau nicht, die den Saal betritt und die Tür hinter sich schließt. Ihr Kopf ist verhüllt von einem seidigen Tuch, dessen Farbe Ani nicht sieht. Oder sieht sie Verschwommenes, hört sie doch die Worte, die die Frau spricht?

Kızım. Gel, kızım, gel.
Kızım. Gel, kızım, gel.
Kızım. Gel, kızım, gel.
Kızım. Gel, kızım, gel.

Wie in einer Echokammer. Bis sie wieder verstummt.

Die Tage vergehen, und die Kinder werden weniger oder toben leiser. Die Aufseherin kreischt nicht mehr. Alles verlangsamt sich. Anis Schuld wiegt schwerer als die Zeit, die verrinnt.

Mayrik, Mayrik, flüstert sie, wenn ich tausendmal deinen Namen sage, dann kommst du zurück. Wenn ich tausendmal bete, dann ist meine böse Tat gesühnt, *Mayrik*. Ich habe Angst, *Mayrik*. Ich sage tausendmal *Mayrik*, dann kommst du zu mir. *Mayrik, Mayrik, Mayrik, Mayrik*. Wenn ich nur richtig zähle, dann ist alles wieder gut, *Mayrik*, und deine Liebe findet zu mir zurück.

Ani sieht nicht, wie die Kirsche blüht, sie sieht nicht, dass die Knospen der Maulbeeren anzeigen, wie schwer die Früchte hängen werden diesen Sommer. Schwerer, als die dünnen Zweige zu tragen vermögen.

Anis Augen sind leer geweint. Ihr Kopf schmerzt nicht mehr. Ihre Schuld sitzt auf ihrer Brust wie ein Fels, aber sie nimmt kein Gefühl daran wahr. Es gehört jetzt zu ihr, das Nichtgefühl. So wie die Sehnsucht nach der *Mayrik*, deren Namen sie unaufhörlich spricht, aber niemals tausendmal.

GEL KIZIM, GEL. Komm, mein Mädchen.

Ist es der erste, zweite, dritte, vierte Besuch der Frau im Schulhaus? Ani weiß es nicht. Die Zeit faltet sich. Die Stimme klingt vertraut.

Wenn ich mitgehe, denkt Ani, kommen sie nie mehr zurück: Mutter, Vater, Bruder. Könnte ich doch tausendmal *Mayrik* sagen oder zehntausendmal, *Mayrik, Mayrik, Mayrik*, dann hätte ich genug Buße getan, und sie kämen zurück. Doch die Tür schließt sich für immer, wenn ich der Stimme dieser Frau antworte.

Gel, kızım, ich habe süße Mandarinen in meinem Garten, spricht die Frau zu Ani. Es wird dir gut gehen, es wird dir an nichts fehlen.

Ani blickt aus dem Fenster. Das Grün ist dicht und dunkel. Die Wolken am Himmelsmeer ziehen schnell. Das Wasser bewegt sich bedrohlich und gefräßig, obwohl kein Wind herrscht.

Meine Mandarinen sind süß wie das Paradies, *kızım*.

Auf dem Wasser entdeckt Ani ein Boot, das hellblau gestrichen ist. Es schwimmt wie ein Korken auf der Oberfläche. Immer wieder verschwindet es kurz im Wellental und taucht weiß umschäumt wieder auf. Ani atmet mit den Wellen, mit Erscheinen und Verschwinden des Bootes.

Einatmen und ausatmen, ein und aus.

Plötzlich ist das Boot verschwunden. Ani hält den Atem an und versucht, den Ort zu erinnern, an dem es zuletzt zu sehen war. Augenblicke vergehen.

Gel, kızım, gel.

Ani wendet der Frau den Blick zu, die mit dem Rücken zur Tür steht, dahinter leuchtet es kraftvoll. Noch einmal sieht Ani aus dem Fenster. Nichts. Kein Boot.

Langsam steht sie auf, geht zum Bett und greift darunter nach der Mandoline ihrer Mutter. Die sie beschützt, die sie an sich schmiegt, streichelt und zu der sie nachts spricht, wenn alle schlafen.

Sie geht nun auf die Frau zu, durch die engen Gänge, die die zahllosen Betten bilden. Dabei schweift ihr Blick von links nach rechts, und sie bemerkt, dass die Betten gemacht sind, die Unordnung verschwunden und der Lärm einer endgültigen Stille gewichen ist.

Während sie sich weiter in Richtung der Tür bewegt, schaut sie genauer. Sie erkennt, in jedem Bett liegt der Körper eines Kindes, sorgfältig und heillos bedeckt, um es zu verbergen. In jedem Bett liegt ein totes Kind.

Sie sieht ein letztes Mal zurück, bevor sie den Saal verlässt und die Tür sich schließt.

Sie sieht zurück, an der Hand der Mandarinenfrau, und erkennt, dass einzig ihr Bett nicht gemacht ist.

Kızım, sagt die verhüllte Frau, die bald mit Sanftheit an die Stelle ihrer *Mayrik* drängen wird, ich werde dir einen Namen geben, und du wirst meine Tochter sein. Vergangenes ist so vergangen, und deine Zukunft gehört dir allein. Du sollst ab heute meine Tochter sein und Vahide, die Einsame, heißen.

Die Zeit faltet sich, sie ist nur eine menschliche Fiktion. Sie existiert nur für uns, weil wir um sie wissen und sie anbeten. Aber die Welt findet zur gleichen Zeit und am selben Ort statt. Sie ist eins. Deshalb ist alles, was wir tun, bedeutungslos, oder es bedeutet alles, wirklich alles, wenn wir nur die Macht erringen, sie zu erzählen, wird Vahide später, viel später sagen, als sie längst Kaans Anneanne ist.

KAAN STECKT NOCH IMMER FEST. Sobald er an das Geld für die Rückreise gekommen ist, will er nach Deutschland zurück. Er weiß, wo die Lösung zu seinem Problem zu finden ist: im großelterlichen Kleiderschrank. Dort steht ein Safe, voll mit D-Mark-Scheinen, stapelweise blaue Hunderter mit dem Porträt Clara Schumanns. Einmal hat die Anneanne den Safe aufgesperrt und Kaan einen beiläufigen Blick ermöglicht.

Bisher haben die Großeltern das Geld, das Nur ihnen regelmäßig schickt, nicht angerührt. Sonst hätten sie wohl niemals solche Mengen an Devisen sammeln können. Kaum hatte Kaan die Scheine gesehen, schloss die Anneanne die Tür wieder. Er konnte nicht erkennen, wohin der Schlüssel verschwand. Hatte sie geahnt, dass ihm Geld für die Rückreise fehlen würde? Für so gerissen hielt er sie nicht.

Anneanneciğim, ne olur, bitte, liebe Anneanne, leih mir hundert Mark, drängt er jetzt, Mama wird dir das Geld sofort zurückschicken. Dann kann ich mein Busticket ...

Aber die Großmutter geht nicht darauf ein. Stattdessen sagt sie: Hör zu, *oğlum,* versprich mir, dass du mir jetzt gut zuhörst.

Kaan ist verzweifelt. Schwerhörige alte Ziege, flüstert er auf Deutsch.

Er ist jetzt wütend. Er weiß, sein Bitten wird zu nichts führen. Er muss mit seiner Mutter sprechen, hoffen, dass sie von sich aus anruft, denn das Telefon der Großeltern ist für ihn tabu. Sie können sich keine Anrufe nach Deutschland leisten. Kaan starrt auf seine schmutzigen nackten Zehen, die kindlicher aussehen, als er sich fühlt.

Ich sage dir jetzt, was die Geschichte von Tepegöz, die dir dein Dede erzählt hat, wirklich bedeutet, sagt die Anneanne.

Kaan möchte keine Geschichte hören. Er will ein Busticket. Er kann nicht begreifen, dass es nicht Geiz ist, nicht Einfalt und nicht Bosheit, die die Anneanne davon abhalten, ihm das Geld für die Reise zu geben. Es ist die unbeschreibliche Angst, auch nur einen Bruchteil der vermeintlichen Schutzwirkung zu verlieren, die ihr die Geldscheine im Safe verleihen, gegenüber all jenen, die ihr nach dem Leben trachten könnten.

Hör zu, Kaan, dann wirst du auch verstehen, was deine Aufgabe ist: Die Oghusen haben sich also darauf eingelassen, dass Tepegöz fünfhundert Schafe und zwei Männer am Tag zu fressen bekommt. Anders werden sie seiner nicht Herr. Und der Dede Korkut hat ihm sogar noch zwei Köche besorgt, die für ihn schlachten und das Essen zubereiten. Kaan, diese Geschichte ist so fürchterlich unmenschlich. Und sie ist gottlos. Natürlich ist sie alt und aus einer Zeit, als wir Menschen noch Unmenschen waren, *canavar*. Wir waren andere, als wir es heute sind. Vielleicht haben unsere Gehirne und Herzen anders funktioniert. Vielleicht hatten wir noch kleine Seelen, deren Kraft nicht ausreichte, um Mitgefühl oder Liebe zu empfinden und füreinander zu sorgen.

In jedem Fall ist dein Dede besessen von Tepegöz. Zu jedem erdenklichen Anlass zitiert er diesen Mythos. Obwohl er doch ein moderner Türke ist. Aber er sagt immer, dass alles in dieser Geschichte steckt, alle Antworten auf die Fragen des Lebens. Eine Erzählung, jahrhundertealt, geformt von Tausenden, das *Pekmez* aus Millionen von Maulbeeren, eingekocht zu einem winzigen, klebrigen Tropfen, hart wie Bernstein und von tödlicher Süße. Auch dein Dede weiß in der Tiefe seines Herzens, dass du verstehen wirst, wie falsch und verkommen die Lösung ist, auf die sich Generationen über Generationen geeinigt haben.

Erinnerst du dich? Der Mythos endet doch folgendermaßen, Kaan: Der Dede Korkut überzeugt die Oghusen, dass nur Basat, der Bruder des Tepegöz, in der Lage ist, ihn zu bezwingen. Dede Korkut, der geistige Anführer aller Oghusen, sieht in ihm seinen rechtmäßigen Erben, einen Mann der Zukunft. Basat ist kein Kämpfer um des Kampfes willen, er muss in Rage geraten, er muss wüten, um Tepegöz zu bezwingen. Sein Zorn verleiht ihm übermenschliche Kräfte. Was macht der Dede Korkut also? Er schickt dem Basat Mütter, die ihre Töchter und Söhne an Tepegöz verloren haben und vor Gram vergehen. Es braucht nicht viel: ein klagendes Mütterchen, und Basat rast vor Zorn. Er sucht seinen Ziehbruder auf und will ihn zur Rede stellen, nein, er will ihn töten! Tepe, du räudiger Mörder. Ich bin gekommen, um dich zu richten, ruft er. *Bismillahirrahmanirrahim …*

Die Anneanne blickt auf und sieht Kaan in die Augen.

Der Mythos von Tepegöz ist eine ganz und gar abscheuliche Geschichte! Es ist die Geschichte einer Vergewaltigung, die ungesühnt bleibt. Und als die Vergewaltigte nach einem Jahr wiederkehrt, um das Kind ihres Peinigers zu gebären, schlägt er sie tot? Nein, nicht er, sein ganzes Volk schlägt sie tot? Und sie gebiert ein armes Wesen, das nur lebt, um sie zu rächen? Es ist eine Geschichte über nichtsnutzige Männer, über Strafe und Rache und Hass und einen gottlosen Gott. Eine Geschichte der kleinen Seelen und noch kleineren Herzen. Eine Geschichte von unauslöschlich schuldigen Menschen, die sich der Verantwortung für ihre Taten entziehen. Verstehst du, mein Junge?

Kaan glaubt zu verstehen, aber er ist auch verwirrt. Warum erzählt sie ihm das alles? Und warum spricht sie plötzlich so anders als sonst, so klar?

Tepegöz ist riesig, fährt die Anneanne fort. Als sein Bruder ihn angreift, packt er ihn an der Kehle und stopft ihn, Kopf voraus, in einen Stiefel. Er weist seine Köche an, Basat zu grillen wie *Şiş-kebap*, legt sich dann aufs Ohr und schläft, um seinen Appetit zu steigern.

Doch Basat befreit sich aus dem Stiefel. Er entwendet seinem schlafenden Bruder den Jadedolch, der Tepegöz unbesiegbar macht, und legt ihn in die glühenden Kohlen des Feuers, das für ihn selbst bestimmt war. Dann rammt Basat dem Schlafenden den heißen Dolch in das einzige Auge. Tepegöz brüllt auf. Und was passiert dann? Tepegöz reißt sich den Dolch samt seinem Auge aus dem Schädel und reicht beides Basat als Geschenk. Er opfert sich und übergibt das mütterliche Siegel, den Jadedolch, der ihn immer beschützt hat, seinem Stiefbruder.

Kaan, den Teil der Geschichte hasse ich am meisten, denn was hat Tepegöz hier eigentlich zu schaffen? Nicht nur ist er daran gescheitert, seine Mutter zu rächen. Nein, er, das Opfer, schenkt Basat auch noch sein Leben und vermacht ihm zugleich das Erbe der vergewaltigten Mutter. Denn ist nicht der Dolch der Ding gewordene Auftrag zur Rache, das zerstörte eigene Leben, das Tepegöz weiterreicht?

Und Basat, das wahre Ungeheuer, bringt den Schaukampf zu Ende. Das Raubtier in ihm verleiht ihm die Macht dazu. Dabei hätte er noch Gelegenheit, alles zu berichtigen. Die Gelegenheit, Tepegöz einer gerechten Strafe zuzuführen, für seine Taten, aber auch, das Verbrechen, das das Volk der Oghusen Tepegöz angetan hat, als solches anzuerkennen. Den Dede Korkut zur Verantwortung zu ziehen, ihn, den Hüter des Unrechts, den Demagogen, den Herrscher über die Dunkelheit in der Welt der Oghusen.

Aber nein, Kaan. Basat, der Törichte, enthauptet seinen Bruder, spießt seinen Kopf auf und trägt ihn hinaus aufs offene Feld bei Salachane.

Und die Oghusen? Im Moment der Hinrichtung haben sie ihre Geschichte vergessen. Sie bekennen sich zum Dede Korkut, feiern den Sieg der Gläubigen über die *Gâvur*, die Gottlosen, den Sieg des Volkes über den Einzelnen. *Bismillahirrahmanirrahim*. Kaan, die Geschichte von Tepegöz zeigt dir, warum der Schmerz in diesem Land kein Ende nimmt.

Die Anneanne wendet sich ab.

Kaan, versprich mir, sagt sie, versprich mir, sei kein Basat, sei kein Tepegöz. Nur wenn du beides nicht bist, kannst du einen Ausgleich schaffen in der Welt, kannst du lösen, was meiner *Mayrik* widerfahren ist, was mir widerfahren ist. Wähle einen anderen Weg als den der Grausamkeit.

Kaan wundert sich, dass er ihre Worte versteht. Sie durchdringen seine Seele und umhüllen sie wie der Raureif die Blüte einer seltenen Rose. Nie zuvor hatte die Anneanne so mit ihm gesprochen. Nie mehr würde sie so mit ihm sprechen.

ISTANBUL, TARABYA, JANUAR 2023

IM TRAUM SITZT KAAN in einem türkischen Fernsehstudio. Besser gesagt, hängt er in einem Käfig, wie ihn Francis Bacon hätte zeichnen können. Ein würfelförmiges Gebilde ohne Gitter, das etwa drei Meter über dem Boden schwebt. Darin befindet sich ein Stuhl, auf dem Kaan sitzen, von dem er aber nicht aufstehen kann, denn dann würde er an eine unsichtbare Decke stoßen. Die sechs Seiten des Käfigs sind transparent. Kaan kann verstehen, was im Studio gesprochen wird, aber er selbst ist nicht zu hören.

Im Studio sitzen drei Journalisten mit dem Rücken zu ihm, er kann ihre Gesichter nicht erkennen. Ein vierter Platz, der einem Thron gleicht, ist frei. Die Stuhlreihen sind vollbesetzt mit Studiogästen.

Gegenüber den Zuschauern steht im Halbdunkel eine Traube von Sicherheitsleuten in schwarzen Anzügen und mit Sonnenbrillen, die Kaan an die Starbrille seines Dede erinnern, schwerer Rahmen und zentimeterdicke Glaskuppeln.

Ein Raunen geht durch den Raum. *Dikkat!* Die Traube öffnet sich, und ein Mann tritt ein, zerbrechlich und alt. Er trägt eine verspiegelte Augenklappe, mit größter Selbstverständlichkeit, und einen markanten Schnauzer. Da erinnert sich Kaan: Das Studio gleicht dem Garten des Staatspräsidenten. Der Studiogast ist der Präsident.

Er setzt sich lässig auf den freien Stuhl, winkt mit der

linken Hand den applaudierenden Journalisten und Gästen zu. Dabei liegt sein Daumen quer über der geöffneten Handfläche, zum Zeichen seines Herrschaftsanspruchs. Zwei Techniker mit weißen Stoffhandschuhen bringen vorsichtig ein Mikrofon am Revers des Präsidenten an, während ein Friseur mit einem Kamm und etwas Haarspray letzte Korrekturen an seinem Haar vornimmt.

Ve Action! Der Dollykran macht eine triumphale Fahrt aus der hintersten oberen Ecke des Studios. In einer imposanten Totalen verbleibt allein der Präsident im Bild, das gleichzeitig auf zahllose Bildschirme und in Millionen Wohnzimmer übertragen wird.

Schnell wird Kaan klar, dass er eine Nebenrolle in der Talkshow spielt, die zugleich eine Gerichtsverhandlung ist und mit einem Wimpernschlag auch über sein Schicksal entscheiden soll.

Die, die uns drohen, sollen sich nicht täuschen, spricht der Präsident. Wer ist er, dass er uns drohen kann? Wir erkennen ihn nicht an. Wir werden ihn vernichten. Er hat uns nichts zu sagen. Jede seiner Bemerkungen wird Handlungen zur Folge haben, mit denen er leben muss. Das kann ich versichern.

Verehrter Herr Präsident, meldet sich ein unsichtbarer Moderator zu Wort, kommen wir nun auf den Musiker zu sprechen, wenn Sie erlauben, den Verräter Kaan Kuhla. Was möchten Sie zu seiner Verhaftung sagen?

Der Präsident nickt. Seine Arme ruhen auf den Stuhllehnen. Sein Körper zeigt Haltung und ist zugleich vollständig entspannt.

Sicher, *canım*, ich kann über ihn sprechen. Seine Pläne sind bekannt. Er hat Monate hier im Garten der Deutschen gelebt und sich der Verhaftung entzogen. Jeden Tag hat er Ayran und süßen Tee getrunken mit Blick auf den Bosporus und sich mit Schweinefleisch vollgestopft. Auf einem Anwesen, das wir dem Kaiser Wilhelm geschenkt haben. So gehen die Ungläubigen mit Geschenken um. Ich sage, lasst unsere Gerichte entscheiden. Wenn sie ihn für unschuldig befinden, ist er frei. Wenn er schuldig ist, führen wir ihn seiner gerechten Strafe zu. Unsere Gerichte sind besser als die Gerichte anderer Länder. Wir werden für ihn, *inşallah,* die Todesstrafe wieder einführen, und er wird nach islamischem Recht gerichtet.

Das Studio beginnt sich zu bewegen, wie auf einer Drehbühne verschwindet der Präsident samt seinem Thron in der Kulisse. In der Mitte erkennt Kaan nun Serap Müller, Kopf einer Berliner Eventagentur, die politische Großveranstaltungen ausrichtet, für die sie manchmal Künstler braucht. Ihr Herz ist groß, doch leider ist ihre Seele zu klein geraten, denkt Kaan verwirrt. Sie tut ihm leid. Zwei schneeweiße Löwinnen springen auf ihr Zeichen auf die Bühne. Sie positionieren sich rechts und links von ihr auf den leeren Stühlen. Ich werde dich lieben und reiten, Kaan, säuselt Serap. So wie die Juden und die Gypsies reite ich auch dich in den Sonnenuntergang. Und dann werfe ich dich den Löwinnen zum Fraß vor. Das ist meine Natur, liebe mich!

Die Bühne dreht sich weiter, Serap verschwindet, und der Präsident erscheint erneut. Er weint. Tränen kullern aus seinem Auge. Er geht auf Kaan zu und schließt ihn in die Arme. Zärtlich schiebt er seine Hand in Kaans Hose und küsst ihn mit der Liebe eines Vaters für seinen verlorenen Sohn auf die Lippen.

Kaan ist noch im Bademantel, als Aurora aus der Schule zurückkehrt. Sie klopft fest an die Tür. Moment, Moment, ich komme. Er hat auf dem Sofa geschlafen. Seine Fersen sind entlang der Achillessehne blutig gescheuert vom exzessiven

Laufen in der Nacht, genauso seine Brustwarzen, die zwei braune Aquarellflecken von innen auf den Stoff gemalt haben. Mit schweren Beinen geht er zur Wohnungstür. Der verstörende Traum und die körperliche Verausgabung wirken nach. Kaan ist froh, dass der zähe Morgen vorbei ist.

Er öffnet die Tür. Aurora strahlt wie jeden Tag, wenn der Schulbus sie zu Hause absetzt. Hinter ihr am Bosporus übertönen die Möwen den Verkehrslärm der schmalen Straße, die sich zwischen die hohe Gartenmauer der Akademie und das Wasser drängt.

Bist du hungrig?, fragt er.

Warum bist du noch nicht angezogen, Papa?, entgegnet sie.

Er zeigt auf seinen Bademantel. Hab gerade geduscht. Möchtest du Salat und Fisch essen? Wir haben *Lüfer* im Kühlschrank, ich muss ihn uns nur in der Pfanne braten.

Aurora verzieht das Gesicht. Hab schon in der Schule gegessen.

Möchtest du was anderes? Ich könnte Şakşuka machen. Oder Fannekuchen?

Auroras Augen strahlen. Ich hab soo Hunger auf Fannekuchen.

Als sie wenig später am Tisch sitzen, Kaan Lüfer mit Salat isst und Aurora ihren geliebten Pfannkuchen, fragt er sie nach ihrem Schultag.

Sprichst du eigentlich Türkisch mit Arsen?

Sie schüttelt den Kopf.

Es ist mir wichtig, Aurora. Türkisch ist die Sprache meiner Mutter.

Arsen ist das einzige türkische Kind in der dritten Klasse der Deutschen Schule in Istanbul. Alle anderen sind Söhne und Töchter von Diplomaten oder Angestellten internationaler Unternehmen. Kaan hatte die Hoffnung, Aurora würde während ihres gemeinsamen Aufenthalts fließend Türkisch lernen, doch die Schule bietet es nur eine Stunde die Woche an, als Wahlfach. Die anderen Kinder sprechen noch schlechter Türkisch als Aurora.

Als Kaan zur Schule ging, hatte seine Mutter alles dafür getan, dass er Deutsch perfekt beherrschte. Ihm sollte nicht das Stigma des *Ausländerkindes* anhaften. Türkisch zu sprechen, war in ihren Augen ein Makel. Und ganz falsch lag sie damit nicht. Seine Cousins und seine Cousinen erlitten in Deutschland verheerende Schulkarrieren. Mit Mühe quälten sie sich durch die Hauptschule. Kaans Mutter wünschte sich nichts mehr, als ihm dieses Schicksal zu ersparen. Also hörte sie irgendwann ganz auf, Türkisch mit ihm zu sprechen. Und sobald er in Deutsch mal keine Eins schrieb, was selten genug vorkam, traktierte sie ihn mit Diktaten aus den Büchern, die er gerade las.

Als er einmal eine Drei mit nach Hause brachte, beschimpfte sie ihn als Nichtsnutz und Parasiten. Der Druck sollte ihn motivieren, sich noch mehr anzustrengen, und war zugleich Mittel gegen ihre eigene Angst. Ihr Deutsch war einwandfrei. Zwar klang ihre Stimme vom vielen Rauchen tiefer als die jeder Deutschen, aber am Telefon merkte niemand, dass sie nicht in ihrer Muttersprache sprach.

Zehn ganze Buchseiten aus *Der Graf von Monte Christo* diktierte sie ihm an diesem Nachmittag in der stickigen Sommerhitze unter der orange leuchtenden Markise. Er machte Fehler. «Sir» schrieb er nicht «Sire» wie im Roman. Usurpator ohne «r» vor dem «p», etc., etc. Der Tag war gelaufen.

Am Abend, als Kaan mit Kopfschmerzen von den vielen vergossenen Tränen schon fast eingeschlafen war, kam Nur an sein Bett.

Du musst besser sein als die anderen, Kaan. Du bist intelligenter als die. Aber die Tür zu ihrer Welt wird dir immer verschlossen bleiben, wenn du nicht in allem besser bist. Sie bleibt verschlossen, verstehst du? Da ist kein Platz für dich, brüllte sie.

Weil deine Mutter Ausländerin ist, Kaan. Deshalb, flüsterte sie dann, während sie ihn schluchzend in ihren Armen wog. Und sie uns hassen, obwohl wir all die Arbeit machen, die sie nie tun wollten. Schau sie dir an, die anderen Frauen, die hier wohnen. Sie tratschen über uns an den Gartenzäunen und gehen wochentags Tennis spielen, während wir die Drecksarbeit machen. Die machen sich ein schönes Leben, die Deutschen. Aber du zeigst es ihnen! Unser Leben ist ein Kampf.

Es war der Ehrgeiz seiner Mutter, aber noch mehr waren es seine blonden Locken, die Kaan die Tür öffneten zur Welt der Deutschen, während sie seinen Cousins für immer verschlossen blieb. Nicht weil sie auch nur einen Hauch weniger intelligent gewesen wären als er, nein. Ihre schwarzen Augen und die dunklen Haare und ihre verdammten unaussprechlichen Namen verurteilten sie zum Scheitern.

Kaan verachtete sie dafür. Für ihn waren sie wie eine Hypothek, ein schlechtes Omen, eine Warnung, dass er es selbst nie schaffen würde. Weil alle in seiner Familie Gescheiterte waren. Alle bis auf Nur.

Mit Sophia, seiner Nachbarin auf Zeit hier in der Kulturakademie, die ihren Migrationshintergrund kultivierte, hatte er darüber gesprochen. Und gestritten. Erst heute Morgen, als er sich ausgesperrt hatte und sie wecken musste, weil sie den Zweitschlüssel zu seiner Wohnung hatte, waren sie sich wieder in die Haare geraten. Er war verschwitzt von dem langen nächtlichen Lauf, und genau das schien sie erregt zu haben. Nachdem sie miteinander geschlafen hatten, begann sie einen ihrer Monologe, die Kaan zuverlässig auf die Palme brachten. Sie legte den Finger in seine Wunde. Hör auf, dich selbst in den anderen zu verachten. Du bist weiß, Mann und bald auch noch alt. Ich könnte kotzen, so privilegiert bist du.

Leute wie du sind faschistoid in ihren Forderungen, unterbrach er sie irgendwann. Das läuft auf umgekehrten Rassismus hinaus.

Er wusste um die Schlichtheit dieses Arguments.

Die merkwürdig unwürdige Affäre, die Kaan so sorgfältig vor Aurora zu verbergen versuchte, war geprägt von Sex, nach dem er süchtig war, der aber für Sophia nie befriedigend zu sein schien. Er fühlte sich wie ein erbärmlicher Liebhaber, wie ein Verräter, aber der Drang, die Sucht, es noch mal und noch mal zu versuchen, waren stärker als die Scham über seinen zu behaarten, zu schwammigen Körper und sein verrücktes schlechtes Gewissen gegenüber Zizi. Gegenüber Zizi, obwohl sie schon so lange kein Paar mehr waren.

Sophia hatte geraucht an diesem frühen Morgen, bevor er mit leisen Schritten zurück in seine Wohnung geschlichen war. Sie war nackt gewesen bis auf weiße Tennissocken mit Nike-Logo und ging vor dem Fenster auf und ab. Sie inhalierte kleine schnelle Züge, die sie nie tief einatmete. Ihre kurzen, lockigen Haare federten bei jedem ihrer Schritte.

Ich meine, wir werden mit dem Finger auf euch zeigen und sagen: du, du und du: Ihr seid dran. Eure Zeit ist abgelaufen. Wir bestimmen jetzt die Regeln. Wir werden euch nicht töten, aber wir werden euch verletzen. In letzter Instanz hilft nur die Militanz, tanz, tanz, tanz mit mir, Schätzchen.

Sie drehte eine elegante Pirouette. Sicher ehrgeizige Mutter und Ballettschule, dachte Kaan. Fasziniert musterte er das Haar, das Sophias Vulva bedeckte. Es wuchs in einem ungestümen, schmalen Streifen bis hoch zum Bauchnabel. Ihr Körper wirkte dünn und hart wie der Ast einer Akazie. Kaan bewunderte ihre Radikalität, sosehr sie ihn ärgerte und verunsicherte, aber letztlich war diese Widerständigkeit der Quell seiner Begierde.

Später klebte der mintgrüne Kaugummi, den sie so kraftvoll gekaut hatte, als sie mit ihm schlief, schmutzig unter ihrer rechten Ferse.

Nach dem Essen ist Kaan todmüde. Er weiß, Aurora sieht zu viel fern, aber er kann sich nicht anders helfen. Wenigstens türkisches Fernsehen oder Filmkunst, sagt er sich. Auf YouTube hat er einen Film entdeckt, den er selbst noch nicht kennt: *Die Mühle und das Kreuz*, es ist die Verfilmung eines Gemäldes von Pieter Bruegel.

Lass uns das zusammen anschauen, Aurora, was denkst du? Bruegel war vielleicht der größte Maler seiner Zeit ...

Kaan streamt das Bild von seinem Handy auf den großen Fernsehbildschirm. Er liegt auf dem Sofa, Aurora sitzt auf der Kante und schmiegt sich an ihn. Nie würde sie ihrem Vater zu verstehen geben, dass sie lieber *Descendants* gucken würde oder irgendetwas anderes für Kinder, denn sie weiß, wie stolz er ist, wenn sie diese merkwürdigen Filme mit ihm schaut. Sie fühlt sich erwachsen, wenn sie sich anstrengt, Geschichten zu verfolgen, die sie kaum verstehen kann. Mit gerecktem Hals, eingezogenem Kinn und aufgerissenen Augen beobachtet sie die Bilder. Es vergehen nur Sekunden, bis Kaan tief schläft.

Oğlum, weißt du, warum die Flüsse *Kanlı* heißen?, hört Kaan die Stimme seiner Anneanne. Seine Augen sind geschlossen, doch das Licht verliert nicht an Kraft. Es verfärbt sich zur hellroten Farbe seiner Lider, die, mit feinen Äderchen durchzogen, seine Welt begrenzen und Illusionen auf seine Netzhaut werfen. Kleine Flüsse aus pulsierendem Blut.

Kaan weint. Sein Körper bebt. Das Licht ist strahlender geworden. Seine Augen brennen.

Oğlum, hör zu: Du ersehnst Gerechtigkeit und willst die Rechnungen beglichen sehen für all das Unrecht, das mir widerfuhr. Willst zu Waffen greifen, Unrecht begleichen und weißt doch um des Pendels Schlag. Gewalt, Schlag, Gewalt, Schlag, Gewalt. Es ist dein Schmerz, den du durchleben musst.

Dein Klagen.

Deine Wut.

Deine Rache.

Dein Trost.

Dein Vergeben.

Auch wenn dein Geist verstehen kann, dass Heilung sich nicht in Vernichtung findet, muss deine Seele selbst erfahren: Du musst den Weg in Gänze gehen.

Gleiches mit Gleichem vergelten? Nein, Kaan, wir sind besser als das.

Singe Lieder,

erzähle Geschichten,

erfinde Rituale,

wüte,

räche,

quäle,

zerstöre,

verletze,

töte in diesen Geschichten,

lass ab und vergib in der Wirklichkeit. Und dann: Verbrenne deine Angst. Deine Seele braucht Heilung. Sie liegt nicht in der Tat. Vertraue mir: Nur das Licht ist ein guter Ort.

Im Schlaf sagt Kaan, ohne zu zögern: Ich weiß, warum die Flüsse *Kanlı* heißen. Weil sie rot waren vom Blut der Armenier. Nein, Anneanne, ich kann nicht anders. In deinem Namen werde ich Rache üben. Es liegt in meiner Natur.

Zu langsam ist Kaan erwacht. Er fasst sich an den Kopf. Aurora ist seinem Trauma ausgesetzt. Er kann sie nicht vor Verletzung schützen. Solange er nicht gesundet, zieht er sie hinab in den Strudel seines Schmerzes.

Sein bleierner Traum von eben verschmilzt mit dem Film, der immer noch über den Bildschirm flimmert. Sieben Reiter in blutroter Kleidung treiben einen Bauern mit Lanzen vor sich her. Sie schlagen ihn bewusstlos und binden seinen leblosen Körper auf ein hölzernes Wagenrad. Sie befestigen es an einem dürren nackten Baumstamm einer langen geschälten Akazie, die sie mithilfe ihrer Pferde und langer Seile senkrecht aufstellen. In schwindelnder Höhe liegt der Bauer auf der Spitze des Todesbaumes und verwest. Krähen fressen seine Augen.

Kaan erkennt, dass in Wirklichkeit nicht sein, sondern Auroras Körper vor Tränen bebt. Aber es ist zu spät, als er ihre Augen geschwind mit seiner Hand verschließt. Ein Tropfen schwarzen, heißen Pechs ist längst in die Mitte ihres Herzens gefallen.

ISTANBUL, TARABYA, FEBRUAR 2023

DER DEDE auf der anderen Seite der Mauer ist der Herr über den Garten des Präsidenten. Sein Ordnungswillen formt die Beete, den Schnitt des Rasens, den Wuchs der Sträucher und die Bäume, die die Blickachsen rahmen. Die Formation der Steine ist so sauber und kunstvoll arrangiert, dass sie verschiedene Arten von Salamandern und Eidechsen anlockt, die sich in ebenso klarer Anordnung im frühen Morgenlicht sonnen. Eichhörnchen bewegen sich unschuldig von Baum zu Baum. Ein junges Reh äst seelenruhig an Hagebutten. Die Tiere kennen keine Furcht. Seit Generationen leben sie in diesem Paradies.

In den Monaten seit Kaan mit Aurora in der weißen Villa der Akademie lebt, hat er sich mit dem Dede angefreundet. Jeden Mittwoch springt er über die Mauer und hält sein Schwätzchen mit ihm. Er hat den alten Mann ins Herz geschlossen, der nie fragt, warum und wie Kaan in den Garten kommt, und sich über die Besuche freut wie ein Dede über seinen Enkel. Er erinnert Kaan an seinen eigenen Dede, das Zucken des Augenlids, der Stolz, die Disziplin und die Wärme, die sich hinter seiner Härte verbirgt.

Kaan hat im Pavillon Platz genommen. Mit einem Nicken lenkt der Dede seinen Blick in Richtung Bosporus. Es ist früher Morgen. Der Dede hat zwei Plastikstühle bereitgestellt und einen Reisesamowar, den er in einem Regal seines Ge-

räteschuppens aufbewahrt und mit kleinen, harzigen Kohle-
stücken betreibt. Der Tee schmeckt köstlich. Kaan überlegt,
ob wohl die Kohle das Wasser weicher macht in einer Art che-
mischem Vorgang.

Sie sitzen in ihren Trainingsanzügen und blicken aufs
Meer. Der Dede, in Socken und Plastiklatschen, auf seine
spitzen Schlucke Tee konzentriert; Kaan verschwitzt und
vom Ausblick beseelt.

Was macht deine Tochter, ist sie ehrlich und fleißig?, fragt
der Dede. Du solltest einen Sohn zeugen, wenn du zurück in
Deutschland bist. Er kann auf deine Frau und deine Tochter
aufpassen, so wenig, wie du zu Hause bist.

Gedankenverloren lässt er sein *Tesbih* durch die Finger
gleiten. Kugel für Kugel.

Falls ich überhaupt zurückkehre, erwidert Kaan.

Was soll das heißen, Kaan? Willst du bei den *Kaltaks*, den
Huren, bleiben, die mit dir in dem Bordell dort drüben hau-
sen? Er zeigt in Richtung der Akademie hinter der Mauer.
Benimm dich, Kaan, jeder Mann darf seinen Spaß haben, aber
das Wichtigste sind Ehre und Familie. Du bist ein aufrechter
Mann.

Kaan winkt ab.

Nie zuvor hat er all die Tiere in diesem Garten bemerkt.

Die Welt ist ein Schlachten ohne Schlächter geworden, ein
gottloses Jenseits ohne Grenze zum Diesseits. Sie versinkt im
Wahn. Der Kampf ist allgegenwärtig. Sieh dir die Tiere an,
hier in diesem Garten. Sind sie nicht glücklicher als wir?

Die Worte unseres großen Präsidenten, Kaan, seine Worte,
seine Rede.

Beide schweigen, doch Kaans Gedanken beginnen, in ra-
senden Spiralen zu kreisen.

Seit wann kennen wir uns? Es fühlt sich an wie Jahre, als

würde ich dich schon immer gekannt haben, schon im Schoß meiner Mutter. Wie meinen richtigen Dede. Du und er, ihr seid eins für mich. Du vertraust mir doch, Dede?

Ich vertraue dir, Sohn. So wie der Dede Korkut in der Geschichte dem Basat vertraut. Du bist ein Löwe, Kaan, du hast die Welt gesehen und bist zurückgekehrt. Und bald sollst du wieder hinaus in die Welt und große Taten vollbringen. Nur musst du Frieden finden, für das ungezähmte Tier in deiner Brust.

Kaan denkt: Es sind die Männer in den Teehäusern, die Monologe führen und die Welt erklären, während ihre Frauen diese in Bewegung halten. Aber das spielt keine Rolle, denn Worte und Taten finden bekanntlich in zwei unterschiedlichen Dimensionen statt.

Er hat ein schlechtes Gewissen, denn seinen Plan kann er mit dem Dede nicht teilen. Seine Gespräche verlaufen strategisch. Er wird von Mal zu Mal direkter in seinen Fragen, aber er bleibt vorsichtig.

Seit er das Sicherheitssystem des Gartens erkundet hat, ist der Plan in ihm gewachsen. Es kann kein Zufall sein. Er soll die Geschichte zu Ende bringen. Er soll den Auftrag seiner Anneanne erfüllen. Der Jadedolch, sein Schmerz, der ihr Schmerz ist und viel größer als nur das, der Abgrund ganzer gottverdammter Völker: All das sehnt sich nach Erlösung. Das Ende kreischt in Kaans Hirn wie ein Zug auf krummen Schienen, der in voller Fahrt eine letzte Kurve nehmen muss. Er weiß nicht, was dann kommen wird. Er hat keinen weiteren Plan. Er hat keine Antwort. Er weiß nur, dass die Erlösung in einem neuen Anfang liegt. Er will ein Spiel ohne Erinnerung. Ein weißes Blatt. Einen Endpunkt. Eine Auslöschung. Einen Neuanfang.

Sie schweigen. Kaan fasst seinen Mut zusammen und spricht, bevor sein Herz den umwölkten Geist befragen kann:

Ich würde nichts lieber, als den Präsidenten treffen. Es würde mir eine Richtung geben, wie eine Kugel, die im Flug die Bahn verlässt und zu einer guten Kraft wird.

Kaan beißt sich auf die Zunge. Einerseits möchte er hysterisch lachen, andererseits fürchtet er, der Dede könne seine Worte als Affront gegen seinen Präsidenten verstehen. Das wäre ein unentschuldbarer Fehler.

Doch der Dede spricht unbeirrt:

Die Weisheit des großen Präsidenten ist unermesslich. Wie einer, dessen Kräfte sich aus einer tiefen Quelle speisen, die den Durst der Menschen, aber auch der Löwen stillt. Er ist für sein Volk, was ich für diesen Garten bin. Die Welt so zu ordnen, dass man in ihr in Unschuld leben kann – Gott und er sind die Richter über Leben und Tod. Das ist das Paradies auf Erden. Er ist gekommen, um uns zu dem zu machen, was wir immer waren: ein mächtiges, ein glückliches Volk. Das Schwert erkennt nur das Schwert an und nicht die Zunge. Der Kopf des Feindes muss fallen. Nur der, der das Tier in sich nicht gezähmt hat, kann den Feind bekämpfen. Sieh dir die Tiere an, Kaan, hier in unserem Garten. Sind sie nicht wahrhaft glücklich? Salamander, Rehe, Vögel, selbst die Ameisen: Sie alle leben wie die Schafe meiner Herde. Sie kennen keinen Feind, weil ich ihr Löwe bin, ihr Wolf, der sie vor allem Fremden beschützt. So haben die Salamander gelernt, dass sie Schafe sind, und die Rehe gelernt, dass sie Schafe sind, und die Ameisen gelernt, dass sie Schafe sind. Sie sind glücklich und leben im Einklang miteinander. Sie fürchten nichts in der Welt, nur mich. Und ich beschütze sie. Doch wenn der Feind kommt, dann weiß ich, was ich zu tun habe.

Vor Jahren ist mal ein Hund in diesen Garten eingedrungen. Ein Kangal, groß wie ein Kalb, mit nur einem Auge. Er versteckte sich in der Tiefe des Parks in einer dunkeln Höhle und fraß hier ein Jungtier und dort eines. Ich versuchte, ihn zu zähmen und seinen Hunger mit Schalen voll Huhn und Reis zu stillen, die ich, wie zufällig, hier und dort platzierte. Eine Zeit lang ging das gut, auch wenn die Lira fiel und Huhn und Reis, ja, sein unstillbarer Hunger unbezahlbar wurden. Und nicht nur Junge hat er gefressen und die Lahmen – nein, das wäre vielleicht noch erträglich gewesen –, er war aufwiegelerisch. Plötzlich bissen die Salamander die Eidechsen, die Vögel vertrieben die Eichhörnchen, wenn du verstehst, was ich meine. Es zog sich eine Weile hin, und dann musste ich handeln. Ich suchte den Kangal auf. Und er, der Gerissene, ahnte, was ich vorhatte, und verwickelte mich in einen Kampf. Du weißt, Kaan, ein Kangal kann stärker sein als ein weißer Löwe. Nach langem Ringen gewann ich die Oberhand. Im Namen meiner Tiere richtete ich den Hund mit einem Schnitt durch die Kehle, von Ohr zu Ohr, und mit einem zweiten, zwischen Atlas und Axis, trennte ich sein Haupt ab. So lässt sich jeder Kopf vom Körper trennen, ob Schaf, ob Hund, ob Mensch. Den Schädel trug ich ins offene Feld und spießte ihn für alle sichtbar auf. Seither ist Frieden im Garten, und alle Tiere sind wieder zu Schafen geworden.

Zwei Schnitte, Dede?

Zwei Schnitte.

Der Dede gießt Kaan etwas Tee nach, tief rubinfarben leuchtenden Sud, etwas Wasser, *tavşan kanı*, Hasenblut, und zwei Stück Zucker gegen die Bitterkeit.

SCHWARZES MEER, PERŞEMBE, SEPTEMBER 1942

DIE STILLE HÄLT NUR den Bruchteil einer Sekunde, dann ohrenbetäubender Lärm. Zwanzig vornehm gekleidete Männer schreien durcheinander, ringen, schlagen sich und halten dabei zwei Kontrahenten in Schach: Hüseyin Umut, den reichsten Mann am Schwarzen Meer, in seinem feinen Dreiteiler mit weißem, gestärktem Hemd und Einstecktuch in nationalem Blutrot. Und Yunus Bey, den staatlichen Kontrolleur, der von Amts wegen die Qualität der Nussernte zu bestimmen hat.

Auf den Tischen stehen noch runde Metalltabletts, die blütenförmig und gedrängt mit *Hamsı*, den Schwarzmeer-Sardellen, belegt sind, sie brutzeln in Fett und etwas Maismehl. Nach den Vorspeisen, dicken Bohnen und geräuchertem Auberginenmus, zu dem die Runde schon kräftig Rakı getrunken hat, entspann sich das geschäftliche Gespräch. Fast alle Anwesenden sind Besitzer von Haselnussplantagen, und Hüseyin als der erfolgreichste und wohlhabendste unter ihnen, weil er nicht nur ganze Berge mit Feldern besitzt, sondern auch die Ernte der anderen veredelt, verpackt und unter seinem Namen vertreibt, ist ihr Anführer und Sprecher.

Der Konflikt schwelte bereits seit Tagen. Unverblümt hatte Yunus Bey Hüseyin in seinem Büro mitgeteilt, dass sein Preis gestiegen sei. Für die höchste Qualitätsstufe, die Standard bei

UMUT Haselnüsse war, sei nun die doppelte Gefälligkeitszahlung an Yunus zu leisten. Hüseyin tobte. Er weiß, die andernfalls drohende Deklassierung seiner Ware hätte in Zeiten des Kriegs in Europa katastrophale Folgen. Der Absatzmarkt für B-Ware war fast vollständig zum Erliegen gekommen.

Zuletzt waren die Preise 1929 infolge von Deflation um fast fünfzig Prozent eingebrochen, und Hüseyin hatte diese Krise mit großem Geschick, einer strikteren Auswahl seiner Haselnusszulieferer und der Verbesserung der Röstqualität gerade so durchschifft. Seine Nüsse galten gemeinhin als das beste Erzeugnis, nicht nur in Istanbul und der restlichen Türkei, sondern auch als Exportware.

Yunus Bey, der mit blauen Augen und einem zarten, unzeitgemäßen Bart einen jugendlichen Auftritt pflegte, hatte Umuts Geschäfte seit Jahren beobachtet und gefördert, weil ihm dadurch die Gnade des mächtigen Mannes sicher war und es ihm eine prächtige Nebeneinkunft bescherte. Doch mit der Zeit hatte er immer größeren Appetit auf ein besseres Leben entwickelt. Eines, wie Hüseyin Umut es führte, der seine Kinder auf die besten Schulen des Landes schickte, stets mit Limousine, Fahrer und Adjutanten auftrat, die größten Ländereien besaß und die schönste Frau weit und breit geheiratet hatte. Böse Zungen munkelten, dass es sich bei Vahide um eine Armenierin handelte, ein Waisenkind, aber Yunus Bey hielt das für üble Nachrede.

Die Situation hatte sich zugespitzt. Anstatt der Übergabe eines prall gefüllten Kuverts hatte Hüseyin beim Gespräch in seinem Büro Yunus noch nicht einmal die Hand geschüttelt oder ihm die Wangen geküsst, wie er es als Mann von Pariser Gepflogenheiten zu tun pflegte. Stattdessen hatte er einsilbige Empfehlungen ausgesprochen, den jungen Beamten spüren lassen, dass er ihn nicht fürchtete, und dann das Gespräch für beendet erklärt. Yunus wiederum ließ sich nicht einschüchtern. Er hatte sich einen Plan zurechtgelegt, wie er den Alten in die Knie zwingen könnte.

Affedersiniz, Efendim, sagte er an diesem Abend bei Tisch zu Hüseyin, die Ernte ist dieses Jahr zwar um zwölf Tonnen umfangreicher als im letzten, aber nur vier Prozent der gerösteten Kerne haben einen Durchmesser von vierzehn Millimetern, der Rest ist kleiner. Das bedeutet eine Reduktion des Volumens um fünfzehn Prozent gegenüber dem Vorjahr. So haben es zumindest meine Messungen ergeben. Bitte seien Sie nicht allzu beunruhigt. Es ist ja gerade viel in Bewegung, die Zeiten ändern sich. Die Einnahmen sinken insgesamt, aber vielleicht auch die Kosten?

Er ließ sich vom Kellner eine Zigarette anstecken und nahm einen Zug, so tief, dass sich die halbe Zigarette augenblicklich zu Asche verwandelte. Ein Akt der Respektlosigkeit. Dann fuhr er fort: Sie sollten sich auf den Krieg nach dem Krieg vorbereiten. Export ist der Schlüssel zur Zukunft: nach Deutschland, nach Italien, in die Schweiz, nach Österreich. Ich selbst überlege auch, ins Geschäft mit einzusteigen. Kaum jemand weit und breit verfügt über meine Sprachkenntnisse, ich habe als Sohn des *Bekçis*, des Hausmeisters, an der österreichischen Schule von Istanbul Deutsch und Italienisch gelernt. Ich bin groß geworden mit der österreichischen Kultur und verstehe die Sitten und Gebräuche. Einem wie mir wird die Welt des Exports zu Füßen liegen. Türkische Haselnüsse für deutsche Konditoreien werden der Renner sein, wenn dieser sinnlose Krieg bald ein Ende findet. Und wenn die Deutschen endlich gesiegt haben, wird auch das Kuchengeschäft florieren, *Efendim*. Wer sich mit mir verbündet, wird in Geld schwimmen. Ich könnte meinen Geschäftspartner direkt hier in Ordu suchen, der Heimat meines Vaters. *UMUT-Hasel-*

nüsse könnten dann YUMUT heißen, was halten Sie davon? Y wie Yunus, und UMUT wie Umut: Das wäre ein Name, der die Moderne auf der Grundlage der Tradition aufblühen lie-ße.

Yunus sprach ohne Punkt und Komma, und Hüseyin spür-te, wie die Wut seine Halsschlagader hinaufstieg und das Ge-hirn hinter seiner Stirn zu prickeln begann.

Yunus, kenne deinen Ort und komm zu dir!, wies er ihn zurecht. Ich werde mein Geschäft nicht teilen. Wir würden ja auch nicht die gleiche Frau heiraten.

Hüseyin ließ sich von seinem Adjutanten ein silbernes Etui reichen und nahm die Zigarette mit dem perlmuttschillern-den Filter, die griffbereit herausragte. Der Adjutant gab ihm hinter vorgehaltener Hand Feuer. Hüseyin inhalierte einen tiefen Zug.

Bey Efendim, fuhr Yunus fort, ich sage, diese Ernte war gut – noch gut. Aber wer weiß, was die Zukunft bringt? Nur die besten Nüsse werden sich exportieren lassen. Marketing ist alles. Das ist ein amerikanisches Wort, es bedeutet, das Glas ist wichtiger als der Tee. Und ich beherrsche die Sprache der Sieger. Österreich ist das Land der besten Süßspeisen, es gibt dort einen endlosen Bedarf an Haselnüssen. Wenn die Deutschen erst den großen Krieg gewonnen haben und sich erinnern, dass wir immer an ihrer Seite gestanden haben …

Jetzt griff Hüseyin in die Innentasche seines mit feiner Sei-de gefütterten Jacketts. Das Beste, entgegnete er, was Öster-reich je hervorgebracht hat, ist die Mauser 34, die geschwät-zige Hurensöhne wie dich für immer zum Schweigen bringt.

Er zog die Pistole hervor, entsicherte sie und legte sie mit gespielter Ruhe vor sich auf den Tisch. Die Gespräche der anderen Männer verstummten augenblicklich. Das Metall der Waffe war dunkel und matt, es verströmte einen eisernen Geruch. Das geschwungene Griffstück schmiegte sich an Hüseyins Handfläche, die eingefrästen Rauten erzeugten Halt. Oberhalb des Abzugs war ins kühle Metall «MAUSER-WERKE A.G. Oberndorf» eingraviert. Darunter «Hüseyin UMUT» und ein osmanisches Schriftzeichen.

Die Stille hält nur den Bruchteil einer Sekunde. Dann stürzt sich Yunus über den Tisch, packt Hüseyin mit der Linken am Kragen und brüllt, in der Rechten ein blitzendes Messer: Ich werde dir die Augen ausstechen und sie deiner armenischen Hure in den Hals stopfen, du Hund, Sohn eines Hundes!

Hüseyin lacht aus vollem Hals und bellt wie ein irre gewordener Hund. Sein Adjutant beißt Yunus mit voller Kraft in den Arm, der jetzt quer über dem Tisch liegt, während der Großgrundbesitzer Mahmud das Tablett mit den heißen Sardellen hochreißt und es in Richtung von Yunus Kopf schleudert. Er verfehlt ihn nur knapp und trifft stattdessen Mustafa Bey, Hüseyins Fabrikleiter, der kreischend ins Getöse einstimmt.

Der Tumult gerät außer Kontrolle, Stühle fliegen, Lippen platzen, Fäuste landen in Gesichtern.

Da lösen sich drei Schüsse. Hüseyin steht in der Mitte des Raumes mit gestrecktem Arm.

Er hat geschossen. Dreimal in die Decke. Es ist wieder still.

Yürü, verschwinde!, ruft Hüseyin zu Yunus, und lass dich hier nie wieder blicken!

Und er spürt, in diesem Augenblick hat er den Zenit seiner Macht überschritten.

In dieser Nacht geht Hüseyin zu Fuß nach Hause, fünfzehn Kilometer die Küste entlang, im rechten Ohr das Getöse der Brandung, im linken das Pfeifen, das seine Schüsse hinterlassen haben. Er versucht, sich zu erinnern, was ihn so aus der

Facon gebracht hat, aber es will ihm partout nicht einfallen. Es ist ein seltsamer Vorgang, der sich abspielt, wenn er die Kontrolle verliert. Als verlöre er seine Fähigkeit zu sehen. Es sieht in ihm, aber es ist nicht er, der sieht. Es brüllt aus ihm, aber es ist nicht er, der brüllt. Sein Körper kontrahiert. Er sagt Dinge, die er nicht denkt, nein, sie sprechen aus ihm, dringen unbändig hervor. Danach verebbt die Wut, so wie siedendes Wasser aufhört zu sprudeln. Nur unendlich langsamer, vielleicht wie erstarrende Lava.

Aber jetzt ist etwas anders. In Hüseyin wächst die Einsicht, dass er mit dem Kampf gegen Yunus zu ungeahnter Reife gefunden hat. Zu einer nächsten Stufe der Zivilisation, einer Beherrschung der Naturkräfte, die in ihm arbeiten. Er hat Yunus nicht verletzt oder gar erschossen. Er hat ihn geistig besiegt.

İt ürür, kervan yürür. Der Hund bellt, die Karawane zieht weiter.

Die nächtliche Wanderung versetzt Hüseyin in ein Hochgefühl. Er schwitzt. Er bereut nichts, nicht seine Worte, nicht seine Schüsse. Gleichzeitig überkommt ihn eine glühende Lust.

Als er in tiefer Nacht zu Hause ankommt, kriecht er zu seiner Frau ins Bett. Er hat sich in islamischer Manier mit kaltem Wasser und einem Stück Seife gewaschen. Sein Penis fühlt sich an, als wäre er kein Teil von ihm.

Vahide versucht, sich aus seiner Umarmung zu winden, drückt ihn von sich weg.

Hüseyin, es ist nicht die richtige Zeit. Bitte nicht.

Ich will ein Mädchen von dir, Frau. Sie soll Nur heißen.

In dieser Nacht ergießt sich Hüseyin in Vahide mit einem Gefühl, wie er es nie zuvor erlebt hat und nie danach erleben wird. Sein Samen bewegt sich wie in großer Verlangsamung durch sein Glied. In der letzten Kontraktion seines *Musculus cremaster* fühlt er, dass er in genau diesem Moment ein Kind gezeugt hat. Sein Mädchen.

In Vahides Leib geht das merkwürdige Wunder der Verschmelzung zweier Zellen vor sich, der Anfang jeden Lebens. So weit, so gut.

Das Etwas wächst in ihr heran. Zellteilung für Zellteilung entstehen Organe, Haut, Gliedmaßen. Es ist ihr Mädchen, Nur. *Nur* bedeutet *gleißendes Licht*. Ihr Weg soll erleuchtet sein. Sie ist die Kapsel, die Vahides und Hüseyins Geschichte fortschreibt. Auch Nur hat einen Leib, in dem vierunddreißig Jahre später ein Kind heranwachsen soll. Die Keimzelle ihres einzigen Sohnes, Kaan, entsteht in dem Augenblick, als Vahide zum ersten Mal versteht, welches Unglück nicht nur ihr, sondern auch ihrer verlorenen Mutter widerfahren ist.

ISTANBUL, TARABYA,
ENDE FEBRUAR 2023

ES GIBT EINE BESTIMMTE Geschwindigkeit, die mich glücklich macht, denkt Kaan. Sie ist viel langsamer, als mein Körper laufen will. Scheiß aufs Glück – mich interessiert nur Größe.

Aurora möchte immer mitlaufen. Nicht dass Kaan je genug von ihrer Gesellschaft kriegen kann, doch Rücksicht zu nehmen, lenkt ihn ab. Ein-, zweimal die Woche joggen sie zusammen, wenn der Bus Aurora aus der Schule in Galata zurückgebracht hat. Ihr gemeinsamer Aufenthalt in der Residenz besteht aus kleinen Ausflügen, Kochen, Fahrten an die Küste oder in die Stadt und eben ihren Läufen. Doch heute hat Kaan einen anderen Plan. Er will joggen, wenn sie schläft. In die Nacht hinein.

Aurora ist quengelig und will vorgelesen bekommen. Das möchte sie sonst nie. Sie spürt seine Unruhe und will, dass er zu ihr unter die Bettdecke kriecht.

Ich geh nachher noch ein bisschen laufen, sagt er. Ein Kapitel, nicht mehr, sonst bist du morgen wieder todmüde in der Schule.

Zwei, befiehlt Aurora.

Nein, eins, oder ich mach jetzt gleich das Licht aus. Es ist spät, Doktor Kuhla muss noch arbeiten.

Bittebittebittebitte. Zwei oder drei! Mama liest immer drei Kapitel.

Nein, Aurora, eins oder keins.

Er hat sich eine Strecke zurechtgelegt: vorbei am Matrosenhaus, links hoch zum Soldatenfriedhof, die Treppen rauf, entlang der Mauer, vorbei an der Stelle, an der er in den Garten des Präsidenten springen kann, zwei Schleifen durch den Wald, an der alten Zisterne vorbei, den gewundenen Weg steil bergab, dann kommt die Kapelle, nach links hinter das Kutscherhaus, durch den Kies an der Residenz vorbei und zurück zum Matrosenhaus. Exakt 1455 Meter. Mal neunundzwanzig ergibt die Länge eines Marathons.

Nach dem dritten Kapitel schläft Aurora.

Leise verlässt Kaan die Wohnung im Erdgeschoss der Residenz und schließt sie behutsam von außen, als Sophia und Herbert aus dem ersten Stock die Treppe herunterpoltern. Er ist ein abgehalfterter Lyriker, dessen hervorstechendste Eigenschaft eine Blasiertheit ist, die andere Menschen glauben macht, er sei begabt.

Sophia ist blau. Sie reißt die Augen auf und zieht, als sie Kaan mit Stirnlampe und Laufkleidung sieht, übertrieben baff die Mundwinkel herunter.

Bewegung ist Entwicklung, Kaan. Wir bewegen uns nach Cihangir, kommst du mit?

Aurora – sie schläft, antwortet er. Kann nicht.

Sophia legt die Stirn in Falten. Sie trägt einen hautengen schwarzen Anzug, bedruckt mit den Knochen eines Skeletts.

Sooo Süüüss. Lauf schön!

Kussmund.

Sie verlassen das Haus, und Kaan läuft endlich los. Er denkt sich in Rage, verachtet den Lebenswandel seiner Mitbewohner, verbunden mit einigem Selbstmitleid.

Kaans Vorstellung von Größe besteht darin, dass er ohne Unterlass versucht, sich zu überfordern. Glück würde sich einstellen, wenn er sich für das rechte Maß interessierte. Im Leben wie beim Joggen. Wenn er liefe, um das Adrenalin in seinen Adern zu verbrennen. Um die Wut zu lindern, die in Wahrheit Angst ist. Doch wenn die Angst vergangen ist, läuft er weiter. Bis ein anderes Gefühl, der Schmerz, ihn bestimmt.

Seine Gedanken kreisen noch immer geringschätzig um die anderen Künstler der Akademie. Beim Laufen schlägt er mit der Faust gegen eine Pinie und reißt sich dabei die Haut an den Knöcheln auf. Sein Herz pocht vor Wut. Auch hat er sich beim Tempo verschätzt. Vier Stunden will er brauchen für die zweiundvierzig Kilometer, aber schon die ersten Runden sind deutlich zu langsam. Er schafft sieben Kilometer in der Stunde, vielleicht acht ...

Kaan rennt verbissen weiter. Das Licht der Stirnlampe lässt nach. Oder ist die Dunkelheit inzwischen so tief, dass sie es absorbiert?

Tränen laufen ihm die Wangen runter, zwischenzeitlich zweifelt er an seiner Wahrnehmung. Ist ihm schwindelig, oder verformt sich der Wald in der Dunkelheit? Seine Tränen kommen nicht von körperlichem Schmerz. Es sind die Tränen seiner Vorfahren. Die Tränen seiner Großmutter und die seiner Urgroßmutter. Aber Kaan weiß das noch nicht. Er ahnt es nur.

Die Knie schmerzen, mehr noch die Füße, Kaan spürt, wie sich die Blasen langsam mit Flüssigkeit füllen und nach einiger Zeit platzen. No pain, no gain, ich kann nicht mehr, no pain, no gain.

Während er läuft, erinnert er sich an den Nachmittag, an dem er mit seiner Tochter hier im Park spielte und sie nachdenklich betrachtete. Zum ersten Mal stellten sich ihm diese

Fragen – weil Aurora etwa so alt ist wie seine Anneanne, als sie ihre Eltern verlor: Wie fühlt sich ein Kind, dessen Eltern fliehen und es zurücklassen? Fühlt es sich schuldig? Wann hört es je auf zu warten? Kann es der Liebe der Adoptiveltern vertrauen? Ihrer Bedingungslosigkeit? Lernt es, die eigenen Eltern zu hassen?

Die Dimension des Verlusts wird Kaan zum ersten Mal klar, als er die Wucht der eigenen Liebe zu seiner Tochter erfährt. Die Tränen stürzen aus seiner Seele, ohne zuvor das Herz zu befragen. Aber es sind nicht seine Tränen. Es ist das Meer der ungeweinten Tränen anderer.

Er läuft bereits seit dreieinhalb Stunden. Runde um Runde. Es ist halb ein Uhr nachts. Der Verkehr auf der Küstenstraße entlang des Bosporus lässt nicht nach, die Lichter in den Häusern sind fast alle erloschen, außer bei Aurora, die nie im Dunklen schläft.

Vielleicht sind es jene Tränen, die die Gewissheit in Kaans Seele haben wachsen lassen. Das Dickicht der Erkenntnis lässt ihn zwar die Einzelheiten nicht erkennen, doch der Präsident ist das Ende einer unendlichen Efeuranke, die ihn zu erwürgen droht. Alles passt zusammen, denkt Kaan. Wenn ich den Schnitt an der richtigen Stelle mache, wird sich die Verwicklung der Geschichte lösen.

Doch was willst du, Kaan? Ist es Rache? Ist es die Anhörung deiner Klage? Ist es Gerechtigkeit oder Vergebung?

Ich weiß es nicht, stöhnt Kaan in die Nacht. Überraschend erregt denkt er an Sophia, wie sie in Cihangir tanzt, während er sich hier quält. Er sucht nach Befreiung, nach Erleuchterung. Er will schweben, will nicht mehr die Last des Meeres mit seinen schweren Beinen stemmen müssen.

Noch zwölf Runden, etwas mehr als siebzehn Kilometer,

liegen vor ihm. Am schwersten fällt ihm der Weg durch den Kies vor dem Haus. Dort, wo er in zweieinhalb weiteren Stunden ankommen wird, wenn er nicht kapituliert. Und er wird nicht aufgeben. Niemand beobachtet sein Tun, er ist nur sich selbst verpflichtet.

Als er wieder an der Stelle der Mauer vorbeikommt, an der man in den Nachbargarten gelangt, bleibt er erschrocken stehen: Auf der anderen Seite steht ein bewaffneter Mann in schwarzer Kampfmontur und mit Maschinengewehr. Sein Gesicht ist verborgen hinter einer Sturmmaske, die nur Augen und Mund freilassen.

Was rennst du hier wie ein *Salak* im Kreis?, fragt der Mann.

Ich laufe nicht im Kreis, antwortet Kaan.

Du läufst seit drei Stunden im Kreis. *Salak mısın*, bist du irre?

Ich laufe nicht im Kreis, ich laufe Marathon.

Ist das eine deutsche Sache? Bist du Deutscher? Ihr Deutschen macht merkwürdige Dinge und seht dabei sehr lächerlich aus.

Der Mann zieht sich mit einer schnellen Handbewegung den Strumpf vom Kopf. Kaan wischt sich das Gesicht ab und versucht, die Erscheinung wegzublinzeln.

Ich bin Polizist. Stimmt es, dass in Deutschland die Häuser billig sind und die Frauen willig? Ich möchte nach Deutschland. Kannst du mir helfen, eine Frau zu finden, die mich heiratet und mir Kinder gebiert?

Kaan ist irritiert. Nie zuvor hat er hier einen Polizisten gesehen. Der Schreck weicht der Angst, der Weg über die Mauer könnte für immer versperrt sein. Kaan zuckt mit den Achseln, um die Konversation nicht abreißen zu lassen.

Wie lang geht deine Schicht?, fragt er ihn.

Jede Nacht bis zum Morgengrauen. Bis zum Ramadan soll

ich hier stehen. Dann werden die Herrschaften zum *Iftar* laden, und die Palastwache löst mich ab, antwortet der Mann nicht ohne Stolz.

Kaans Füße schmerzen. Stehen bleiben bringt Linderung, aber wenn er zu lange pausiert, wird er nachher nicht weiterlaufen können. Er joggt auf der Stelle. Der Polizist schüttelt verächtlich den Kopf.

Hast du Durst? Ich gebe dir Wassermelone.

Wassermelone. Das klingt wie das Paradies. Kaan ist unendlich durstig.

Der Polizist verschwindet im Dunkeln. Kaan leuchtet ihm mit der Stirnlampe hinterher. Sein Lichtkegel fängt ihn wieder ein, als er, ein paar Schritte weiter, inmitten des Dickichts an einem Campingtisch ein halbmondförmiges Stück aus einer riesenhaften Melone schneidet. Das Messer erinnert Kaan an einen *Rambo*-Film seiner frühen Jugend.

Augenblicke später ist der Polizist zurück und reicht Kaan die köstliche Frucht von der Mauer herab. Kaan bleibt jetzt endlich stehen und schlürft die Melone.

Wenn der Präsident persönlich da ist, kommen seine eigenen Leute, sagt der Polizist. Und die würden sich hier nie die Beine in den Bauch stehen. Viel zu fein dafür! Nein, die sind mit zu Tisch und brechen das Fasten. Bist du mit einer Deutschen verheiratet? War sie Jungfrau, als du mit ihr zusammenkamst?

Wut steigt in Kaan auf. Hör mal, Bruder, so läuft das nicht, will er ihm sagen. Aber er vergegenwärtigt sich, wie schwer bewaffnet der Mann ist, der ihm so unverblümt Fragen stellt.

Es gibt keine ungläubigen Jungfrauen, glaub ich, platzt es aus Kaan heraus. Er verschluckt sich, muss sich fast übergeben, aber der Würgereiz wandelt sich zu einem Hustenanfall.

Der Polizist springt von der Mauer und schlägt ihm mit der Faust auf den Rücken. Als er ein walnussgroßes Stück Melone abhustet und tief Luft holt, schießt der Sauerstoff durch die feinsten Kapillaren seiner Lunge und wenig später wie ein leuchtender Blitz in sein Hirn: Der Ramadan ist seine Chance!

OFFENES SCHWARZES MEER
ZWISCHEN ORDU UND
PERŞEMBE, MÄRZ 1943

DIE SCHIFFSDIESEL laufen auf Hochtouren. Kein Mann am Schwarzen Meer ist so größenwahnsinnig wie Hüseyin Umut. Aus einem seiner Mercedes-L-6500-Lastwagen hat er einen Sechszylinder ausbauen und sich zusätzlich einen Ersatzmotor gleicher Bauweise liefern lassen. Um diese beiden Ungetüme herum hat er sich in der besten Werft weit und breit, beim Schiffbauer Terzioğlu in Trabzon, ein Boot bauen lassen, mehr Schnellboot als Fischkutter. Acht Meter lang, so schmal wie möglich, flach, stromlinienförmig und für den konventionellen Gebrauch völlig übermotorisiert. Anstelle einer Kajüte der Motorraum. Zwei Steuerräder, eines auf einem kleinen Turm oberhalb der Maschinen, das andere im Heck. Der Turm dient als witterungsgeschützter Steuerstand und als Ausguck, um Delfin- oder Schweinswalschulen schon aus der Ferne entdecken zu können.

Mit der Konstruktion des Bootes will Hüseyin den Walfang in der Region revolutionieren. Er träumt von einer ganzen Armada wendiger Jagdboote, um die Meeressäuger draußen auf dem Meer einzukreisen und dann mit hoher Geschwindigkeit bis zur Erschöpfung an die Küste zu treiben. Dort sollen sie entweder vom Boot aus oder direkt am Strand geschlachtet werden, um sie gleich weiterverarbeiten zu können.

Das Boot hat Hüseyin auf den Namen Şeref getauft, «die Ehre», im Gedenken an seinen ältesten Sohn, der vor drei

Jahren plötzlich verstorben ist. Heute ist Ferhat bei ihm, sein anderer Sohn, der vierzehn ist und eineinhalb Jahre nach Şeref zur Welt kam.

Das Wetter ist ungewöhnlich kalt. Schwere Nebelschwaden hängen in den Hügeln, in die das erste Grün des Frühjahrs erst kläglich eingeschossen ist. Vater und Sohn haben das Boot nach Ordu überführen lassen und am Morgen in Empfang genommen. Hüseyin ist im Jagdfieber. Schon letztes Jahr hat er Ferhat einmal mit zur Delfinjagd genommen. Ihre Rollen sind klar verteilt: Hüseyin steht auf dem Turm und brüllt Befehle und Kränkungen, Ferhat gehorcht.

Ne yapiyorsun, was machst du da? Stell dich mit dem Rücken zu mir und observier das Meer hinter uns! Ich übernehme die Front. Hältst du die Harpune bereit? Was soll ich noch alles sagen, dein Gehirn ist ja vollkommen vertrocknet. Hast du etwa das Messer nicht geschliffen? Nachher ist keine Zeit dazu.

Den ganzen Vormittag geht das so. Hüseyin ist ungeduldig. Immer wieder ändert er den Kurs, bremst ab, schlägt das Ruder hart ein und lässt den Bug steigen.

Baba, Terzioğlu hat aber gesagt, wir sollen die Maschinen in den ersten hundert Stunden …

Orospu çocuğu, der Hurensohn soll seinen schmutzigen Mund halten, unterbricht ihn Hüseyin. Das sind deutsche Motoren von Mercedes, nicht der russische Dreck, den er sonst verbaut. Was versteht der schon von Mercedes? Hm? Umso mehr wir fordern, umso mehr kriegen wir auch. Merk dir das. Ich fordere tausend von hundert Prozent Leistung. Full Power.

Hüseyin spricht «full» wie «fool» und das r von «Power» als flatterndes Zungen-r.

Stunden später, Ferhat ist hungrig und erschöpft, kreuzen sie mit niedriger Geschwindigkeit weit außer Sicht der Küste. Für Ferhat ist nicht einmal auszumachen, wo diese liegen könnte. Der Himmel ist so grau, dass er keinen Anhaltspunkt bietet. Da gibt Hüseyin Vollgas. Ferhat ist so überrascht, dass er um ein Haar über Bord geht.

Wal voraus!, brüllt Hüseyin. *Yürü*, beweg dich, nimm die Harpune und positionier dich im Bug!

Ferhat versucht zu gehorchen, doch das Boot wird von den Wellen hin und her geworfen. Er kann sich nur auf den Füßen halten, wenn er sich mit beiden Händen irgendwo am Schiff festhält.

Worauf wartest du, *terbiyesiz göt herif*, du unerzogenes Arschloch? Geh in Position! Da bläst das Tier!

Ferhats Körper bebt, als er den Wal sieht. Nie zuvor hat er ein Wesen gesehen, das so gewaltig ist.

Baba, das ist kein Delfin.

Das seh ich selbst. Das ist ein Blauwal oder ein Pottwal oder so was.

Immer wieder taucht das riesige Tier in einiger Entfernung vor ihnen auf. Sie sind ihm auf den Fersen. Ferhat hat keine Vorstellung davon, was sein Vater vorhat. Der Wal ist kolossal. Sie holen auf.

Wir versuchen, ihn umzudrehen, indem ich links hinter ihn komme, ruft Hüseyin, dann treiben wir ihn Richtung Küste, wo du ihm die Harpune in den Körper rammst. Hinter dem Blasloch rein und dann nach vorne durch ins Gehirn. Mach schon, los geht's!

Ferhat betet, dass der Wal abtaucht und sie seine Spur verlieren. Aber das Kalkül seines Vaters scheint aufzugehen.

Baba, wenn ich die Harpune abschieße und ihn töte, wie kriegen wir den Wal dann an Land?

Ay seni, seni ... du, du – was du doch für dummes Zeug redest, nur weil du keinen Verstand hast. Überlass das Denken mir, du bist für die Harpune zuständig, verstanden?

Der Wal wird müde, sie holen immer weiter auf.

Stell dich auf den Bug, und wenn ich «Schieß!» sage, dann schießt du. Mit all deiner Überzeugung, klar? Mit all deiner Überzeugung!

Ferhat nickt. Breitbeinig steht er auf dem Bug. Sie sind jetzt wenige Meter hinter dem Wal, die Motoren brüllen trotz der zwölf Zylinder.

Das Tier schwimmt majestätisch, kraftvoll und mit höchster Agilität. Tiefschwarz, wie lackiert, springt es regelrecht in kurzen Abständen aus dem Wasser und taucht wieder zurück. Es bläst Fontänen aus seinem Blasloch, aber bereits deutlich schwächer als noch zu Beginn der Jagd.

Da passiert etwas Unerhörtes. Deutlich vernimmt Ferhat Stimmen. Er blickt sich um. Weit und breit nichts zu sehen als das Meer, das Boot, der Wal, sein Vater und er. Keine Möwen, keine anderen Tiere, kein Land, nichts. Ferhat lauscht. Zwischen die brüllenden Motoren und das Rauschen der Gischt, die das Boot aufwühlt, mischen sich Klänge.

Sind das Trauergesänge? Kinderstimmen, weinende Kinderstimmen?

Was ist das, *Baba*? Hörst du das auch?, fragt Ferhat.

Das ist ein Pottwal, *boz ayı,* du Tölpel, konzentrier dich! Spür unser *kader*, unsere Bestimmung! Heute ist ein großer Tag für die Umuts. Wir werden den Wal vernichten!

Der Wal hat instinktiv verstanden, was vor sich geht. Er schwimmt um sein Leben. In immer kürzeren Abständen taucht er ab und wieder auf.

Hüseyin hat das Boot bereits bis kurz hinter die Schwanzflosse gebracht. Als Nächstes wird er versuchen, es neben die

Finne zu manövrieren. Da dreht der Wal den Kopf erst zur einen, dann zur anderen Seite, singt in vielen Stimmen und blickt dabei zurück, mit dem rechten, dann mit dem linken Auge. Er sieht Ferhat an. Sein Blick dringt bis auf den Grund seiner Seele.

Schieß!, brüllt Hüseyin. Schieß!

Doch Ferhat fällt auf die Knie und bricht in Tränen aus. Der Wal ist im Begriff abzutauchen.

Schieß, du verdammter Hurensohn, wir schreiben Geschichte, wir jagen den ersten Pottwal im Schwarzen Meer, und du: Was machst du? Du hast nichts Besseres zu tun, als meine Ehre zu beschmutzen. Sei wie ich – sei ein Mann!

Niemals, heult Ferhat, niemals ...

Eine Stunde später, Hüseyin hat vergeblich die ganze Gegend nach dem Tier abgesucht, ist der Wal noch immer verschwunden. Da geben sie auf.

Fahr mich nach Hause, ich muss mich von dir erholen, herrscht Hüseyin seinen Sohn an. Du bist ein Parasit, ein Nichtsnutz, merk dir das. Ich will, dass du verschwindest. Du hast mich ruiniert und lächerlich gemacht vor der ganzen Welt.

Ferhat steht am Hecksteuerrad. Hüseyin hat die Tür zum Maschinenraum geöffnet.

Der Motor soll sich abkühlen. Prüf den Öldruck. Nein, nicht am Motor, an der Druckanzeige. Gib nicht so viel Stoff, wer soll den Diesel zahlen? Bisschen Reis mit Kichererbsen gibt's noch zu Hause, aber wenn du so dämlich manövrierst, scheißt du dir vorher noch auf die Schuhe. So einen wie dich will ich nicht am Tisch sitzen haben, hörst du? Verschwinden darfst du, sonst nichts. Wie viele Knoten fahren wir? Wo liegt Süden, du *göt herif*?

In diesem Augenblick springt Ferhat blitzschnell hinter dem Steuer hervor und stößt, mit noch immer tränenvollen Augen, seinen Vater in den offen stehenden Motorraum. Der ist so perplex, dass er auf den Hintern fällt und nichts dazu sagt. Keinen Mucks.

Acuze, alte Hexe, raunt Ferhat, als er die Tür hinter Hüseyin zuknallt, sorgfältig von außen verriegelt und das Boot bei voller Kraft voraus steigen lässt, sodass Hüseyin im Motorraum mehrmals gegen die Tür geworfen wird.

Ferhats Rache für die notorischen Schimpfattacken seines Vaters endete nicht an diesem Tag. Als Hüseyin wenige Monate später im Krankenhaus lag und ein Prokurist ihn um die Herausgabe der väterlichen Geschäftspapiere aus dem Schlafzimmersafe bat, wusste Ferhat genau, was er tat. Ohne mit der Wimper zu zucken, übergab er dem Prokuristen sämtliche Papiere.

Die Walin, die sich wenig später von der Panik erholt hat, pumpt mit jedem Herzschlag Hunderte Liter heißen Blutes durch ihren Körper. Ihre Mutter hatte sich zweieinhalb Jahrzehnte zuvor, schwanger mit ihr, ins Schwarze Meer verschwommen. Nie davor und nie nach ihnen sollten Pottwale dorthin vordringen. Das ist bedauerlich, denn die Walin selbst ist das lebende Monument eines Wissens, das den Menschen abhandengekommen ist.

Zum Schrecken der Seeleute, die sie bei Nebel oder Dunkelheit zu Gesicht bekommen, imitiert diese Walin die Stimmen der versunkenen Kinder von Ordu. Auch wenn sie das nicht weiß, denn sie hat diese Art zu singen erst nach ihrer Geburt erlernt, von ihrer Mutter, der Zeugin des großen Unglücks.

Klick, klick,
uuu,
klick, klick,
sss.

ISTANBUL, TARABYA
APRIL 2023

ES IST KURZ vor Sonnenuntergang, Aurora schläft im Wohnzimmer auf der Schlafcouch.

Es ist den Versuch wert, denkt Kaan, heute ist die Nacht des *Iftar*-Festes im Garten des Präsidenten.

Trotz aller Bemühungen hat er nicht herausfinden können, ob der Präsident selbst anwesend sein wird. Die Entscheidung für oder gegen seine Abwesenheit wird kurzfristig gefällt, überall vermutet der mächtige Mann Feinde. Seine tägliche Entourage von Personenschützern ist auf eine Armee von dreihundert Köpfen angewachsen. Auch lässt er sich häufig von Doppelgängern vertreten, wenn die Kameras nicht zu nahe kommen und er Abstand halten kann. Beim *Iftar*, dem traditionellen Abendessen nach Sonnenuntergang, mit dem das Fasten gebrochen wird, wäre das jedoch unmöglich.

Kaan ist aufgeregt. Er ist sich nun sicher, wie er handeln möchte. Jede Bewegung des Präsidenten hat er analysiert, er hat stundenlang YouTube-Videos studiert, in denen man beobachten kann, wie sich der Präsident erhebt, wie er auf Menschen zugeht oder Distanz schafft. Wie groß er genau ist, in welcher körperlichen Verfassung (nahezu gebrechlich) und in welcher Distanz sich Sicherheitsleute befinden (nie mehr als einen Meter fünfzig entfernt). Kaan weiß, wie er Zeit gewinnen will.

Gedankenverloren ruft er eines der Videos auf, die in

seinem Browserverlauf gespeichert sind. Die Moderatorin spricht in einer Liveschaltung mit ihrer Kollegin in Nowosibirsk, die eine Delegation des Präsidenten begleitet. Der begrüßt im Hintergrund den russischen Präsidenten. Sie besuchen gemeinsam eine militärische Flugschau:

Nasilsin, wie geht's dir?

Willkommen. Ein guter Vorwand, sich hier zu treffen.

Es ist später Vormittag in Nowosibirsk. Obwohl es April ist, ist das Licht so kalt wie an Sonnentagen im Berliner Winter. Ein ganzes Meer von Männern umringt die Politiker. Alle tragen schwarze Anzüge und Sonnenbrillen.

Der Präsident überragt seine Begleiter. Seine Minister, Referenten und selbst die Bodyguards sind alle wenigstens fünf Zentimeter kleiner als er. Der Übersetzer geht ihm kaum bis zum Kinn. Durch seine gebückte Haltung wirkt er wie die servile Karikatur eines Vorkosters, dessen Erfüllung darin bestehen würde, im Dienst für seinen Herrn zu sterben.

Auch der russische Präsident ist klein, aber sein Körper hat die Spannkraft eines Hengstes.

Mit einem kleinen Nicken weist der Präsident nach links, außerhalb des Sichtbereichs der Fernsehkamera. Sofort schaltet die Regie um auf ein anderes Bild, das hektisch in eine Halbtotale auf ein Kampfflugzeug schwenkt.

Und das ist die SU-57? Die kann jetzt fliegen?

Du wirst gleich sehen, wie die fliegen kann.

Und die werden wir dann kaufen?

Der Russe stutzt einen langen Moment und hebt grinsend die Augenbrauen. Er gibt vor, die Frage nicht zu verstehen.

Natürlich kannst du die kaufen.

Der Präsident schlägt ihm jovial mit der Hand auf die Schulter. Die beiden lachen ausgelassen wie Männerfreunde, die gute Geschäfte machen.

Die Moderatorin tritt wieder in den Vordergrund und kommentiert: Ein Signal an unsere amerikanischen Freunde. Die SU-57 ist neben der F35 der modernste Tarnkappenbomber der Welt, jedoch manövrierfähiger, und fordert die amerikanische Dominanz des Luftraums heraus.

Während sich die Gruppe weiterbewegt, doziert sie über das Selbstbewusstsein der türkischen Nation. Die Kamera verfolgt Hubschrauber, die in Formation fliegen. Eine MiG-29 steht senkrecht in der Luft. Das Meer der schwarzen Männer bewegt sich zu einem Eisstand. Der Russe lädt ein.

Guten Tag! Welche Eissorten bieten Sie an?

Herr Präsident, wir führen Vanilleeis aus Krasnodar, Schokolade aus Perm, Erdbeere mit Sahne aus der Volksrepublik Luhansk, es lebe die Russische Föderation, Herr Präsident, sprudelt es aus der Eisfrau, die sichtlich angespannt ist.

Der Russe nickt gnädig, aber freundlich und wendet sich seinem Gast zu: Vanille oder Schokolade?

Was nimmst du? Ich nehm das Gleiche.

Zweimal Vanille aus Krasnodar.

Die Eisfrau, immer noch starr vor Schreck, greift ruckartig in die Kühltruhe und reicht dem Russen zwei in goldfarbene Folien verpackte Eistüten.

Du zahlst auch meins, sagt der Türke.

Natürlich, ihr seid meine Gäste.

Nedir bu, ne? Was ist das, was ist das, fragt der Präsident seinen Übersetzer. Wie macht man so ein Ding auf?

Die Eisverkäuferin hält einen Stapel Scheine hoch, der Russe winkt seinem Verteidigungsminister zu und signalisiert, er solle das Rückgeld nehmen. Der Türke ist vertieft darin, die Eistüte zu öffnen, und schiebt konzentriert die Unterlippe vor. Sein Übersetzer drängt sich ins Bild, verdeckt mit dem Rücken die Blicke der Kameras und öffnet das Tütchen.

Die haben Löffel und Schälchen vergessen, sagt der Präsident.

Sie müssen das Eis mit der Hand zum Mund führen und mit den Zähnen abbeißen.

Haben die keine Löffel und Schälchen in diesem Land?, fragt der Präsident. Sein Schnauzer ist weiß vom Vanilleeis.

Beißend und leckend isst man hier Eis, sagt der Übersetzer.

Der Präsident winkt in Richtung der starren Eisverkäuferin: Good, good!

Kaan hat sich einen teuren Smoking gekauft, mit dem er unter den Gästen nicht auffallen wird. Er ist aus einer Art Damast geschneidert, der auberginefarben changiert. Sein Hemd ist schneeweiß, die Haare hat er sorgfältig nach hinten gegelt.

Er beugt sich aus dem Fenster und bricht die Blüte einer der weißen Kletterrosen ab, die die Fassade zieren. Er steckt sie ins Knopfloch am Revers, verlässt die Küche und geht behutsamen Schrittes in das Zimmer, in dem Aurora schläft und das er durchqueren muss, um die Wohnung zu verlassen. Er tritt an ihr Bett und betrachtet sie voller Zärtlichkeit, ihr kindliches Gesicht eingerahmt vom roten Haar, und küsst ihr einzeln die geschlossenen Augenlider. Bist du ein glückliches Mädchen?, fragt er sie wie so oft. Aurora antwortet diesmal nicht, doch sonst sagt sie immer: ja.

Leise verlässt er das Apartment. Er ist besorgt, dass seine feinen Lackschuhe Schaden nehmen. Sie sind weinrot und schmiegen sich wie Tanzschuhe an die Füße. Die Troddeln haben die gleiche Farbe wie der Anzug. Er spürt den Kies an seinen Fußsohlen bewusster als zuvor, den Duft des Salzes in der Luft, die Wärme, die vom Boden aufsteigt. Während er den gewohnten Weg über den Friedhof wählt und eher joggt als geht, kreist er in einem heftigen inneren Dialog, den er in unendlichen Variationen und rhetorischen Wendungen ausgelotet hat. Doch wie um sich selbst zu versichern, ob er alle Eventualitäten durchdacht habe, gerät er stumm in Rage, noch bevor er die Mauer erreicht, über die er, wie schon die Male zuvor, das Grundstück des Präsidenten betreten möchte.

Er denkt wieder an Aurora und hofft, dass alles wie geplant ablaufen wird. Die Koffer sind gepackt, das Ticket gebucht, Aurora glaubt, dass sie nach Berlin fliegen werden. Nur geht sie davon aus, dass er sie begleitet. Die Assistentin der Akademie wird wissen, was zu tun ist. Er hat einen Brief mit dem Ticket für sie hinterlegt. Zizi wird eine irrsinnige Wut auf ihn haben, das wird sein größtes Problem werden. Zu Recht wird sie ihm die Hölle heißmachen.

Er wird den Preis zahlen, alles gut. Sicher wird er für einige Zeit hinter Gittern landen, auch wenn alles genau so läuft, wie er es geplant hat. Eine Revolution ist keine Angelegenheit von Stunden.

Er hat sich entschieden, der Geschichte eine Wendung zu geben. Auch um seiner eigenen Geschichte eine Wendung zu geben.

So, mein Guter, calm down. *Her şey çok güzel olacak*, alles wird gut werden.

Es ist zum Ritual geworden, dass sich zu seiner Aufregung eine Erregung gesellt. Er empfindet dann das dringende Bedürfnis zu fluchen und zu urinieren. Harden the fuck up! Hopp, hopp, hopp über die Mauer.

SCHWARZES MEER, PERŞEMBE, JANUAR 1985

YUNUS BEY betritt das Café am Marktplatz. Er setzt sich an den Platz am Fenster, wie immer in den vergangenen fünfundvierzig Jahren, seit er Geschichte geschrieben hat und aufgestiegen ist, weil er gelernt hat, andere zu Fall zu bringen. Seine Füße, Knie und Hände schmerzen vom feuchten, kalten Winter.

Der Kellner bringt ihm ein Glas Tee, und vier Männer stehen auf und erweisen ihm die Ehre. Nicht Yunus kommt an ihren Tisch, er ist es, der Hof hält. Und er erzählt, was ihm widerfahren ist:

Was für Schnee? Der ficht mich nicht an, denk ich. Keine zwei Stunden habe ich gebraucht von Trabzon. Sechs Köfte in Akçaabat, zwei Duble Rakı und eine Hand am Lenkrad, wie ein echter Mann. Vor Giresun, fast kann ich's nicht sehen, die Flocken groß wie Kinderhände, steht am Wegesrand ein Vieh. Groß wie ein Kalb, sieht aus wie ein Hund. Den schaust du dir an, Yunus, sag ich mir, halte an und sehe: Es ist ein Wolf, wie er leibt und lebt.

Yapma ya! Kann nicht sein, wirklich?

Ich halte also an, steig aus und will das Vieh genauer sehn. Der haut nicht ab, sondern glotzt zurück, der graue Wolf. So kommst du mir nicht, denk ich und hol mir aus dem Auto meine Köfte und den Knüppel. Das soll sein letztes Mahl sein. Ich lock ihn an und, *şak şuk*, schlag ich ihn tot.

Yapma ya! Kann nicht sein, wirklich wahr?

Schaut ihn euch an, im Kartal, dahinten drin, da liegt er, mausetot.

Ungläubig stehen die Männer auf, verlassen den Raum durch die klapprige Tür, und Yunus verfolgt ihre Schritte mir zusammengekniffenen Augen, bis sie bei seinem Kombi ankommen. Doch anders als erwartet, fangen sie an, wild zu gestikulieren, mit den Armen zu rudern. Er kann nicht sehen, was sie so aus der Fassung bringt, und kramt in seiner Brusttasche nach seiner Brille.

Im Moment des Todes passieren alle Dinge gleichzeitig, denn die Zeit ist nur eine menschliche Fiktion. Wir wissen das nicht, aber kein Wesen außer uns nimmt sonst diese Vorwärtsbewegung wahr. Für Hunde und Wölfe zum Beispiel läuft die Zeit rückwärts. Bäume, Steine und Meere verlaufen senkrecht zu unseren Dimensionen, in einer Form des Stillstands, den unsere Worte nicht fassen können etc.

Das Herz von Yunus Bey bleibt also stehen in dem Moment, als er erkennt, dass hinter dem Lenkrad seines geliebten Kartal der graue Wolf sitzt, quietschfidel, mit Hut und Anzug und rotem Einstecktuch, und ihm siegesgewiss zuwinkt. In diesem Augenblick erkennt Yunus, dass die Kugeln von Hüseyin Umut absichtlich in die Decke gezielt waren und nicht ihn, Yunus, zu Fall bringen sollten, sondern Hüseyin selbst: weil er fallen wollte, weil er es satthatte, dieses Leben, und ein anderes suchte. Und so treffen sie ihn, Yunus, ins Herz, fünfundvierzig unglückliche Jahre später, in denen er das Leben eines Fremden lebte.

Warum hatte sich eigentlich nie jemand gefragt, wie Hüseyin, der kleine Hurensohn, als junger Mann, ungedient, ungebildet, lediglich geschickt im Handel mit Tabak, zu so großem Reichtum gekommen war? Er hatte sich Grund gekauft, sein Freund, der spätere Lokalpolitiker Fahri Ecevit, hatte vermittelt. Die Ländereien der Armenier wurden gegen übersichtliche Gefälligkeiten verschleudert, und Hüseyin hatte sich das Filetstück gesichert. Wie genau, das wusste keiner mehr, aber nach Ende des Krieges, 1923, gehörte ihm alles, was zuvor Artun Bey, dem angesehensten Armenier weit und breit, gehört hatte, dem leiblichen Vater von Vahide. Die erfuhr nie, dass nicht Hüseyin, sondern einzig sie die legitime Besitzerin des Imperiums *UMUT* gewesen wäre. Dass Hüseyin später nicht scheiterte, weil er krank war oder ungeschickt, sondern weil ihn sein schlechtes Gewissen um ein Haar den Verstand und dann das Leben kostete. Dass die Walin, die Ferhat nicht töten konnte, die Tochter der Zeugin von unbeschreibbaren Verbrechen war, die den Armeniern angetan worden waren. Tochter der einzigen Pottwalkuh, die sich je ins Schwarze Meer verirrt hatte.

Alles an Hüseyins Existenz war falsch gewesen, nur seine Liebe zu Vahide, die war echt. Und an Vahide, an der erwachsenen Ani, war seine Ruchlosigkeit gescheitert, zerfallen zu Staub wie ein Falter im gleißenden Licht.

Ich sitze tropfnass auf dem nackten Badezimmerboden, das Telefon in der Hand. Bin sofort raus aus der Dusche, als Zizi zurückgerufen hat. Die Gelegenheit durfte ich nicht verpassen. Es ist wichtig, dass sie hört, was ich ihr zu sagen habe. Seit Jahren kriege ich sie nur im Notfall ans Telefon.

Jetzt wird ein Reim draus, Zizi, beginne ich, auf sie einzureden. Jahrelang Sport, Blackout, Angst, die Raucherei, das ganze Programm. Ich habe die Symptome gelindert, aber die Krankheit nicht gekannt. Dann komm ich hierher, nach Istanbul, und es fühlt sich an wie heimkommen. Und Aurora ist etwa so alt, wie meine Anneanne war, als sie ihre Mutter verlor, als sie alles verlor. Und so wird ein Reim draus. Bist du noch da?

Ja, Kaan, ich höre dich gut. Zizis Stimme klingt fern aus dem Lautsprecher des Smartphones.

Du, ich schau jetzt runter aufs Wasser, auf den Bosporus hier. Und drüben, auf der anderen Seite, das sind vielleicht zwei Kilometer, da ist Asien, und dazwischen so ein Riesenteil mit Containern. Hundert Meter hoch oder so, auf dem Weg nach Gibraltar, Amerika, Indien, wer weiß das schon.

Kaan, ich muss gleich Schluss machen, ich hab dir Auris Flugticket geschickt. Bitte vergiss nicht, ihre Schulsachen einzupacken.

Ja, klar, alles schon im Rucksack.

Im Rucksack? Die Schulhefte?

Meine Anneanne, die hatte das alles im Gepäck, den Genozid, die Einsamkeit, die Traurigkeit. Diese unbedingte Verknüpfung von Selbstwert und Arbeit. Und den Rucksack muss ich jetzt tragen. Verstehst du?

Kaan, hörst du mir mal zu? Achte bitte darauf, dass die Hefte nicht total verknickt hier ankommen, Auri kriegt Riesenärger in der Schule.

Ja, klar. Hörst du mir überhaupt zu? Ich mach das alles für Aurora, für uns.

Uns?

Also schau, das geht weiter von Generation zu Generation, bis einer den Bann bricht. Bis einer zur Seite tritt.

Es gibt kein «uns», Kaan, bitte hör auf damit, das ist total schlimm für Auri, wenn sie immer wieder ...

Lässt du mich bitte ausreden, es geht ja genau darum. Bitte!

Kaan, ich ...

Zizi, ich hab die Antwort auf die Frage, wie die ewige Verbindung von Tätern und Opfern zu lösen ist. Wie sich die Spirale unterbrechen lässt, die uns seit Jahrhunderten in die Dunkelheit zieht. Im Grunde gibt es drei Möglichkeiten.

Zizi seufzt hörbar.

Die erste, die beste wäre, der Präsident zeigt Reue, und ich vergebe ihm ...

Kaan, du bist vollkommen übergeschnappt!

... er bereut den Völkermord an den Armeniern, auch weil er erkennt, dass in der Anerkennung der Tat die einzige Möglichkeit liegt, die Nachkommen der Täter zu befreien. Die Schuld zerstört die Gehirne und Seelen der Schuldigen. Das Blut der Opfer löscht den Durst der Mächtigen, aber es ist vergiftet. Das wäre also der Anfang für die Überwindung von Jahrhunderten der Unterdrückung. Ein neues Kapitel könnte aufgeschlagen werden, eine neue Zeitrechnung beginnen, das Buch der Ungleichen unter Ungleichen.

Kaan ...

Bitte hör doch einmal zu: Wäre dann nicht alles in Ordnung? Das Pendel würde zum Stillstand kommen.

Kaan spricht schneller, als er denkt.

Die zweite Lösung – und die wäre die schlimmste, aber zumindest ist sie eine Option, in einem alttestamentarischen Sinne –, die zweite ist also, der Präsident bringt zu Ende, was einst begonnen wurde, und vernichtet uns alle, die wir anders sind, die wir anders denken. Der perfekte Genozid – ungut, also vergiss es.

Kaan, du ...

Die dritte, und da kommen wir der Sache auch schon näher – also wenn er keine Reue zeigt, dann töte ich ihn. Das ist wie im Mythos von Tepegöz und Basat, hörst du? Wenn Tepegöz dem Dede den Kopf abgeschlagen hätte, dann wäre eine Revolution möglich gewesen, denn die Oghusen hätten sich dann neu erfinden müssen. Vergiss nicht, der Dede ist der geistige Führer, der, der die Gesetze macht! Schuld löscht nicht Schuld, aber kann Tat Tat löschen? Und was, Zizi, ist der vierte Weg? Wie die Vergangenheit überwinden, wie die Zukunft schreiben, wenn keiner da ist, dem ich vergeben kann? Weil keiner Reue zeigt? Das Leben ist der vierte Weg, das Leben!

Zizi, ich habe jetzt verstanden, was mich so krank gemacht hat. Jetzt bin ich klar. Ich könnte wieder dein Kaan sein. Ich liebe dich.

Zizi? Fight, bitch, fiiiiight, erinnerst du dich?

Zizi?! Hast du deinen Humor verloren?

Die Leitung ist tot.

ISTANBUL, TARABYA, APRIL 2023

ER HAT SICH VERSCHÄTZT. Im Dunkeln konnte er den Boden jenseits der Mauer nur undeutlich erkennen und landete vielleicht einen Meter tiefer, als er erwartet hatte.

Sein Blickfeld ist verengt, und er muss sich sortieren. Ein Schuh fehlt, das Hemd hängt aus der Hose, sein Sakko ist verrutscht. Er findet den Schuh, zieht ihn an und kriecht aus dem Unterholz in Richtung des gedämpften Lichtscheins, den die Laternen im Garten des Präsidenten abstrahlen. Sorgfältig schaut er an sich herunter. Das Hemd hat was abbekommen. Das Leder der Schuhe ist verkratzt. Doch steht Kaan sicher auf den Beinen. Er konzentriert sich und geht los.

Einige Dutzend Meter weiter hat sich eine Menge versammelt und hört einem Sänger zu, der auf der Terrasse mit Blick über den Bosporus steht. Der Sänger trägt einen merkwürdigen Singsang vor. Kaan bemerkt, wie sehr er seine Zuhörer in den Bann schlägt; das hilft ihm, unentdeckt zu bleiben. Er bewegt sich lautlos über den weichen Rasen, er fühlt sich wie ein Martial-Arts-Kämpfer.

Der Dede ist ein Meister seines Fachs, der Herrscher über den Garten des Präsidenten, denkt Kaan. Ihm fällt auf, dass sich der Weg seit seinem letzten Besuch verlängert hat, er schlängelt sich entlang eines künstlichen Baches, der offenbar eigens für die Feierlichkeiten angelegt wurde. Darin fließt eine milchige Flüssigkeit.

Kaan überquert den Bach, nur um wenige Schritte weiter auf einen anderen Bach zu stoßen. Das Wasser ist von einem tiefen rubinfarbenen Rot. Etwas weiter folgt ein Bach, in dem eine zähe goldene Flüssigkeit fließt, in Konsistenz und Farbe von Akazienhonig.

Was für eine maßlose Übertreibung, denkt Kaan.

Nun ist der Blick frei auf den weitläufigen Park, in dem neben den prächtig gedeckten Tischen hölzerne Pavillons stehen und sieben kreisförmige Plattformen mit schneeweißen Fluggeräten, die von Scheinwerfern hell erleuchtet werden. Sie haben keinen Platz für Passagiere. Es sind Drohnen, unterhalb der Tragflächen tragen sie Raketen in den türkischen Nationalfarben.

Kaan kann nun das gesamte Gelände überblicken. Es müssen um die dreihundert Gäste sein, die sich hier versammelt haben. Sie sind uniform gekleidet. Die Frauen, aus der Ferne zu erkennen, weil ihre Häupter mit Kopftüchern bedeckt sind, haben sich in den Pavillons versammelt. Die Männer tragen Smokings wie Kaan und weiße Gebetsmützen wie der Sänger. Dessen Worte, die zuvor in Wellen unverständlicher Melodien zu Kaan hinüberschwappten, sind nun kristallklar.

Im Namen Gottes sollen
die Seele von Enver Paşa
und der Märtyrer
der großartigen islamischen Armee lachen,
denn es ist vollbracht.

Zehntausend eiserne Fäuste
sind vom Himmel gefallen
und haben das Rückgrat
der Ungläubigen gebrochen;
die eiserne Faust, die unsere Einheit
und unsere Stärke verkörpert.

Und mögen die armenischen Faschisten
sich wieder erheben,
so wird unsere Faust sie wieder zerbrechen,
denn sie erkennen nicht Allah den Allmächtigen,
der uns geleitet ins Paradies,
die Ungläubigen aber im Höllenfeuer verweilen
und heißes Wasser trinken lässt,
das ihre Eingeweide zerreißt.

Komm zu mir, mein Mädchen, singt nun der Sänger, der plötzlich eins zu sein scheint mit dem Präsidenten, warum weinst du?

Ein Kind in Uniform löst sich aus der Menge, wird von mehreren Männern auf die Bühne gehoben. Der Präsident beugt sich zu ihm hinab und dreht es zum Publikum.

Und seht her, hier haben wir sogar Vertreter der Streitkräfte unter uns. *Maşallah.*

Er küsst das Kind sorgfältig auf jede Wange, doch das Mädchen weint ohne Unterlass.

Eine junge Yarbay, eine Oberstleutnant. Sogar eine türkische Fahne trägt sie in der Brusttasche. Sie ist für alles bereit. Und wenn sie, so Gott will, eine Märtyrerin wird, dann wird man sie mit der Fahne bedecken.

In gleichem Maß, wie die Wut über das Gesagte in Kaan

aufsteigt, ergreift ihn Erregung. Zum ersten Mal sieht er den Präsidenten von Angesicht zu Angesicht, auch wenn es aus großer Ferne geschieht, denn noch immer befindet sich Kaan im dunklen Teil des Gartens. Die Gäste applaudieren und winken mit kleinen Flaggen, während der Präsident von der Bühne aus zurückwinkt, in der ihm eigenen Art, mit der rechten Hand, den Daumen quer über die offene Handfläche gelegt.

Sie ist unsere Kraft, sagt er. Sie ist unsere Hoffnung, liebe Gäste, die Jugend dieses Landes. Mit dem Gefühl großer Freude möchte ich mich bei meinem Gott und bei Ihnen bedanken, dass Sie im Monat des Ramadan das Fastenbrechen mit uns teilen, und wünsche Ihnen von ganzem Herzen Gesundheit, Gelassenheit und Wohlbefinden.

Der Präsident nimmt das Mädchen bei der Hand und führt es von der Bühne, gefolgt von Sicherheitsleuten, die ihn durch die Menge begleiten. Alle Gäste haben sich erhoben und stehen um die runden, weißen Tische, die mit goldumrandeten Tellern gedeckt sind. Der Präsident bewegt sich zielstrebig und begrüßt Bekannte. Dann tritt er an den Tisch von Hamdi Uzunel. Hamdi ist der größte Arabesk-Sänger aller Zeiten und ein loyaler Freund des Präsidenten. Im Jahr zuvor hat er vier Kopfschüsse in einem Drive-by erstaunlich gut überlebt, obwohl er sich danach noch siebenmal frontal in seinem Maybach überschlug. Die Mafia, Alkohol, ein Kofferraum mit Viagra und einer toten Katze waren im Spiel gewesen, und die Geschichte monatelang auf den Titelseiten der Boulevardblätter.

Der Präsident legt Hamdi beide Arme auf die Schultern und zeigt lächelnd seine Zähne. Hamdi gehört genauso zu seinen engsten Vertrauten wie der greise Kemal Büyükoğuz, der *Aşık*, der Barde aus Erzurum, dessen hellbraun getöntes

Haar zustimmend nickt, während der Präsident und er einige Worte miteinander wechseln.

Neben Uzunel wartet verächtlich Serap Müller. Kaan ist irritiert von ihrer Anwesenheit, denn sie ist eine ausländische Oppositionelle, die sich für politisch inhaftierte Regimegegner engagiert. Jeder, der sie besser kennt, bedauert sie, weil sie Gutes will, aber stets Opfer ihrer Eitelkeit wird. Kaan nimmt an, sie möchte sich für einige Künstlerfreunde und Philantropen einsetzen, und bewundert ihren Mut. Sie könnte einen hohen Preis bezahlen. Ein, zwei Sätze wechselt sie mit dem Präsidenten, schon dreht er wieder ab. Er schiebt sich weiter durch die Menge, die raunend Platz schafft, wo immer er sich hinbewegt.

Kaan erkennt nun einen geschlossenen Kreis von Männern mit Sonnenbrillen, der sich höchst unauffällig, doch ununterbrochen um den Präsidenten schließt. Kurz erschrickt er und tastet nach seiner Innentasche: Die Erleichterung tritt sofort ein, der Dolch mit dem Jadegriff ist noch da.

Der Präsident löst sich von seinen Gästen und bewegt sich samt Entourage in den Garten hinein, direkt in Kaans Richtung. Kaans Herz pumpt wie irre. Da richtet sich ein Scheinwerfer auf ihn. Erst jetzt bemerkt er die Kameramänner und Tonleute, die offenbar live fürs Fernsehen übertragen. Was für ein glücklicher Zufall, denkt er, die ganze Welt wird mein Zeuge sein, und verschluckt sich fast am eigenen Speichel.

Sie sind nur noch wenige Schritte von Kaan entfernt, da spricht der Präsident in seine Richtung: *Kaan, oğlum, gitarını getirmedin mi*, hast du deine Gitarre nicht mitgebracht?

Kaan ist so fassungslos, dass ihm die Worte fehlen. Woher kennt der Präsident seinen Namen? Woher weiß er, wer er ist und was er tut? Sofort vermutet er, aufgeflogen zu sein. Ist ihm der Geheimdienst auf den Fersen? Wer hat ihn verraten? Der Präsident lacht und zuckt mit dem rechten Augenlid. Kaan sieht ihn nun von Nahem und kann es nicht glauben. Das ist der Dede! Der Dede, mit dem er seine Nachmittage im Park verbracht hat!

Sahneye götürün onu, sagt der Präsident zu seinen Leuten, bringt ihn auf die Bühne!

Er umarmt ihn mit jener Herzlichkeit, die er an diesem Abend bisher nur dem Mädchen in Uniform entgegengebracht hat.

Kaan weiß nicht, wie ihm geschieht. Zwei freundliche Männer in schwarzen Anzügen nehmen ihn zwischen sich und geleiten ihn zur Bühne. Er ist unsicher, was passieren wird. Am Rand des Podests weist der eine ihn an, auf die Bühne zu gehen und sich auf den bereitstehenden Stuhl zu setzen.

Kaans Gedanken sind vernebelt. Er erinnert sich an eine Anekdote über Paco de Lucia, den größten Flamenco-Gitarristen aller Zeiten, der auf dem Höhepunkt seiner Karriere und seiner Heroinsucht im ausverkauften Teatro Nacional in Madrid spielte. Er betrat die Bühne, setzte sich, und erst nach Minuten brachte ein Assistent ihm seine Gitarre, die er im Rausch in der Garderobe vergessen hatte.

Und während Kaan sitzt und wartet, was wohl passiert, wird er ruhig. Die Kameras schweben an Dollys um ihn herum. Er erinnert sich entfernt an einen Traum. Die Bühne fühlt sich an wie ein Studio. Die Scheinwerfer blenden ihn so sehr, dass er nichts mehr erkennen kann im Gleißen des Lichts. Ein junger Techniker bringt ein Mikrofon, ein weiterer ein Glas Wasser, ein dritter schließlich eine Gitarre. Über der zentralen Kamera leuchtet eine rote Lampe.

Kaan wiegt die Gitarre in den Händen. Er schätzt die Leichtigkeit des Instruments, die helle Decke, deren kristalline Einschlüsse einen reifen Klang versprechen. Instinktiv tut Kaan das, was er wie kein Zweiter beherrscht. Er ist er selbst und ganz bei sich.

Seine Hände ertasten erste Klänge. Er hört den Tonfolgen nach, die aus ihm fließen wie die Worte, die er in die Musik verwebt. Es ist seine eigene Art des freien Spiels, die zu seinem Markenzeichen geworden sind. Die Gitarre klingt spröde und wunderbar samtig zugleich.

> Ich singe euch ein Lied.
> Sprecht ihr recht,
> ihr Mächtigen?
> Richtet ihr in Gerechtigkeit?
> Oder seid ihr die
> Täter, und
> eure
> Hände
> schmutzig?
>
> Ihr verlasst
> die Scham als Verräter,
> ihr irrt,
> kaum entkommt ihr den
> Lippen
> eurer Mütter.
>
> Ihr seid voller Gift
> wie Schlangen,
> taube Kobras,
> die ihre Ohren verschließen,

um die
Stimme ihrer
Beschwörer nicht zu hören.

Gott, zerbrich ihnen
die Zähne im Maul,
zerschlage die Fressen
der jungen Löwen!

Sie
werden
versickern
wie
Wasser
im
Sand.

Zielen
sie,
so
werden
sie
verfehlen.

Sie vergehen,
wie Schnecken
vertrocknen, wie
Missgeburten sehen
sie die
Sonne nicht.

Bevor sie spüren,
reißt der brennende
Zorn alles hinweg.

Und die Gerechten sind froh,
wenn sie Vergeltung sehen,
und baden ihre Füße
im Blut der Täter,

denn:
Ja, der Gerechte empfängt seine Früchte,
und
ja, Gott ist noch Richter auf Erden.

Für einen Augenblick verstummt Kaan und hält inne. Seine
Konzentration reißt nicht ab. Mit geschlossenen Augen greift
er nach dem Jadedolch in seiner Sakkotasche und legt ihn
gemeinsam mit der weißen Rose, die noch an seinem Revers
steckt, zu seinen Füßen. Seine Finger spielen.

Du bist Basat,
und ich
der Tepegöz.
Wir sind
aus einem
Fleisch.

Tötest du mich,
so ist
dein Volk
befriedet,
töte ich dich,

so sind
die Ahnen
gesühnt.

Doch sind
wir Brüder,
dein Dede
ist mein
Dede.
Meine Vergebung
ist dein
Heil.

Deine Gesundung
ist meine
Gesundung.

Unser Leben
ist eure
Freiheit
vom
Blutdurst
deines
Volkes.

Euer Frieden.
Euer Glück.
Eure Erlösung.

Kaan beendet seinen Vortrag. Die Töne verklingen, an ihre
Stelle tritt eine merkwürdige Stille. Das Licht der Scheinwer-

fer erlischt, und für diesen einen Moment sehen Kaans Augen nichts.

Gott ist wahrlich groß, Dede. Er besitzt die Größe, dem Menschen die Freiheit zu schenken, dem Leben einen Sinn zu geben.

Kaan greift in der Dunkelheit nach seinem Jadedolch.

MÜNCHEN, AUGUST 1986

ZUM ERSTEN MAL seit Kaans Geburt sind seine Großeltern zu Besuch in Deutschland. Kaan war am Flughafen so aufgeregt, dass er in seinen harten Ledersandalen geometrische Muster auf den Sandsteinplatten hüpfte. 1, 2, 1, 3, 1, 2, 1, 3, nächste Platte, übernächste, nächste, überübernächste und von vorn. Das Knallen der Sandalen, deren schmale Riemen genauso hart waren wie die dünnen Sohlen, hallte durch den monumentalen Bau wie durch eine Basilika. Obwohl er sie schon das ganze Frühjahr über trug, schnitt das Leder in seine fleischigen Zehen und hinterließ dunkle Abdrücke.

Die Augen des Dede glotzten ihn durch die Kuppeln seiner riesigen Brille an. Der Kuss und die Hände seiner Anneanne waren klitschnass wie bei seinen Ankünften am Schwarzen Meer, obwohl sie gerade aus dem Flugzeug gestiegen war. Wie kann das sein?, dachte er.

Eingeklemmt zwischen seiner Mutter und seiner Großmutter auf dem Lederrücksitz des goldmetallic lackierten Golf Cabrio, saß er auf der Fahrt vom Flughafen über bayerische Landstraßen und spielte an den bunten Glitzersteinchen des Designer-Nietengürtels, den seine Mutter ihm gerade gekauft hatte, zusammen mit den hochgekrempelten Bundfaltenjeans und ein paar farbenfrohen Muscleshirts mit Abenteuer versprechenden Aufdrucken: Flamingo Dreams, Navajo Nation und I♥NY. Vorne saßen sein Vater und der Dede. Das

Verdeck geschlossen, flogen die sommerlichen Wälder, Wiesen und Felder an ihrer dunklen Kapsel vorbei, bis sie zu Hause ankamen, im beschaulichen Vorort an der Endstation einer der S-Bahnen um München. Den ganzen Weg hielt die Anneanne seine Hand umschlossen, blickte gedankenversunken aus dem Fenster und murmelte Unverständliches.

Der Dede sitzt auf der Terrasse auf einer Holzbank. Die Markise taucht die Szene in leuchtendes Orange. Kaans Eltern und die Anneanne dösen in den beiden oberen Stockwerken des kleinen Reihenhauses. Der Alpenföhn legt eine schwere Müdigkeit über die Wiedersehensfreude. Kaan streift monoton vorwärts und rückwärts durch den strohernen Fliegenvorhang, der Terrasse und Wohnzimmer voneinander trennt. Mit den Fingern prüft er einzelne Glieder des Vorhangs, die in kleinen festen Spulen gewickelt sind. Der Dede nimmt keine Notiz von ihm. Er sitzt an seinem Fleck, unbeweglich. Nur die Augen, die geradeaus gerichtet sind, blinzeln langsam, aber regelmäßig.

Kaan hat eine Idee. Er läuft ins Haus, hinab in den Keller. Dabei stützt er sich auf das schwarz gummierte Treppengeländer und nimmt immer vier Stufen mit einem Schritt. In dem Raum hinter der feuerfesten Kellertür hat er sich einen Platz zwischen Kisten, alten Schränken und Aktenordnern eingerichtet. Hier kann er morgens vor der Schule üben, ohne seine Eltern und die Nachbarn zu wecken. Er nimmt seine Gitarre nahe am Hals und rennt so schnell die Treppe hoch, dass die Tür nicht zuschlägt, bevor er das Erdgeschoss erreicht hat. Immer verlässt er den Keller so, die Gitarre stößt dabei nie an. Er kennt ihre Maße, als wäre sie Teil seines Körpers.

Im Wohnzimmer setzt Kaan sich auf einen der Ledersessel

mit breiten Holzlehnen. Er stimmt die Gitarre und beginnt zu spielen. Das dritte Prelude von Villa-Lobos, eine Musik wie geschaffen für einen schwülen Tag. Kaan findet, niemand spielt dieses Stück so gut wie er. Seit Wochen hat er es verfeinert. Die hohe E-Saite schneidet tief in die Kuppe seines linken kleinen Fingers. Er spürt die Blitze, die seine Nerven von dort aus in den Unterarm schießen, wie immer, wenn er zu viel geübt hat. Er nimmt die Noten aus der Zeit, spielt das Stück ohne Puls, als freie Fantasie. Er kostet die langsam abfallenden Kaskaden aus und dehnt die Bewegung in ein unendliches Ritardando, nur um wieder Fahrt aufzunehmen für die Rückbewegung hoch zum eingestrichenen e.

Kaan, unterbricht ihn der Dede von der Terrasse aus: *Elma getir*, bring mir einen Apfel!

Nicht besonders laut, aber bestimmt.

Kaan stößt mit der Zarge empfindlich an die Holzlehne, verzieht das Gesicht, legt das Instrument behutsam auf den Teppich, springt über den Körper und ist mit wenigen Schritten in der Küche. Apfel, Messer, Teller, und zurück durch den Vorhang auf die Terrasse. Der Ellbogen schmerzt, als hätte er ihn angeschlagen, nicht die Gitarre.

Otur, setz dich, sagt sein Dede.

Er setzt das Messer an. Es schiebt sich unter die rote Schale und bewegt sich in Zeitlupe. Niemand schält Äpfel mit der gleichen Kunstfertigkeit wie der Dede. Es gelingt ihm, die Schale an einem spiralförmigen Stück so makellos vom Fruchtfleisch zu lösen, dass man außen von innen nicht zu unterscheiden vermag. Während er schneidet, spricht er zu Kaan:

Es war eines Tages, als ich noch ein Kind war, so alt wie du heute, da konnte ich schon für mich selber sorgen. In Europa herrschte Krieg. Ich machte Geschäfte in Istanbul, Tabakhandel, und zum Zeitvertreib und weil ich es gut konnte, ruderte ich Ausflügler auf dem Bosporus, manchmal an einem Nachmittag von Eminönü bis Tarabya und zurück, wenn du verstehst, was ich meine.

Istanbul war damals vielleicht die größte Stadt der Welt, wer weiß das schon. Auch berühmte Leute habe ich gerudert, einmal den großen Komponisten Komitas und seinen Freund, den Bürgermeister von Van. Das muss im Sommer 1913 gewesen sein, da war ich nur wenig älter als du jetzt. Sie gehörten zur feinsten Gesellschaft des Landes, und es war eine große Ehre für mich. Ich hatte nicht nur die beiden im Boot, sondern auch das Klavier des Kaufmanns Düzoğlu, dem reichsten Armenier der Welt. Obwohl ich noch ein Kind war, hat man mir diese wertvolle Fracht anvertraut, eben weil ich der beste Ruderer weit und breit war. Später, als junger Mann, Kaan, bin ich von Ordu bis nach Russland gerudert. An einem Stück. Nur zum Schlafen pausierte ich, ansonsten ruderte ich Tag und Nacht.

Der Apfel dreht sich kontinuierlich, fast unerbittlich entlang des Messers. Die Spirale federt im Rhythmus der Worte.

Jason ist den gleichen Weg gerudert auf der Suche nach dem Vlies. Ich aber suchte kein Gold, ich suchte mich selbst – Zug um Zug um Zug. Denn meine jungen Augen hatten vieles gesehen, das schwer auf meiner Seele lastete, und ich hatte mich verloren wie ein Wassertropfen in der Weite des Schwarzen Meeres.

Es ist Frühling, und es ist Krieg, wir sind im Jahr 1915. Ich bin gerade alt genug, um Soldat zu sein, aber ich bin viel nützlicher als Händler, um Tabak und Tee zu beschaffen für die Truppen. Mit einigen Kisten voller Waren sitze ich im Zug nach Ankara, ich soll nach Çankırı zur Kommandantur. Von dort geht es weiter auf Kutschen über Land. Mit mir reisen

Gendarmen und einige Dutzend Gefangene, das erfahre ich unterwegs. Kein Wort zu ihren Taten, nur Armenier sind sie eben.

Auf einmal halten alle Kutschen. Wir sind an einer Quelle angelangt, einem Ort, der das Diesseits mit dem Jenseits verbindet, aus dem das süßeste und klarste Wasser sprudelt, das du dir vorstellen kannst. Jungen füllen die schweren Metalleimer, immer zwei oder drei heben sie hoch, damit die Gefangenen trinken können. Da sehe ich einen Mann, der mir bekannt vorkommt: ganz in Schwarz gekleidet, in einer Mönchskutte, wartet er ungeduldig, weil er großen Durst hat und die Erfrischung kaum erwarten kann. In dem Moment, als er an der Reihe ist, kommt ein Gendarm zu Pferd und tritt aus vollem Ritt gegen den Eimer, den sich der Mann gerade an die Lippen führt. Er stürzt in den Staub, der Eimer fliegt in hohem Bogen. Alles verschüttet. Der Mann wimmert, gekrümmt am Boden liegend, die Arme schützend um seinen Kopf geschlungen, aus Angst vor weiteren Schlägen. Da erkenne ich: Es ist der große Komitas, der Musiker, den ich nur zwei Jahre zuvor über den Bosporus gerudert hatte. Ich laufe hin, grüße und beschwichtige ihn, als wär er ein alter Bekannter, und kaum zu glauben, er erkennt mich und wird plötzlich ganz ruhig. Ich reiche ihm frisches Quellwasser aus meiner Flasche, er trinkt wie ein durstiges Lamm.

Der Gendarm auf dem Pferd kommt wieder angeritten. Lass ihn, *Ağabey*, rufe ich, ich kenn den Mann, er ist ein großer Künstler.

Der Soldat nickt und lässt von Komitas ab für ein kleines Säckchen Tabak, das ich aus meiner Jackentasche ziehe und ihm reiche. Komitas, noch ganz erschüttert, trinkt weiter und schaut mir in die Augen. Nie habe ich so viel Furcht gesehen und Traurigkeit wie in diesem Blick. Da streckt er, noch am

Boden liegend, den Arm aus und berührt mich an der Stirn. Mein linkes Augenlid beginnt wie verrückt zu zucken. Und glaube mir, Kaan, es ist ein Funken seiner Seele in mich hineingefahren in diesem Augenblick. Das war unser Geschäft: mein Trost gegen seinen ewigen Funken. Ich bin halt ein Meister des Handels.

Die Schale fällt in einer Spirale von der Frucht auf den Teller und bildet für einen Augenblick die exakte Illusion eines unberührten Apfels, nur um im nächsten Augenblick in sich zusammenzufallen.

Spiel, Kaan, ich will dich weiter spielen hören, sagt sein Dede.

Das ist das Erste, was Kaan wirklich versteht, denn der Erzählung konnte er nicht folgen.

Kaan springt auf, streift durch den Fliegenvorhang ins Wohnzimmer und tritt mit seiner Gitarre zurück ins Orange der Terrasse. Der Samstagnachmittag klingt nach Hummeln, die sich an Fuchsien laben. Zwei Handtuchgärten weiter zanken sich die Nachbarin und ihr Mann auf Bayerisch unter einer Schatten spendenden Birke. Neben der Zierhasel, die die Mutter als Erinnerung an die Heimat gepflanzt hat, plätschert ein Springbrunnen – eine Putte mit Fisch – Wasser in eine schwülstig geformte Kunststeinschale. Die Luft steht jetzt vollständig still. In der Ferne das Klappern von Kuchengabeln, ein unermüdliches Amselpaar und noch viel ferner der Motor eines Kleinflugzeugs. Und doch ist es fast still. Kaan setzt sich seinem Dede gegenüber und stimmt die Gitarre.

Bruckner mi çalacaksın, yoksa Aşık Veysel mi, spielst du Bruckner oder Aşık Veysel?, spricht der Dede in seinen Bart und klappt die Lider auf und zu. Er scheint amüsiert.

Kaan denkt nach. Er ist aufgeregt, seine Hände schwitzen. Er wischt sie an den Knien trocken und stimmt nochmals die hohe E-Saite. Ohne zu atmen, beginnt er. Variationen über ein Thema von Mozart von Fernando Sor. Die großen e-Moll-Akkorde des Vorspiels spielt er fortissimo. Er schließt die Augen. Vor seinem inneren Auge erklingt ein Orchester. Jede Linie führt ein anderes Instrument. Er empfindet das Stück als romantische Paraphrase, als Showstück, und nicht als klassische Variationen über ein Thema. Die kleine aufsteigende Sexte, die Sor in zwei Stimmen notiert, versteht er als singende Kantilene eines Solocellos. So wie es Pablo Casals spielen würde oder eben der große Andres Segovia, dessen Gitarre jede erdenkliche Klangfarbe imitieren kann. Die Linie ist falsch notiert, findet Kaan. Das Stück wäre ein anderes, wenn es sich an dieser Schlüsselstelle, am Auftakt zum dritten Takt, nicht um einen melodischen Gestus handeln würde. Deshalb wiederholt er auch das h im dritten Takt, das zuvor den Ausgangspunkt der kleinen Sexte bildet, um die zweite Stimme richtig einzuführen. Er versteht auch, dass sich in dieser einmaligen dramatischen Geste der Sexte die Schwäche der Komposition manifestiert, denn ein solch vereinzeltes dramatisches Intervall wäre Mozart niemals unterlaufen. Die Introduktion ist ihm zuwider. Ein pathetisches Pling-Pling vor dem eigentlichen Thema. Auf das spielt Kaan zunehmend aufgeregt hin.

Er findet die Stimmführung fragwürdig, das geht ihm gerade durch den Kopf, als er zu schnell in das strahlende E-Dur des Themas wechselt. Wow, das flutscht, denkt Kaan. Seine Finger verlieren hier und da den Kontakt zum Griffbrett, aber die Töne fließen rauschhaft. Etwas zu fest in der rechten Hand, etwas zu viel Kraft, etwas zu laut. Die Saiten schnarren hier und da, aber Kaan liebt das wie das Scheppern von Posaunen. Am Ende des Themas steigt ihm das Blut in den Kopf. Wie irre spielt er, schneller, als sein Geist bewusst verfolgen kann. Er zerlegt die folgenden Bewegungen der 32tel in Salven und denkt: Ist das brillant, oder ist das Verrat? Doch das Adrenalin, der Rausch an sich selbst sind in diesem Moment stärker.

Während er spielt, denkt er voraus. Er braucht noch Luft für die vierte und fünfte Variation. Auch wenn er in der dritten in Moll das Tempo herausnehmen wird, muss er in der richtigen Proportion anschließen. Das versteht er als moralische Pflicht. Während dieser Variation werden seine Hände feuchter und feuchter. Kann er es schaffen? Kann er makellos durch die Triolen des Finales fliegen? Oder muss er scheitern? Wie er immer scheitert, wenn er beim Tischtennisspiel vorne liegt? Beim Torschuss im Fußball, wenn er ausnahmsweise den Torwart umspielt hat? Weil er zu schwer und zu plump ist? Zu weich ist, zu wenig Biss hat?

Seine Gedanken verheddern sich, und da ist die erste Ungenauigkeit. Kaan ist enttäuscht von sich. Warum muss ihm das passieren? Die Traurigkeit nimmt ihm die Luft. Da biegt er falsch ab, spielt die Wiederholung ein drittes Mal und denkt fieberhaft darüber nach, wie es weitergeht, welcher Akkord der Wiederholung folgt.

Er verspielt sich, springt zurück, flucht leise und rumpelt ungeschickt durch ein paar Takte. Verfluchtes, blödes Stück, denkt er. Billiges Gehobel.

Anstelle eines halbverminderten Terzquartakkords spielt er die Quarte einen Halbton zu tief. Oder war es der falsche Grundton? Alles verloren. Tränen schießen ihm in die Augen. Er donnert die Schlusskadenz zum Trotz in die Welt und ist am Boden zerstört. Aber niemand darf es ihm anmerken.

Vay be, bravo sana, sagt der Dede. Der Funken ist wohl übergesprungen. Du spielst wie der Armenier.

SCHWARZES MEER, ORDU, ANFANG APRIL 1940

ES IST EIN STRAHLENDER TAG. Der Fahrer hatte Vahide zum Schneider nach Ordu gefahren, und der Vormittag war verflogen mit der Anpassung des Kostüms und unzähligen Gläsern Tee, die sie mit der Gattin des Schneiders getrunken hatte.

Auf dem Hinweg hielten sie an der Landzunge unter dem Boztepe. Vahide will ein Stück laufen. Noch nie war ich so glücklich, denkt sie. In meinem Leben nicht.

Der Fahrer fährt im Schritttempo hinter ihr auf der Straße. Sie gibt ein unwirkliches Bild ab. Eine verirrte Pariserin, die cremefarbenen Lackschuhe mit Schleifchen aus Tüll, die hautfarbenen Nylonstrümpfe mit feiner Ziernaht. Am Wegesrand pflückt sie eine üppige Holunderblüte und versenkt mit ihrer Nase ihr ganzes Sein im Duft des Frühsommers. Der Geruch erinnert sie an ihre Kindheit, und zum ersten Mal empfindet sie keinen bittersüßen Schmerz dabei. Die Abwesenheit von Schmerz ist ein Gefühl, an das sie sich nicht erinnern kann. Fast wie eine leichte Leere, wüsste sie nicht, dass es das Glück selbst ist. Ein Prickeln, nicht mehr.

Sie blickt den Boztepe hinauf und sieht durch den Holunderstrauch in das giftige Grün junger Haselnusstriebe. Zum ersten Mal schaut sie auf diese Umgebung und fragt sich nicht, wo sich die Ländereien ihres Vaters erstreckten, die für immer verloren waren. Es ist das Grün, das ihre Aufmerksamkeit auf sich zieht, die leichtfüßige Freude an der Farbe der Fertilität, des explosionsartigen Wachstums, der Farbe des Lebens.

Grün. Ein grünes Kostüm, wie die jungen Blätter der Haselsträucher, *bey efendim*, sagt sie zum Schneider, als sie dort eintrifft, das wäre aufregend. Aus grüner indischer Seide, und dazu ein Halstuch in zartem Rosa. Das wünsche ich mir von Ihnen. Heute ist der glücklichste Tag meines Lebens, das fühle ich, und ich werde mich für immer an dieses Gefühl erinnern, wenn ich das Kostüm trage. Vielleicht bestelle ich gleich zwei, lassen Sie mich nachdenken, denn wenn Sie mir zwei nähen, dann können Sie mir doch einen guten Preis machen, *bey efendim*, das können Sie doch, oder? Sie wissen, unsere Geschäfte laufen gut. Besser als je zuvor.

Vahide ist überschwänglich. Der Duft der Holunderblüten hängt ihr noch in der Nase, und der Tee versetzt sie in Wallung. Ihre Wangen sind gerötet, sie spürt ihren Herzschlag. Und das macht sie noch glücklicher. Denn in der Erregung fühlt sie ihre Lebendigkeit. Die Lebendigkeit eines frischen Haselnusstriebs.

Auf der Rückfahrt legt sich ihre Erregung, und die Freude weicht Melancholie. Der Horch schwebt über die Küstenstraße, obwohl sie streckenweise eher einem planierten Feldweg gleicht. Vahide fühlt sich wie eine einsame Fürstin. Für einige Minuten wird sie übermannt von einer herben Traurigkeit. Sie öffnet das Fenster, und das Gefühl verfliegt. Wieder macht sich die wundersame, warme Leere breit, die Glück heißt.

In der Nähe des Marktplatzes, wenige Minuten fußläufig nach Hause, bittet Vahide den Fahrer erneut anzuhalten: Ich möchte laufen. Bitte lassen Sie mich aussteigen und fahren

Sie zu Hüseyin *bey*, oder nein: Nehmen Sie sich frei. Fahren Sie nach Hause, packen Sie Ihre Kinder in den Wagen und machen Sie einen Ausflug.

Sie ist überschwänglich. Nie zuvor war ihr ein derart unerhörter Gedanke gekommen. *Teşekkürederimhanimefendim*, sagt der Fahrer in servilem Tonfall und dass *Umut bey* sicher nicht einverstanden wäre. Dass er ihr Angebot sehr zu schätzen wisse und danke und nein danke, er könne das nicht annehmen, und bei Gott: Danke.

Fahren Sie, mein Herr, sagt sie, nehmen Sie die Kinder und fahren Sie, wohin Sie wollen.

Danke, danke, *hanimefendim*.

Bevor der Fahrer aussteigen kann, um ihr die Tür zu öffnen, ist Vahide bereits aus dem Wagen. Wie ein scheues, stolzes Reh bewegt sie sich fort, und der Fahrer bleibt verunsichert zurück. Dann setzt er zurück und wendet, um Hüseyin Umut zu finden, der an diesem Tag mit Yunus Bey und den anderen Grundbesitzern das Geschäftliche mit dem Angenehmen verbindet.

Vahide schaut dem Wagen nach, bis er hinter einigen Holzhäusern in Richtung Marktplatz verschwindet. Da wendet sich Vahide nach links zu einer kleinen, verborgenen Gasse und geht dem leichten Gefühl nach, das sie wieder vollständig erfüllt, und einer kleinen bitteren Note, die vielleicht dem vielen Tee oder einem Anflug von schlechtem Gewissen gegenüber ihrem geliebten Mann zuzuschreiben ist. Denn Vahide möchte den Bağlamabauer Halil aufsuchen, der ihre Mandoline repariert und der Augen hat so grün wie das Kostüm, das sie vor wenigen Stunden gleich zweimal bestellt hat.

Halil ist der schönste Mann, den sie je gesehen hat, denkt Vahide und würde das selbstverständlich nie formulieren – nicht einmal für sich. Doch das ist ihre Wahrnehmung, und auch wenn sie weiß, dass sie ihren Gefühlen niemals nachgehen wird, ist sie doch froh, ihn an diesem Tag zu treffen und in ihrer Fantasie zu schwelgen, die so sehr tabu ist. Niemals würde sie sich selbst eingestehen, dass sie die Mandoline ihrer Mutter nur reparieren lässt, um Halils Werkstatt aufsuchen zu können.

Sie betritt den dunklen Raum, dessen Tür zur Gasse hin offen steht, und begrüßt den Usta.

Merhaba, Halil *bey*, wie geht es Ihnen? Wie steht es um meine Mandoline? Konnten Sie sie reparieren? Ich sehne mich danach, wieder zu spielen, Halil *bey*, ich liebe dieses Instrument.

Ich liebe Ihre grünen Augen, denkt sie und hat es im nächsten Augenblick schon wieder vergessen. Das Glück in ihr ist nun lauter als je zuvor. Ihr Herz pocht. Es gehört sich nicht für sie, hier zu sein, aber niemand wir je davon erfahren.

Halil wechselt kaum ein Wort mit ihr. Er schlägt die reparierte Mandoline in ein Tuch und blickt ihr einen Moment zu lange in die Augen. Es sind fünf Minuten in Vahides Leben, fünf Minuten größten Glücks. Etwas in ihr wird sich für immer an diese Minuten erinnern.

Sie verlässt die Werkstatt und wendet sich nach links, den kurzen Weg zurück zur Küste und die wenigen Dutzend Meter bis hin zu ihrem Zuhause. Bereits von Ferne bemerkt sie, dass auch die Tür zu ihrem Haus offen steht. Ein offenes, schwarzes Loch. Augenblicklich wird sie unruhig. Sie weiß, der Vormittag war eine strahlend weiße Lüge, war das Leben einer anderen.

Sie betritt die stille Diele, hört das Ticken der amerikanischen Uhr, sieht aus den Augenwinkeln den reich gedeckten Mittagstisch, doch instinktiv weiß sie, dass ihr Leben enden wird, wenn sie das Wohnzimmer betritt. Im Türrahmen bleibt sie stehen, blickt in die verzweifelten Augen Ferhats, das blasse Profil des Arztes und zuletzt das wächserne Gesicht ihres geliebten ältesten Sohnes, Şeref, der fünf Minuten zuvor seinen letzten Atemzug getan hat.

Die Mandoline gleitet aus dem Tuch und fällt. Der Fall dauert eine Ewigkeit, in der Vahide vor sich sieht, wie sie durch das Haus ihrer Eltern läuft. Rechts ihr Bruder über Schüsseln gebeugt. Den Flur entlang und links ins Schlafzimmer der Eltern.

Doch sie steht im Türrahmen des Zimmers, als die Mandoline auf der Zarge aufschlägt und zerbirst. Zerbrochen, irreparabel für immer.

WIRKLICHKEIT, APRIL 2023
BIS IN FERNE ZUKUNFT

In meiner Vorstellung spricht der Dede: Das Leben bringt hervor, wer wir sind. Gott hat uns die Gewissheit geschenkt, dass wir bestimmen können, wie wir leben, weil nur die Hoffnung die Welt erträglich macht. Aber das ist eine kleine Notlüge Allahs, die dazu dient, uns ein wenig glücklich zu machen.

Sieh dir an, wie zerbrechlich unsere Körper sind, wie klein und schutzlos unsere Seelen und unser Gehirn, umschlossen nur von Fleisch und Knochen, ein paar Finger dick. Wir sind keine Handelnden, Oğlum. Wir sind die, die wir sind. Auf dem Weg in den Tod kommen wir selbst hervor, ob wir wollen oder nicht. Gib dich hin, und dein Leben wird ein erfülltes sein.

Und die Anneanne antwortet: Sei nicht gleichgültig, sei geduldig. Es reicht kein Menschenleben, die Welt zum Besseren zu wenden. Aber es wird kommen, denn jedes Pendel schwingt eines Tages aus. Die Zeit ist wie eine Zwiebel. Unter jeder Schale verbirgt sich eine Geschichte. Du handelst in ihr und färbst sie rot oder weiß oder rot oder weiß.

Handle.
Sei geduldig.
Sei nicht gleichgültig.
Handle.
Sei geduldig.
Sei nicht gleichgültig.

Und dann handle ich. Im Moment der Stille, die sich ausdehnt, weil nichts die Zeit so langsam verrinnen lässt wie Stille, greife ich nach dem Jadedolch. Am tiefsten Punkt der Dunkelheit spanne ich die Muskeln meines Körpers an.

Die Muskeln an den Haarwurzeln,
die Muskeln an den Zornesfalten,
die Muskeln an den Krähenfüßen,
die Muskeln an den Nasenflügeln,
den Pupillen,
Lidern,
Wangen,
Zähnen
und der Zunge;
die Muskeln,
die die Lippen schmälern,
die die Kiefer mahlen lassen,
die den Kopf neigen,
den Nacken schwellen,
die Schultern wölben,
die Arme spannen,
die Klauen formen;
die die Brust verhärten,
das Herz pumpen lassen,
die Luft aus den Lungen pressen,
das Zwerchfell heben,
den Magen sich verknoten lassen,
die Därme verkürzen,
den Rücken stählen,
die Leber schrumpfen,
die Galle schrillen lassen.

Myriaden von Muskelfasern schicken Schockwellen durch meine Beine und werfen meinen Körper vorwärts. *Bruchteile einer Sekunde später höre ich hinter mir das Pfeifen von Projektilen, die mich knapp verfehlen.* Sie bohren tiefe, heiße Löcher in den Luftraum, der keinen Wimpernschlag zuvor ganz mein Hirn und Schädel war. *Der Raum, der ich, Kaan, war, der sich aus allen unendlichen Möglichkeiten des Universums ausgerechnet in dieser Existenz manifestiert. Ist das etwa kein Wunder?*

Die Nacht ist mein Freund. Ich weiß, wo sich der Präsident befindet, und konzentriere mich jetzt voll darauf, zu ihm zu gelangen. Denn die Würfel sind gefallen. Er hat sich nicht bewegt.

Wie eine Eruption schwillt das Gebrüll und Gekreische der Menge an. Die Schallwellen verformen den Raum, die Zeit wird explodieren, der Raum wird sich beugen, die Gäste des Iftars in Panik verfallen.

Mit einem Schlag kehrt das Licht zurück. Ein Knall, als fiele ein eiskalter Meteor aus geringer Höhe und doch unendlich schwer in einen Ozean und wenig später durch die ganze Erde hindurch. Derselbe Meteor zerfetzt zuerst das Meer und dann den Kern der Erdkugel.

Die Szene erscheint wie ein Höllenbild. Die dunkel bebrillten Männer in schwarzen Anzügen schießen aus gezückten Maschinenpistolen. Die Geschosse verlassen die Mündungen der Waffen wie Torpedos in großer Tiefe. Hamdi Uzunel reißt einer Frau die Haare vom Kopf. Er hält eine Perücke in den Händen, darunter verbirgt sich Alp Kurtoğlu, der geisteskranke Faschist, Parteivorsitzender der Bozayılar, einer rechtsradikalen Partei. Alp war vor seiner Zeit in der Politik gefürchteter Anführer einer Bürgermiliz, die Angst und Schrecken verbreitete. Er quietscht, als Uzunels Faust tief in sein Gesicht eintaucht. Ich staune. Was tut Uzunel? Springt er mir zur Seite?

Die Drohnen sind gestartet und kreisen wie riesenhafte

Schwalben tief über den Gästen. Sie malen Achten in die Höhe des Nachthimmels, um Anlauf zu nehmen für den nächsten Sturz in die Menge. Hamdi Uzunel scheint über die Tische zu fliegen, schießt mit einem langen Colt auf sie und trifft mit jedem Schuss. Die Masse drängt auf der Flucht vor der Gefahr auseinander, nur ich renne wie auf Sprungfedern in Richtung des Präsidenten. Er ist von Personenschützern eng umschlossen. Die Traube aus Körpern, die sich um ihn herum gebildet hat, entfernt sich rasend schnell. Ich renne mit aller Kraft gegen meine Verzweiflung an, da mischt sich in den ohrenbetäubenden Lärm das Brüllen archaischer Raubtiere. Zwei gewaltige weiße Körper schnellen aus der Dunkelheit: Serap Müllers weiße Löwinnen. Auf ihnen galoppieren Sophia und Serap höchstselbst und schießen Maschinengewehrsalven in Richtung der fliehenden Horde mit dem Präsidenten. Sie schießen mir den Weg frei. Wir kämpfen die gleiche Schlacht. Ich bin ihnen unendlich dankbar. In höchster Konzentration hole ich auf, die weißen Löwinnen zu meiner Linken und Rechten. Jetzt laufe ich so schnell, wie die Kugeln fliegen. Mit einem gewaltigen Sprung und gezücktem Dolch werfe ich mich auf den Präsidenten, den Gärtner, den Tepegöz, den Dede. Mit aller Kraft ramme ich ihm den Jadedolch ins weit aufgerissene Auge. Die Löwinnen verbeißen sich ineinander und tanzen einen blutigen Reigen um uns.

Im folgenden Augenblick der Totenstille setze ich den Jadedolch erneut an und trenne den Kopf des Präsidenten vom Körper. Mit zwei Schnitten.

Der erste durchtrennt den Hals, das Fleisch, die Sehnen und Muskeln, die Schlagadern, die Luft- und die Speiseröhre durch bis auf den Knochen der Wirbelsäule. Ich blicke tief in das blinde Auge der Missgeburt. Es gibt keinen Gott außer den der Rache, schreie ich in den offenen Schlund. Das Herz des Präsidenten pumpt mir mit hartem Strahl Blut ins Gesicht, als schieße ein Wasserfall gen

Himmel, der zu Boden stürzt und nicht versickert. Nein, es verbindet sich im Gras wie von Zauberhand mit dem Blutfluss, der den Garten durchkreuzt.

Ich genieße den Augenblick, und erst als ich sicher bin, dass der Präsident verstanden hat, was vor sich geht, durchtrenne ich sein Rückenmark mit einem zweiten Schnitt, dessen Süße ich auskoste wie die Biene den letzten Blumenkelch der Herbstblüte.

Es ist der Augenblick des Schmetterlingseffekts: Die Wirklichkeiten verschmelzen wie die Fusion atomarer Kerne. Der zweite Schnitt löst eine Kettenreaktion aus, die nicht zu fassen ist, und doch passiert sie genau so. Alp Kurtoğlu stirbt im gleichen Augenblick wie der Präsident. Es ist nicht der harte Schlag ins Gesicht, der ihn umbringt. Nach der Keilerei kommt er wieder zu sich und entdeckt, noch etwas verwirrt, die großen Silbertabletts mit den Speisen. Gierig vor Hunger macht er sich über ein gebratenes Huhn her und verschlingt ein ganzes Bein. Der Knochen birst, durchsticht und verschließt seine Luftröhre. Pfeifend verendet er.

Die direkte physische Gefährdung des Präsidenten hat ein digitales Antiterrorprotokoll ausgelöst. Der Verteidigungsminister fällt diesem starren System zum Opfer. Es soll nie die Öffentlichkeit erreichen, dass er nicht zu körperlicher Liebe fähig ist. Nach dem Fastenbrechen ölte er sich am ganzen Körper mit Olivenöl ein, wie zum yağlı güreş, dem türkischen Ringkampf. Doch anstatt mit einem Gegner in Liebe zu ringen, schob er sich wohlgeölt in den Raketenbehälter eines von Russland erworbenen S-400-Raketenabwehrsystems. Der Abschuss des Systems wird automatisch eingeleitet, als Jets aufsteigen, um den Luftraum zu sichern. Denn die russische Technik ist nicht zu täuschen. Amerikanische Waffen sind amerikanische Waffen. Der Minister schläft so tief, dass er beim Start der Rakete, ohne zu erwachen, buchstäblich pulverisiert wird. Seine Überreste werden nie gefunden.

Der Oppositionsführer der kemalistischen Demokraten erliegt vor Aufregung über die Nachricht vom Anschlag auf die Nation einem Schlaganfall, der ihn nicht umbringt, ihn jedoch auf die intellektuellen Fähigkeiten einer Schwarzmeerqualle reduziert. Seinen Wählern fällt dies zunächst kaum auf, aber er verliert in den folgenden Wochen doch überraschend schnell an Einfluss.

In allen Städten des Landes kommt es zu Ausschreitungen. Der Staat ist ohne Kopf. Durch eine Unzahl unvorhersehbarer Verkettungen wird die gesamte Elite, Regierung und Opposition in weniger als vierundzwanzig Stunden gleichsam vernichtet. Ausgelöscht. Verglüht im Abgrund tiefen Hasses.

Alle Menschen, alle Gruppierungen, die oder deren Vorfahren in den hundert Jahren seit Gründung der Republik entrechtet waren und in vielen Jahrhunderten zuvor, stehen auf.

Die Kurden wittern ihre Chance.

Die wahrhaft gläubigen Muslime.

Die Kommunisten,

die Frauen,

Armenier,

Griechen,

Zaza,

Jesiden und

Juden.

Die Syrer und Afghanen.

Die Lesben und Schwulen.

Die Bauern,

Journalisten,

Aufwiegler,

Wächter,

Renitenten,

Schuhputzer

und alle anderen, die abweichen von der Idee des Menschen,

dessen Existenz durch und durch der Einheit der Nation unter-
geordnet ist.

Oder ohne Macht.

Nach einer Zeit der Unsicherheit wandelt sich die angespann-
te Lage in eine Atmosphäre des Aufbruchs. Eine Generalamnestie
leert die politischen Gefängnisse. Inhaftierte Politiker, Journalisten, Intellektuelle, Künstler und Philanthropen kommen frei und
schaffen es, die Ezilmişler partisi, die Partei der Ungleichen, zu
gründen. Sie tritt an, die Wahlen für sich zu gewinnen. Sie kann
die Bedürfnisse der Menschen adressieren und wirbt für mehr De-
mokratie nach westlichem Vorbild, aber in Verbindung mit einer
Form der Gerechtigkeit und Gleichheit vor dem Gesetz, die in der
Welt neue Maßstäbe setzen will. Es soll zu einer Verfassungsre-
form kommen. Hundert Jahre nach Gründung der großen türkischen Republik wird das «Ne mutlu Türk'üm diyene» – «Stolz ist
der, der sich Türke nennt» – ersetzt durch «Ne mutlu İnsan'ım
diyene» – «Stolz ist der, der sich Mensch nennt».

Serap Müller will Ministerin für Tourismus und Kultur werden. Alles könnte sehr schön werden.

Doch hier bekommt die Geschichte eine tragische Wendung.
Ein Tropfen schwarzen, heißen Pechs fällt in die Mitte der Her-
zen. Denn es sind nicht Worte, die die Welt verändern, es ist die
Summe der Menschen. Begeisterung wird abgelöst von Misstrau-
en und Zweifel; von der Skepsis, vom Vorurteil, von der Angst. Die
Paranoia ist zu stark.

Hassen mich die anderen nicht genauso wie ich sie?

Können die letzten hundert Jahre eine Lüge gewesen sein?

Haben wir etwa alle die Leben von Fremden gelebt?

So weit will kaum einer gehen. Krieg liegt in der Luft. Die
ewige Routine der Reinigung, die doch nie eintritt. Blutige Hände
wäscht man in kaltem Wasser, nicht mit frischem Blut. Das lernen die Menschen nicht.

Das heiße Pech brennt Löcher durch die Gehirne und Herzen und zerfetzt sie. Der Traum ist aus. Chaos. Die Überwindung der Lüge dauert zehnmal so lange wie die Lüge selbst. Nicht hundert, nein tausend Jahre,

   tausend Jahre,
   tausend Jahre.

ISTANBUL, BOSPORUS, NOVEMBER 2023

KEIN FISCH IST SO SEHR mit dem Bosporus verbunden wie der Palamut. Seite an Seite schwimmt er mit
seinesgleichen in Schwärmen, die sich im Wasser bewegen
wie sonst nur die Stare am Himmel. Sein aufgerissenes Auge
zeichnet zornige Schatten, denn die Natur ordnet den Wesen
gelegentlich ein Äußeres zu, das ihren Charakter erkennbar
macht. Das Auge des Palamuts ist ein solcher Fall. Es kennt
keine Gnade. Auf seinem Weg durch die Strömung hin zu
den Dardanellen und hinaus ins Ägäische Meer, wo er laicht,
hinterlässt er eine Schneise des Verderbens. Der Schwarm
ist wie ein stumm aufgerissenes Maul, das alles verschlingt,
was Leben in sich birgt. Dem Palamut ist diese Bewegung
ein Rausch. Sein ganzes Sein ist auf diesen Weg ausgerichtet.
Sein Zug ins Mittelmeer ist sein Gottesdienst, sein Hadsch,
seine Schlacht, sein Feldzug. Im Einklang mit den Muskeln
spürt er kaum Widerstand. Rechts, links, links, rechts, nach
oben bis kurz unter die Oberfläche. Es ist die Kälte, die ihn
zu dem macht, was er ist: der Soldat unter den Fischen. Wie
Projektile eines stählernen Heeres bewegen sich die Körper
durch das eiskalte Novemberwasser. Der Palamut ist ein
Söldner der Wollust wie alle Lebewesen, denn Kampf ist Fort-
pflanzung und nicht umgekehrt.

Es ist kein Zufall, dass er ausgerechnet den Bosporus durchqueren muss, denn ein richtiger Krieger braucht einen über-

mächtigen Gegner – um ihn zu überwinden. Auch das liegt in der Natur der Dinge. Er wäre unvollkommen ohne die drohende Niederlage. So schwimmt er durch ein Dickicht von Angelhaken, wie es wohl einzigartig in der Welt ist. Dicht an dicht stehen die Angler Tag und Nacht auf beiden Seiten entlang der Meerenge, fast drei Dutzend Kilometer lang, und sind ein noch viel größeres, viel weiter aufgerissenes Maul als das aller Palamutschwärme zusammen. Der im Protest aufgerissene Flügel, das Klavier, ein Zeuge dieses alljährlich wiederkehrenden Schauspiels, wächst Jahrzehnt um Jahrzehnt tiefer zwischen Algen und allerlei Unrat ein. Doch ist er dem Palamut ein treuer Gefährte geworden. Das Pedal gedrückt, schwingen die Saiten des Komitas'schen Instruments frei in der Strömung und lassen Erinnerungen an den Patarag und die unzähligen Volkslieder erklingen, die auf Erden aus den Fingern des Komponisten in ihn hineingeflossen sind. Die Palamuts trommeln im Vorüberschwimmen Cluster in die Saiten, die die nachfolgenden Schwärme warnen. Die Augen weit aufgerissen, ohne jegliche Angst, aber konzentriert auf das Ziel zu überleben. Auszulöschen und nicht ausgelöscht zu werden. Über viele Kilometer ist die Warnung zu hören. Und doch ist die Schlacht nicht zu gewinnen.

Wer je in Istanbul Taxi fährt, lernt viel über die Geschwindigkeiten, die das Leben den Menschen in dieser Stadt abverlangt. Wenn sich auf der überfüllten Stadtautobahn acht Lastwagen in rasender Fahrt überholen und dabei auf die Gegenfahrbahn ausweichen, nutzt ein Tollkühner die Lücke, um mit geschicktem Griff zur Handbremse die Richtung zu wechseln. Kaans Cousin Hasan ist es in seiner ersten Woche als Fahrer für Düzoğlu Çimento gelungen, sich bei einem solchen Manöver mit seinem Betonmischer zu überschlagen.

Nicht siebenmal und nicht frontal wie der berühmte Sänger Hamdi Uzunel mit seinem Maybach, nein, aber immerhin brillant genug, um in umgekehrter Fahrtrichtung wieder auf allen vier Rädern zu landen und, als wäre nichts geschehen, die Abkürzung zur Baustelle zu nehmen. Nicht allein die erheblichen Dellen im Fahrzeug, auch der Zement, der inzwischen in der Mischertrommel ausgehärtet war, weil Hasan schlicht vergessen hatte, dass sie in ständiger Bewegung bleiben muss, um das Material nutzbar zu halten, führten zu einer ordentlichen Abreibung und seiner sofortigen Entlassung. Auf dem Heimweg geht ihm ein Licht auf: Durch den Stillstand der Trommel hatte sich der Schwerpunkt des Lkws verlagert, und nur so konnte der Stunt gelingen. Das erfüllt sein Herz mit Glück.

Und wie auf den Straßen geht es in jedem Bereich des Lebens zu. Doch bleiben wir beim Verkehr: Auch die Schifffahrt kennt diesen irrsinnigen Funken, der meist ein glückliches Resultat ungezügelter Kräfte und unerstickter Flammen ist, die in manchen Menschen lodern. Millionen von Bruttoregistertonnen schieben sich Jahr für Jahr zwischen Asien und Europa von und ins Schwarze Meer. Zur Sicherheit stehen den Kapitänen Lotsen zur Seite, die wissen, wie man mit einem Gigafrachter einen Haken schlägt, um sicher von einem Ende zum anderen zu gelangen. Unvorstellbar, braucht ein beladenes Schiff doch den halben Weg durch die Meerenge, um aus voller Fahrt zum Stillstand zu kommen. Und der Bosporus erfordert Wenden von fünfundvierzig Grad und mehr. Mancher Lotse jedoch hat das Feuer in seiner Brust, den Funken, den es braucht, um selbst mit diesen Ozeanriesen Kunststücke zu vollziehen. Mancher, nicht alle.

In der Abenddämmerung, spät im April, rund hundertzehn Jahre nachdem er aus dem Salon in Pangalti den Weg hinab ans Wasser, auf den Kahn und von dort auf den Grund des Meeres befördert wurde, wird der Flügel Opfer eines ungeheuerlichen Schauspiels. Von Odessa aus soll die Fahrt weiter in Richtung Suez gehen, nach der Durchfahrt durch den Bosporus. Der Kapitän ist erfreut, dass er diesmal fast ohne Wartezeit noch vor Einbruch der Dunkelheit die Genehmigung zur Durchfahrt erhält. Es muss schnell gehen, deshalb erhält er die Anweisung seiner Reederei, sich den Luxus eines Lotsen zu leisten. Der Kapitän ist verschnupft und verlässt vor dem Transit die Brücke. Dreißig Minuten später rammt der voll beladene Frachter, prall gefüllt mit Schweröl, ungebremst das Ufer, in unmittelbarer Nähe des Instruments. Der Lotse, ein unrasierter und schlecht bezahlter Kurde aus Deir ez-Zor, dem das Meer nicht im Blut liegt, wollte Zeit sparen und auf das nächste Schiff hinüberspringen, das er in die Gegenrichtung geleiten sollte. Der Kurde hatte sich, obwohl er nie anderes als Tee trank, gewaltig verschätzt.

Für einen Augenblick ist es hell wie am lichten Tag. Die Druckwelle der Explosion zerreißt das Köşk am Ufer, einen kleinen Sommerpalast aus Holz, wie ein Streichholzhäuschen und in der Tiefe des Wassers den Rahmen des Flügels. Schlimmer noch: Wie brennendes Napalm sinkt das Schweröl hinab auf den Grund und vernichtet das Instrument, sodass nichts mehr je an es erinnert. Das Feuer ist über Wochen nicht zu löschen. Das Meer ist salzig wie die Tränen der Menschen.

DANK

Mein innigster Dank gilt meiner Mutter Nur, meinem Vater Manfred, meiner Anneanne Vahide und meinem Dede Hüseyin, die mir den Mut schenkten, meinem Leben einen Sinn zu geben; meinem Freund Florian Illies, der mir zusprach, dieses Buch zu schreiben, meinem Freund Holger Kuhla, der meinem Wahnsinn freien Lauf gab, und meiner Lektorin Katharina Schlott, die ihn feinsinnig zähmte.